Poema de mio Cid

Edited by

ALEXANDER J. MCNAIR

The University of Wisconsin-Parkside

Illustrated by

MICHAEL BOLAN

Cervantes & Co.

Maps are by Pedro Muguruza and are from Menéndez Pidal's *La España del Cid* (Madrid: Espasa-Calpe, 1929)

FIRST EDITION

MANUFACTURED IN THE UNITED STATES OF AMERICA

ISBN: 978-1-58977-055-3

Poema de mio Cid

European Masterpieces
Cervantes & Co. Spanish Classics Nº 36

General Editor: TOM LATHROP

Table of Contents

Introduction to Students

B EFORE THE YEAR 1200 LITERATURE as we think of it today (written and collected into books) was scarce. What literature there was in Christian Spain at the time (hymns, chronicles, epics, saints' lives, miracle stories) was written in Latin.[1] Books themselves were extremely rare, the words laboriously hand-copied onto parchment (prepared animal skins). The technology for paper production in Northern Spain was decades away still; the printing press, centuries. But by the end of the thirteenth century, the Iberian Romance vernaculars (the languages that would give rise to the modern Castilian, Portuguese, Gallego, Catalán, and their dialects) had produced an impressive literary corpus: Berceo's *Milagros* and verse hagiographies, collections of fables translated from Arabic, Alfonso X's monumental *Estoria de España* to name a few examples in Castilian alone. Unlike the burgeoning national literatures of 1300, though, the vernacular literature that survives from around 1200 is mostly fragmentary: a short Nativity play (*Auto de los Reyes Magos*), an epic fragment (*Cantar de Roncesvalles*), brief lyrics (the Mozarabic Romance *jarchas*). If it were not for the *Poema de mio Cid* we would have only tantalizing hints of what must have been a vibrant oral tradition in the Spanish language of the twelfth century. Almost miraculously, we do have a nearly complete manuscript of this epic; and not only is it the earliest extensive text in Spanish, but perhaps the most masterfully composed.

---

[1] For the purposes of this introduction and the notes to the text, the terms Iberian Peninsula, Iberia, and Spain are synonymous. Spain is used to refer to the entire peninsula for the medieval period (the former Roman province of Hispania), not the geographical limits of present-day Spain. When more precision is needed I will use the adjectives Islamic or Christian, or refer at times to the names of individual kingdoms or regions as they were constituted in that day (León, Castile, Aragón, the county of Barcelona, the taifa of Zaragoza, etc.). All dates, unless otherwise indicated, should be understood as common era dates (I omit the C.E. or A.D. designations).

HISTORY VS. EPIC

> I wish I could have proved Homer to have been an eye-witness of the Trojan war! Alas, I cannot do it! At his time swords were in universal use and iron was known, whereas they were totally unknown at Troy…. Homer gives us the legend of Illium's tragic fate, as it was handed down to him by preceding bards, clothing the traditional facts of the war and destruction of Troy in the garb of his own day.
>
> HEINRICH SCHLIEMANN, 1880[2]

EL CID WAS A historical figure who lived in eleventh-century Spain: Rodrigo (or Ruy) Díaz de Vivar, often called *el Campeador* because of his military position, eventually conquered Valencia in 1094 and died in 1099. Though Castilian, he came to be known by the Arabic honorific title El Cid (*al-Sayyid*), which means lord or leader. A century later, May of 1207 to be precise, a scribe by the name of Per Abbat copied down the final lines of an epic poem about El Cid, the *Poema* or *Cantar de mio Cid* (which we abbreviate as PMC). The only Medieval manuscript of that poem is a copy of Per Abbat's copy, which some date to c.1240, but which has traditionally been dated to the early 1300s. More than a century separates the epic poem's first appearance in writing from the death of El Cid, perhaps two centuries separate the only extant copy of that manuscript from his birth (c. 1042-1047): time enough for memory of the flesh-and-blood man—a remarkable man at that—to evolve into full-blown myth. When we read literary works based on historical events or figures, epics such as the PMC, it is important to remember the fundamental difference between history and poetry: "one relates what has happened, the other what may happen" according to Aristotle.[3] Aristotle's *Poetics* goes on to make the distinction that "poetry tends to express the universal, history the particular." Which means that no matter how rooted in historical events our epic might be, its purpose is not to inform us of the particulars of those events as they happened. The epic is not history in verse, it is rather verse that bends history to its own purposes. Those purposes might be æsthetic: to create a compelling story or character on one level, to craft satisfying verses that blend sound and sense on another level. The purposes might also be social: binding the community in a set of values exemplified by the hero and vindicated by the

---

[2] On the archaeological excavation of Troy; qtd. in William A. McDonald and Carol G. Thomas, *Progress into the Past: The Rediscovery of Mycenaean Civilization*, 2nd ed. (Bloomington and Indianapolis: Indiana UP, 1990), pp. 35-36.

[3] *Poetics*, ed. and trans. S. H. Butcher (London: MacMillan, 1911), p. 35.

story. The universals to which the PMC tends are universal precisely because, despite the differences between our day and the late twelfth century in which the epic as it comes down to us was sung or recited to audiences around Castile, we can still identify with them: unswerving loyalty, commitment to the truth, courage in the face of adversity—values which transcend boundaries of class and faith in the poem, and thereby transcend the century for which the poem was composed.

One of the first questions students ask when confronting the PMC is: "Did it really happen like this?" Knowing that characters such as Rodrigo and Ximena Díaz, Alfonso VI, Álvar Fáñez, Ramón Berenguer, Bishop Jerónimo were in fact historical figures, it is natural to want to separate fact from fiction. In the following sections of this introduction and in some of the notes to the text I present the basic facts of the life of Rodrigo Díaz, El Cid, and the world in which he lived as historians understand them. To what degree those facts are reflected by the PMC is for you, the student, to decide in your reading of the text and discussion of it in class, keeping in mind that the epic is always a more reliable witness for the time in which it is composed than for the time about which it sings.

RODRIGO DÍAZ AND HIS WORLD

As a bridge between Europe and Africa, between West and East, between the worlds of Christianity and Islam, Spain experienced in the medieval centuries a continual tension created by the shifting balance of religious and cultural influences. In the end the balance was tipped decisively in favor of the Christian and western European world.

JOSEPH F. O'CALLAGHAN[4]

---

[4] *A History of Medieval Spain* (Ithaca and London: Cornell UP, 1975), pp. 21-22. In addition to O'Callaghan's formidable *History*, see also his more recent *Reconquest and Crusade in Medieval Spain* (Philadelphia: U of Pennsylvania P, 2003) as well as the more concise treatment of the period by Angus MacKay, *Spain in the Middle Ages: From Frontier to Empire, 1000-1500* (New York: St. Martin's P, 1977). Historical and biographical information in this introduction derives from these sources as well as many others, most importantly the following: Ramón Menéndez Pidal's two-volume study *La España del Cid* (1929 [Madrid: Espasa-Calpe, 1969]); Richard Fletcher's *The Quest for El Cid* (New York: Alfred A. Knopf, 1990); as well as primary sources in the edition and translation of Simon Barton and Richard Fletcher, *The World of El Cid: Chronicles of the Spanish Reconquest* (Manchester and New York: Manchester UP, 2000).

We take for granted today, eight or nine centuries after the events, the inevitability of the Christian *Reconquista* or "reconquest" of the Iberian peninsula. Indeed, in the years following Alfonso VIII's victory over the Muslim Almohads at the battle of Navas de Tolosa in 1212, Christian dominance over Islamic Spain must have seemed more plausible. In quick succession Alfonso VIII's grandson Fernando III ("El Santo") would besiege and reclaim the cities of Córdoba (1236) and Seville (1248), while Jaime I of Aragón would reconquer Valencia (1238). But in the years before Navas de Tolosa, Christian dominance was anything but certain. Alfonso VIII had suffered a crushing defeat at the hands of the Almohads in 1195, which threatened the security of Christian-held Toledo, the geographic center of the peninsula, a city stronghold which had rested precariously on the shifting frontier between Islam and Christendom since Alfonso VI had seized it only a century before in 1085. In the year 1000, Islamic civilization held sway over more than two-thirds of the Iberian peninsula as it had since Arab-led Berbers crossed the strait of Gibraltar between Africa and Spain in 711, routing the Visigothic King Rodrigo (not to be confused with our Rodrigo Díaz) at the battle of Guadalete. In the year 1000 Christian Spain was a cultural backwater, nearly forgotten by the Roman Church, confined to the foothills of the Pyrenees in the northeast and the foggy corner of the peninsula in the northwest around the Cape known fittingly as Finisterre ("the end of the earth"). Along with the Viking raids of the previous century, the remnants of Christian civilization in this part of the world had had to endure frequent military incursions from the south, led by Al-Mansur (or Almanzor, as he is known to Spaniards), the minister-dictator of the Caliphate centered in Córdoba.[5] Islamic civilization had reached its

---

[5] A Caliphate is all the land which falls subject to a Caliph, as opposed to an emirate which is subject to an emir (or king). A Caliph is considered the successor to the Prophet Muhammad, i.e., much more than just an emir. Theoretically there is only one legitimate successor at a time and so the entire Islamic world is a single Caliphate. But there were three rival Caliphates in the tenth century, including the Umayyad Caliphate whose capital was Córdoba and the Abbasid Caliphate whose administrative center had been moved from Damascus to Baghdad after their bloody overthrow of the Umayyads in 750. The two dynasties had struggled over which could claim legitimacy as successor to the Prophet. The Abbasid overthrow took place a little more than a century after the death of Muhammad (632). The Umayyad survivor of the coup, Abd al-Rahman, immigrated to al-Andalus where he eventually established himself as emir. Nearly two centuries later his descendant

peak in al-Andalus (the name Muslims used to refer to Spain), in contrast to Christianity there, which around the turn of the millennium could hardly boast of a "civilization" at all and must have seemed nearer to extinction. And yet, by the time of Alfonso VIII's death the military-political situation was completely reversed, with the Christian kingdoms of northern Spain laying claim to more and more Islamic territories to their south. By the end of the thirteenth century only the tiny kingdom of Granada would remain under Muslim rule; though it would not fall into Christian hands until 1492. Nevertheless, it is important to reiterate that the more than 200 years between the death of Al-Mansur (1002) and the death of Alfonso VIII (1214) were not marked by a steadily advancing, ever triumphant crusade. These were centuries of struggle, of fortune and misfortune, advances and retreats, characterized by an ever tenuous "balance of power" as O'Callaghan and other historians have suggested.

The period between 711 and 1000 in Spain was clearly dominated by Islam. After 1212 Christianity clearly dominated the peninsula. But the period between 1000 and 1212 was not clear at all. For both Christianity and Islam in Spain, it was a period marked by successive fractures and reunifications, internal political opportunism interrupted by waves of external fundamentalism. In 1031 the Caliphate collapsed under the weight of factional struggles, which a weak Caliph, the last descendant of the Umayyads, could not keep from spinning out of control. The once vast and more or less unified region stretching from the Duero and Ebro rivers of Northern Spain to the Atlas Mountains of Morocco then splintered into more than a dozen individual *taifa* (or faction) kingdoms. The Christian kingdoms to the north quickly took advantage of the fractured south. Under Sancho the Great of Navarre (who died in 1035) and his sons and grandsons (kings of Castile, León, Navarre, and Aragón), the Christians expanded their territory more than modestly and, when they were not fighting among themselves, used a combination of military threat and diplomacy to exact

---

Abd al-Rahman III declared Córdoba a Caliphate for the Umayyad dynasty. Almost simultaneously a third Caliphate was declared in Egypt by the Fatimids, claiming legitimacy as the descendants of Fátima (Muhammad's daughter). An indispensable source for information about Islamic Spain in the context of global Islamic civilization is Thomas F. Glick, *Islamic and Christian Spain in the Early Middle Ages* (Princeton: Princeton UP, 1979), along with María Rosa Menocal's general interest book: *The Ornament of the World: How Muslims, Jews, and Christians Created a Culture of Tolerance in Medieval Spain* (New York and Boston: Little, Brown & Co, 2002).

payments of tribute (*parias*) from the *taifas*, a system that Angus MacKay has characterized as a "protection racket." In the age of *parias*, however, both Christians and Muslims were motivated more by survival and potential gain than by religious zeal in their dealings with each other. Richard Fletcher, in his Biography of the Cid, cites the example of the first military campaign in which the young Rodrigo Díaz would have taken part (1063); it ended up pitting one of Sancho the Great's sons (Ramiro of Aragón) against one of his grandsons (Sancho II of Castile), because Christian Aragón had seized the town of Graus, belonging to the Muslim taifa of Zaragoza:

> The Graus campaign is a fine example of the complexities which arose in the age of the taifa kings: a Castilian prince defeats and kills his Aragonese uncle in order to preserve the territorial integrity of a Muslim ally. Rodrigo was being initiated into diplomacy as well as war.[6]

The balance of power in the eleventh century was tricky: a Christian king would play Muslim kings off of one another at the same time that he had to be extremely wary of letting other Christian kings, sometimes his own family, become powerful enough to gain the upper hand. The Church began to take an interest in peninsular politics as Christian kings there gained more power. Clergy from the other side of the Pyrenees, many of them Benedictine monks from Cluny (the Cluniacs), came to Spain in great numbers in order to bring the Spanish Church (still practicing the Visigothic rite) into the Roman Catholic fold. They also brought with them a less tolerant attitude toward Islam. The result was an often conflicting mix of values and motives in late-eleventh-century Spain: clergy (Christian and Muslim) adopted ever more militant stances regarding the opposing faith, while kings and emirs were faced with the practical matter of ruling over multi-faith communities (Christians conquered Muslim territories but did not often force conversions and, of course, Muslims had already ruled over majority and later minority Christian populations for centuries). A good many people, living on borders that shifted between rulers and ruling faiths, strove neither for faith nor for politics, but simply for survival. This is one way to interpret the Cid's life in exile. It is impossible to provide a

---

[6] *The Quest for El Cid*, p. 113.

complete history of a century, much less an entire Age, in the space of three paragraphs and as many footnotes; but it is necessary to begin with this spare outline in order to understand some of the forces at work in the life of El Cid.

Rodrigo Díaz was probably born in the early to mid 1040s (some believe as early as 1042, others as late as 1047), just a decade after the fall of the Umayyad Caliphate. He was born in Vivar in the region of Burgos, which at that time was the political center of Castile though still not far north of the frontier between Christianity and Islam. Rodrigo's family was aristocratic; the *Historia Roderici*, a generally reliable biography of Rodrigo written within a couple of decades of his death, takes pains to trace his genealogy back to Laín Calvo, one of the first judges of Castile when it was still a small county. The PMC does not insist on Rodrigo's aristocratic origins. Rodrigo's father, Diego Laínez, was a respected Castilian warrior who fought against the Navarrese in the 1050s, conquering the castle of Ubierna among other territories in the wake of the death of King García of Navarre. The king of Castile throughout Rodrigo's youth was Fernando I (Sancho the Great's son; García's brother), who was expanding his territory south into Muslim controlled land and actively pursuing *parias* diplomacy among the taifas. As a teenager Rodrigo, whose family was well connected at the court of Fernando I, was sent to live in the household of Fernando's heir, Sancho, where he would complete his knightly upbringing. By the time of Fernando's death in 1065, Rodrigo was the most valued warrior in Sancho's entourage. The *Historia Roderici* claims that "King Sancho valued Rodrigo Díaz so highly, with great esteem and affection, that he made him commander of his whole military following"; the title of *Campidoctus* in Latin, or *Campeador* in Spanish, conveys this responsibility: "So Rodrigo throve and became a most mighty man of war, and Campeador in the household of King Sancho."[7] Fernando's empire had grown a great deal since he inherited Castile from Sancho the Great, and at his death it was split among his three sons: Sancho became Sancho II of Castile, while his brother García became king of Galicia, and his brother Alfonso VI received the prized realm of León.[8] The brothers soon fell to fighting among themselves for sole

---

[7] HR, p. 101. Fletcher's English translation of the *Historia Roderici* is pp. 98-147 in Barton and Fletcher, *World of El Cid*. The Latin original is edited by Menéndez Pidal in *La España del Cid* (vol. II, pp. 921-71). I cite Fletcher's translation and will use the abbreviation HR in the footnotes.

[8] Fernando inherited Castile in 1035 and gained control of Galicia and León in

possession of their father's extensive holdings. Sancho II defeated Alfonso VI in two battles in which Rodrigo "bore the king's [Sancho's] royal standard and distinguished himself among the warriors of the king's army."[9] Alfonso VI escaped to live in exile in the strategically important taifa of Toledo. Sancho gained complete control of his father's kingdoms when he captured and imprisoned his brother García. His reign, however, was short. In 1072, according to the chronicles of the time, Sancho was killed "by treachery" while trying to take the walled city of Zamora from his sister Urraca.

It is at this point in the life of Rodrigo that historical reality and later legend begin to part company. Legend has it that when the Leonese called Alfonso back from his exile in Islamic Toledo to assume the triple throne vacated on Sancho's death, the Castilians insisted that he swear before God and man that he had nothing to do with King Sancho's assassination. The earliest accounts of this occur in the Latin chronicles of the 1230s and 1240s, written by Lucas de Tuy and Rodrigo Jiménez de Rada. Jiménez de Rada's account (in Spanish translation) reads:

> Rápidamente se presentaron ante él [Alfonso VI] los castellanos y los navarros y antes que nada le exigieron el juramento de que no había sido cómplice de la muerte de su hermano el rey Sancho [...] Pero como nadie se atrevía a tomarle el juramento, Rodrigo Díaz el Campeador se ofreció en solitario a ello. Esta fue la razón de que luego no le cayera en gracia, por más valeroso que se mostrara.[10]

Later ballad accounts would further elaborate the terms of this almost ceremonial *juramento* in the church of Santa Gadea (or Águeda, i.e. St. Agatha) in Burgos. The ballads report Rodrigo confronting Alfonso with a curse that is even colorful in paraphrase: "may peasants kill you in the fields with cow-prods and take your heart out through your left side if you do not answer truthfully."[11] When the proud Rodrigo refuses to kiss the

---

1037 when he defeated and killed his brother-in-law Bermudo III in battle.

[9] HR, p. 101. The Latin specifies the standard as King Sancho's ("regis Sanctij"), Fletcher's translation does not, but it is implied.

[10] *Historia de los hechos de España*, trans. Juan Fernández Valverde (Madrid: Alianza, 1989), p. 244.

[11] See the "Romances del Cid" in *Romancero viejo*, ed. Alexander J. McNair, Cervantes & Co. Spanish Classics 23 (Newark, DE: Linguatext-European Master-

new king's hand, Alfonso exiles him for one year; to which Rodrigo, not to be outdone by the king, responds that he will exile himself for four years: "tú me destierras por uno, / yo me destierro por cuatro." This is, of course, very different from the character we see in the PMC and certainly different from what more than likely happened. Apparently, the Castilians needed a king and Alfonso—for all the support he enjoyed among the Leonese— still needed the Castilians. The *Historia Roderici* makes the claim (a claim supported by other early historical documents) that: "Alfonso received him [Rodrigo] with honour as his vassal and kept him in his entourage with very respectful affection." And, perhaps to strengthen new alliances, a wedding was arranged: "The king gave him one of his relatives to wife, the lady Jimena, daughter of Count Diego of Oviedo."[12] Rodrigo was hardly out of favor with the king at the time, but there was one transition that must have been more difficult for the successful military man to make as he transferred allegiance to Alfonso: demotion.

While Rodrigo had been the foremost warrior in the court of Sancho II, the former Campeador had to be content with somewhat lesser rank in the court of Alfonso VI. This could not have been unexpected, however, given his former ties to Alfonso's rival, indeed Alfonso's usurper. Nonetheless, Rodrigo apparently still enjoyed a measure of prestige at his new king's court. He served him faithfully for a number of years, then ran afoul of certain powerful members of Alfonso's court, among them García Ordóñez (an *alférez* in Alfonso's military, a position similar to the one Rodrigo had held in Sancho's). In 1079 Alfonso sent Rodrigo to the emir of Seville and Córdoba in order to collect the *parias* owed to Castile. At the same time García Ordóñez had been sent to Granada to collect tribute from that taifa. According to the *Historia Roderici*, the emir of Granada attacked the taifa of Seville, with the aid of García Ordóñez. Rodrigo felt obliged to assist Seville since it was a protectorate of Alfonso VI and the two Christians along with their followers met in a pitched battle between two Muslim armies at Cabra. Rodrigo was victorious: "The army of the king of Granada, both Saracens and Christians, suffered very great carnage and casualties."[13] Rodrigo took García Ordóñez and other notables of Alfonso's court captive, but set them

---

pieces, 2006).

[12] HR, p. 101. Fletcher believes Rodrigo and Jimena were married in the summer of either 1074 or 1075, see his discussion of the legal documents regarding the marriage (*Quest for El Cid*, pp. 121-23).

[13] HR, p. 103.

free after three days, confiscating all their goods. Rodrigo returned to Seville where he received a hero's welcome and a much greater tribute payment than initially expected. The *Historia Roderici* insists he presented it all to Alfonso on his return to Castile, but this did not stem the resentment that must have gripped much of the court: "many men both acquaintances and strangers became jealous and accused him before the king of many false and untrue things."[14]

This episode in Cabra and the subsequent slandering of Rodrigo at court is commonly misunderstood as the "reason" for his exile, but it would still be another two years before Rodrigo Díaz's enemies at court would be able to convince the king of his "menace" to the crown. In 1081 after the castle of Gormaz (perhaps one of the castles entrusted to Rodrigo by the king) was attacked and its raiders made off with booty, Rodrigo, on his own initiative, made a retaliatory raid:

> So he gathered together his army and all his well-armed knights, and pillaged and laid waste the land of the Saracens in the region of Toledo. He rounded up 7000 captives, both men and women, ruthlessly laying hold of all their wealth and possessions.[15]

Even if the numbers are exaggerated it is clear that Rodrigo's "maverick reprisal" (as Fletcher described it in his note to this passage) was excessive. Worse, being that it was in the "region of Toledo," the timing of Rodrigo's retaliation was nearly catastrophic in a very delicate diplomatic relationship between Alfonso VI and the ruler of Toledo, al-Qadir, the grandson of the ruler who had protected Alfonso during his exile there a decade earlier. Rodrigo's rash actions, though lucrative for himself and his men, were diplomatically inconvenient for Alfonso. While much is made in Medieval historiography of the "malos mestureros" (line 267 of the PMC), the evil meddlers at court who unjustly turned the king against his loyal subject, modern historians are in general agreement that political expediency (i.e., Alfonso's need to save face and reassure al-Qadir of his good intentions) was at least as important a factor in the decision to banish the Cid. In any event, Alfonso "expelled Rodrigo from his kingdom."[16] A vassal without a king now, the Cid would be forced to survive in foreign lands the only way

---

[14] HR, p. 103.

[15] HR, p. 104.

[16] HR, p. 104.

he knew how, offering his military expertise to whoever would have him: "So Rodrigo, leaving his sorrowing friends behind him, departed from Castile and came to Barcelona. Then he went to Zaragoza, where al-Muqtadir was then reigning."[17] Richard Fletcher's note to his translation of the first sentence of this passage reads simply: "This is the point at which the action of the epic *Poema de mio Cid* begins."

The PMC begins *in medias res*, in the middle of the story so to speak, as many epics do. It is entirely likely that a missing folio from the original manuscript has deprived us of the epic's true beginning—approximately fifty lines, perhaps including a fuller account of the king's anger and his reason for banishing the Cid, perhaps a roll call of the Cid's followers. However the PMC was intended to begin, critics agree that an opening as moving as the PMC's is difficult to imagine: The Cid before riding out of Vivar and through Burgos on his way into exile, with tears in his eyes, turns to look one last time at the home he will never again see. The *Historia Roderici*'s brief glimpse at this sad farewell ("leaving his sorrowing friends behind him") is fully developed over roughly the first 300 lines in the PMC as Rodrigo makes arrangements for the family remaining behind and the loyal followers who will accompany him. Not a single word of the PMC will allude to the Cid's service to al-Muqtadir or his son, al-Mu'tamin, or grandson, al-Mustain; and only a hint of Rodrigo's unsuccessful attempt to find employment in the service of the Count of Barcelona will remain. Here, then, is a brief time-line of the historical events of the Cid's life between his exile in 1081 and his death in 1099; this is the period vaguely covered in the PMC, but as you read you will soon notice many discrepancies between history and epic.

1081: Rodrigo exiled from León-Castile after retaliatory raid into Toledo region; after failing to ingratiate himself with the count of Barcelona, begins his service with al-Muqtadir, emir of Zaragoza.

1082: Following al-Muqtadir's death the Zaragozan emirate is split among his two sons. Yusuf al-Mu'tamin becomes emir of the western provinces around Zaragoza; Mundhir al-Hayib, his brother, takes over the Mediterranean region of Lérida. Rodrigo serves al-Mu'tamin, helping him consolidate control of Zaragoza. In battle near Almenar, Rodrigo defeats a the numerically superior combined force of al-Hayib and

---

[17] HR, p. 105.

Count Berenguer Ramón II of Barcelona (the latter is captured and held for five days).

1085: Alfonso VI besieges Toledo and negotiates its surrender; Alfonso installs Toledan ruler, al-Qadir, as puppet king of Valencia, then his protectorate. Yusuf al-Mu'tamin of Zaragoza dies and is succeeded by his son al-Mustain; Rodrigo continues in the service of Zaragoza.

1086: Emir of Seville, al-Mutamid, worried about Alfonso VI's designs on the entire peninsula, asks Yusuf ben Tashufin, emir of the Almoravides (a fundamentalist sect of Islam which had just taken control of western North Africa) to come to his aid. Alfonso VI, moving with his army on Zaragoza (which Rodrigo is prepared to defend from Alfonso), is forced to abandon his hope of conquering Zaragoza in order to face an Almoravid army moving into al-Andalus. Alfonso VI defeated by Almoravides at Sagrajas. Alfonso and Rodrigo reconciled.

1089: Rodrigo, now in Alfonso's service, is sent to collect tribute from al-Qadir in Valencia and to protect the region from harassment by al-Hayib and the Count of Barcelona. Late in the year Alfonso VI summons Rodrigo to meet his army in route to face an Almoravid army threatening the Christian outpost of Aledo. Rodrigo and Alfonso unable to connect because of poor communication. Alfonso exiles Rodrigo a second time, confiscating all of his Castilian properties.

1090: Rodrigo, operating independently in the Levante (i.e., Spain's Mediterranean coast) now, defeats Berenguer Ramón II in battle at Pinar de Tévar, capturing him a second time.

1091: After a brief attempt at reconciliation (initiated by the queen, Alfonso's wife Constance of Burgundy), Rodrigo and Alfonso have a final falling out. Almoravides, under Yusuf's cousin Abu-Bakr (no relation to the Abu-Bakr who ruled Valencia the decade before al-Qadir), take control of most of southern Spain.

1092-1094: Rodrigo, operating independently in the region of Valencia, exacts tribute from al-Qadir and makes his own treaties with al-Mustain of Zaragoza as well as Sancho Ramírez and his son Pedro of Aragón. Rodrigo repels separate attempts by Alfonso VI and the Almoravides to dislodge him from "his position of de facto power in the Levante."[18] After a siege of nearly a year the Cid conquers Valencia in June of 1094.

---

[18] Fletcher, *Quest for El Cid*, p. 162.

1094-1098: The Cid consolidates his power in the region by defeating a
massive Almoravid force that had come to retake Valencia (Battle of
Cuarte, 1094), by laying siege to a number of fortress strongholds in the
region, and by exercising diplomacy with Aragón, Zaragoza, and
Barcelona. In 1098 Valencia's principal mosque was consecrated as the
Cathedral of Santa María and Jerome of Perigord was appointed bishop
of Valencia.

1099: In July Rodrigo Díaz dies in Valencia; administration of the city falls
to his wife Jimena, who remains there until evacuated by Alfonso VI in
1102 as the city comes under siege from the Almoravides. The Cid's
body is re-interred in the monastery of San Pedro de Cardeña; Jimena
is buried by his side after her death around 1116.

MIO CID: FROM HISTORICAL REALITY
TO POETIC TRADITION

So when did Rodrigo Díaz de Vivar become known as El Cid, or more
intimately as "mio Cid"? The reference to him with Arabic honorific almost
certainly dates from his lifetime and would have been used in the multilin-
gual Spain in which he distinguished himself. Ramón Menéndez Pidal
speculates:

> Entre esos moros adictos [i.e., attached to the Cid], del partido
> andalusí, y entre esos cristianos expatriados nació en las fronteras
> levantinas el nombre familiar y afectuoso del héroe: *Cid* 'señor', *Cidi* 'mi
> señor', le llamaban los moros; *mio Cid* le llamaban los cristianos con
> expresión híbrida, medio romance medio árabe. Pero éste era un
> nombre reservado a la respetuosa intimidad vasallal. Mientras *Campea-
> dor, Campeator, Campidoctor* era título oficial, que desde la mocedad se
> aplicaba a Rodrigo, y que él mismo usaba en sus documentos, a la vez
> que lo empleaban los historiógrafos coetáneos, tanto latinos como
> árabes, el nombre de *Cid* no se usó oficialmente en vida del héroe.[19]

Neither the *Historia Roderici* nor the *Carmen Campi Doctoris* (a short Latin
poem about the Cid's exploits, written perhaps in the last years of the hero's
lifetime) refer to the Campeador Rodrigo Díaz as "El Cid." The first
documentary evidence of Rodrigo being called "mio Cid" occurs half a

---

[19] *España del Cid*, p. 555.

century after his death in a Latin epic at the end of the *Chronica Adefonsi Imperatoris* (*Chronicle of the Emperor Alfonso VII*—Alfonso VII was the grandson of Alfonso VI):

> Ipse Rodericus, Meo Cidi sæpe vocatus,
> de quo cantatur quod ab hostibus haud superatur,
> qui domuit Mauros, comites domuit quoque nostros...

> [That same Rodrigo, often called My Cid,
> about whom it is sung that he was never defeated by enemies,
> he who dominated the Moors and dominated our counts...][20]

This passage is important not only because it is the first solid documentary evidence connecting the historical Rodrigo Díaz with the growing legend of El Cid, but because it gives us some indication about how the legend of El Cid was being spread: "about whom it is sung." There is a great deal of scholarly speculation about just what kind of "singing" this might have been, but it is clear that poems of some sort about "Meo Cidi" were in circulation by the mid-twelfth century. The Almoravid empire, after dominating southern Spain and peninsular politics for nearly half a century, had begun to fall apart; it was natural at the beginning of a new era of taifa politics and parias diplomacy that Christians should look back to a hero of a similar period in the previous century. It seems reasonable to state that around 1140 some version of the PMC was being performed in Castile. Menéndez Pidal believed firmly that the PMC we know today, which survives in a copy of Per Abbat's manuscript, is the very epic to which the lines above seem to refer. Scholarship over the last fifty years has re-evaluated Menéndez Pidal's early date for the extant PMC, and most indicators point to a date closer to the date at which Per Abbat "escribió este libro." The post-Almoravid taifas would in a few years time fall victim to another wave of fundamentalists: the Almohads. In many res-

---

[20] The English translation is mine. The Latin *Poema de Almeria* is found in the *Chronica Adefonsi Imperatoris*, full English translation in Barton and Fletcher, *World of El Cid*, pp. 250-63; Barton's translation of the passage in question can be found on p. 257. A Latin edition of the *Poema de Almeria* with facing Spanish translation is found in H. Salvador Martínez, *El "Poema de Almería" y la épica románica* (Madrid: Gredos, 1975), pp. 22-51. The passage cited is lines 220-223 in Salvador Martínez. The *Chronica Adefonsi Imperatoris* dates to around 1150, certainly before 1160.

pects—linguistically, politically, culturally—the PMC as written down in 1207 reflects the attitudes of Castilians between Alfonso VIII's clashes with the Almohads at Alarcos in 1195 and at Navas de Tolosa in 1212.[21] But was Per Abbat the original "author" of the PMC or was he, like Homer, merely the latest in a long line of bards, reworking the previous century's material? Or was he simply a copyist, faithfully rendering the oral version of a singer whose name has been lost to history?

There has been a great deal of scholarly debate about the role of Per Abbat in the transmission process by which the text of the PMC has come down through the ages.[22] Cases have been made for him as a cleric or, more convincingly, as a lay scribe with legal expertise. Some see him writing his text for use by a minstrel; others, reworking what he has heard from the minstrels. Much hinges on the verb *escribir* in the final lines of the PMC ("Quien escribió este libro... Per Abbat le escribió") which almost certainly had the sense of writing down, transcribing, or copying rather than creating.[23] Most scholars now agree on this point at least: Per Abbat, while not the sole author in a modern, individualist sense, plays an extremely important role in the co-creation of the text. Though we may never know for sure to what extent he refashioned previous poems on Mio Cid, his version of the text is the earliest and most complete evidence of an epic

---

[21] For the date of around 1200, see the case made on socio-political grounds by María Eugenia Lacarra in *El* Poema de mio Cid: *Realidad histórica e idealogía* (Madrid; Porrúa Toranzas, 1980); for some suggestions on re-dating based on linguistic evidence, see D. G. Pattison, "The Date of the CMC: A Linguistic Approach," *Modern Language Review* 62 (1967): 443-50; and more recently, Máximo Torreblanca, "Sobre la fecha y el lugar de composición del *Cantar de mio Cid* (observaciones lingüísticas)," *Journal of Hispanic Philology* 19 (1994-1995): 121-64.

[22] Space does not permit a detailed review of two centuries of scholarly debate on this point, but I refer the reader to my discussion of the origins of the *Romancero* where I summarize the major schools of thought (individualist vs. traditionalist) on Medieval Spanish epic (cited above). For two opposed, yet compelling, perspectives on the composition and date of the PMC, see the classic traditionalist arguments defended in Menéndez Pidal's essays (many collected in *En torno al Poema del Cid* [Barcelona: EDHASA, 1970]) and the individualist thesis defended by Colin Smith in his *The Making of the* Poema de mio Cid (Cambridge: Cambridge UP, 1983).

[23] Smith makes the case in his 1983 book for interpreting *escribir* in its modern sense, but it is a weak case and is thoroughly dismantled by María E. Schaffer's essay "*Poema* or *Cantar de mio Cid*: More on the Explicit," *Romance Philology* 43 (1989): 113-53.

tradition. The manuscript itself is a happy accident. Without the interven-
tion of scribes or copyists, there would be no evidence at all of this epic
tradition; the poetry would only have lasted as long as the voice of the poet
in oral performance.

The oral nature of this poetry, the negotiation between minstrel and
audience that constitutes each performance, is easy to forget as we read
down the page, decoding unfamiliar words and phrases, glancing at the
glosses, stopping to read a footnote to better appreciate the context, re-
reading a passage to comprehend more fluently. Yet we have to remind
ourselves that most poetry before the printing press (and more wide-spread
literacy) was oral; the written poem was a mere by-product in many cases.
In the modern world we still recognize lyric as essentially oral (in theory if
not always in practice), but the same cannot be said for narrative: the
private reader of novel or newspaper performs the text silently within the
confines of the imagination. The modern reader of the PMC, however, must
imagine the text as a performance in the voice and gestures of the minstrel
or *juglar*. The text of this epic on the page is in many ways like a musical
score or play's script; it is waiting to be brought alive in performance.

So what distinguishes the PMC from the vernacular poetry that
followed in the thirteenth and fourteenth centuries? The standard literary
histories often draw distinctions between the art of the minstrels (*mester de
juglaría*) and that of the more learned clergy (*mester de clerecía*), although
regardless of where the poem originates (in the marketplace, the aristocratic
courts, the monastic cell, or the cathedral scriptorium) oral performance
is—it is worth repeating—the only vehicle for widespread dissemination in
a manuscript culture of scarce resources for book production. Most scholars
would agree that the PMC is a product of *mester de juglaría*, but that is not
to say that the *mester de clerecía* does not lend itself to delightful oral
renderings. The mid-thirteenth- to fourteenth-century clerical poetry of
Gonzalo de Berceo and the Arcipreste Juan Ruiz positively begs to be read
aloud. But the vernacular oral performance for which the PMC text
provides a script around 1200 is very different from that of the vernacular
clerecía texts mostly inspired by the Medieval Latin tradition. One has the
sense that the PMC is only an imperfect attempt to approximate the
minstrel's performance, whereas the *mester de clerecía* that follows a few
decades later is more firmly rooted in the written tradition.[24]

---

[24] In addition to the work of early to mid-twentieth-century scholars on the

When the *juglar* repeats that Romance-Arabic hybrid "mio Cid" he resurrects the memory of the legendary Cid and assumes an intimate, respectful relationship with the hero. There is more than a hint of pride in the minstrel's voice as he shares with his audience the deeds of "his" Cid. We the readers continue in the minstrel's footsteps when we read or recite, indeed, perform the text aloud; we make him "our" Cid.

THIS EDITION

In the preparation of this edition I have used as a base text a facsimile (photographic reproduction) of the unique manuscript preserved in the Biblioteca Nacional of Madrid: *Poema de Mio Cid* (Madrid: Hauser y Menet, 1961). A much better and more recent facsimile edition (full color) is available (in vol. 1 of *Poema de Mio Cid*, 2 vols. [2nd ed.; Burgos: Ayuntamiento de Burgos, 1988]), but I have not had constant access to it throughout the preparation of my own edition. Where the legibility of the manuscript was less than optimum in the 1961 facsimile I have had occasion to compare with the original manuscript reproduced digitally for on-line editions. The irony never ceases to amaze me: that of the only medieval manuscript of Spain's first great literary masterpiece, a manuscript hidden away for centuries for all but a select few, now available to anyone with access to the internet. By far the best of these digital editions is Matthew Bailey's *Cantar de mio Cid* (Austin: The U of Texas, 2008; available on-line at http://www.laits.utexas.edu/ cid/) in which you can see full-color reproductions of each manuscript folio by itself, or you can view a segment of a particular folio with his transcriptions and line-by-line translation into English interactively. The site also includes extensive commentary by Bailey and Thomas Montgomery (both renowned North American Cidian scholars) as well as an audio version of the text. Anyone interested in the appearance of the manuscript itself and paleography (i.e., the study of

---

PMC as part of a strong oral tradition (Menéndez Pidal, Edmundo de Chasca), my understanding of that tradition as performance has been shaped by the following: John K. Walsh, "Performance in the *Poema de mio Cid*," *Romance Philology* 44 (1990): 1-25; the articles of Thomas Montgomery many of which are synthesized and reworked in the "Poetics" section of *Medieval Spanish Epic: Mythic Roots and Ritual Language* (University Park: Pennsylvania State UP, 1998); Matthew Bailey, *The* Poema del Cid *and the* Poema de Fernán González: *The Transformation of an Epic Tradition* (Madison: Hispanic Seminary of Medieval Studies, 1993) and "Oral Composition in the Medieval Spanish Epic," *PMLA* 118 (2003): 254-69.

ancient writing) should see this site as well as the digital *Cantar de mio Cid* produced for the Clásicos en la Biblioteca Nacional series (Madrid: Biblioteca Nacional; Alicante: Biblioteca Virtual Miguel de Cervantes, 2002; on-line at http://www.cervantesvirtual. com/ bib_ obra/cid/). The quality of reproduction in the latter is not as good (it is roughly equivalent to the 1961 facsimile mentioned above), but the paleographic transcription by Timoteo Riaño Rodríguez and María del Carmen Gutiérrez Aja, available via a link from the facsimile, is much more precise (noting, for example, when the original ms. uses a hammer "r" instead of a squared "r"). The best paleographic edition before that had been Ramón Menéndez Pidal's, included in the final volume of his edition and preliminary study of the poem: *Cantar de mio Cid*, 3 vols. originally published in 1908-1911 (Madrid: Espasa-Calpe, 1964-1969). This monument of scholarship marks the beginning of modern Cidian studies and includes Menéndez Pidal's extremely influential critical edition of the poem.

Critical editions and paleographic editions convey different information. The difference between the two can perhaps be summarized as follows: the critical edition communicates what the manuscript "should say" (according to the editor, of course) while the paleographic edition attempts to reproduce what it "actually says" (within the limits of modern typography). Menéndez Pidal's paleographic edition is important still for modern scholars (as they often note with a curious mixture of gratitude and despair), because he used acidic reagents to read barely legible sections of the text that, as a result, will never be legible again. In fairness to Menéndez Pidal, most of the damage to the manuscript had been there from previous generations of readers (he suspected a copyist from the late sixteenth century to have been especially generous in his application of reagents). About the application of harmful chemicals to a manuscript of such worth, Ian Michael comments the following: "It is difficult to think of any other important literary MS that has received such treatment as this, and it is unlucky that the poem was the subject of so much interest a few decades before the development of ultra-violet lamps and infra-red photography."[25] Try to read the last three or four lines of the manuscript (folio 74r) in either of the two digital versions mentioned above and you will understand modern editors' frustration. Menéndez Pidal was considered the final word in Cidian scholarship for more than half a century; as regards the paleo-

---

[25] Ed., *The Poem of the Cid* (London: Penguin, 1984), p. 15.

graphic interpretation of certain lines of the manuscript, this is indeed literally and by necessity true. His paleographic transcription has been a constant companion in interpreting the manuscript facsimile.

I have also consulted the Menéndez Pidal critical edition, which has had a long life as the *Poema de mio Cid* in the Clásicos Castellanos collection (I use both the orig. pub. in vol. 3 of the work mentioned above and the Clásicos Castellanos version in the 12th ed. [Madrid: Espasa-Calpe, 1968]). Menéndez Pidal was creative in establishing his critical edition—reconstructing verses from later chronicle texts, rearranging order of verses, archaizing the language to reflect the earlier date he imagined for its composition, etc. However, many of the assumptions that he made about the mode of composition or date of the poem are still subject to debate, and his editorial criteria are no longer universally accepted. Changing verb endings or word order, for example, in order to have a verse conform to a particular rhyme scheme may be more a reflection of the individual editor's taste than that of the bard's 800 years ago.[26] In editing the text I have taken into consideration Menéndez Pidal's emendations and compared them with the emendations offered by other editors, using the following critical editions: Colin Smith, *Poema de mio Cid* (Madrid: Cátedra, 1976); Ian Michael, *Poema de mio Cid* (Madrid: Castalia, 1984); Alberto Montaner, *Cantar de mio Cid* (Barcelona: Crítica, 2000); Julio Rodríguez Puértolas, *Poema de mio Cid* (Madrid: Akal, 1996). I have not always adopted these emendations, however, and have taken a conservative approach when it comes to inserting "missing" words (Menéndez Pidal had no trouble supplying whole verses culled from later chronicles). When I do insert a word or change the order of verses so that the text may be legible, I state whose interpretation I prefer in my footnotes. In the case of missing words or obvious substantive errors in the manuscript, I have placed my emendations in italics (without need of footnote if the emendation is generally accepted among editors); I resolve standard scribal abbreviations without notes or italics (e.g., "cuantos" for "qñtos").

---

[26] Juan Carlos Bayo has recently called into question the logic of emending the so-called "defective" rhymes to maintain assonance; these defects he believes may have had a specific function, i.e. "to point out a narrative transition" —what he calls "deictic dissonance" (see "Poetic Discourse Patterning in the *Cantar de mio Cid*," *Modern Language Review* 96 [2001]: 82-91, esp. pp. 86-87). This study and others have inclined me to be far less quick in departing from the ms. text on questions of word order, assonance, and line separation.

In the footnotes and glosses to this edition I often cite English translators of the PMC when their phrases are more apt to convey meaning to
students than a standard literal translation; at times I cite a translation
simply because its rendering of a given phrase is interesting or entertaining
or reveals an unexpected shade of meaning. I refer to these translators only
by their last names in the edition. Full bibliographical information for the
translations cited and consulted is as follows: prose translations include
Lesley Byrd Simpson, *The Poem of the Cid* (orig. pub. 1957 [Berkeley and Los
Angeles: U of California P, 2006]); Rita Hamilton and Janet Perry, *The Poem
of the Cid* (pub. in bilingual format with I. Michael's ed.[London: Penguin,
1984]); verse translations include R. Selden Rose and Leonard Bacon, *The
Lay of the Cid* (Berkeley: U of California P, 1919; now available online at
http://omacl.org/); W. S. Merwin, *The Poem of the Cid* (New York: Random
House, 1959); Paul Blackburn, *Poem of the Cid* (orig. pub. 1966 [Norman: U
of Oklahoma P, 1998]); Peter Such and John Hodgkinson, *The Poem of My
Cid* (in bilingual format with Smith's ed. [Warminster: Aris & Phillips,
1987]). I also cite Bailey's line-by-line translation (from the interactive
edition mentioned above) on occasion and have found it, in the sections I
have sampled, to be the most literally accurate of all.

The language of the PMC is not too difficult for the modern Spanish-
speaker with a bit of orientation on some of the peculiarities of Old Spanish.
Medieval Spanish is much easier for the twenty-first century student of
Spanish than Anglo-Saxon would be for English students. Modern Spanish
adaptations or translations of the epic text do exist, but while they convey
the plot and are even admirably poetic in some cases (Pedro Salinas's, for
example), the result is always a modern poem, for modern voice and ears.
In editing the PMC I have sought to present the text in its original language,
mindful of the pronunciation of Medieval Spanish, so that students might
begin to develop an ear for the poetry of this great epic as it was intended
for audiences 800 years ago. This edition is not a paleographic transcription,
however, and because it is intended for students experiencing Medieval
literature for the first time I have standardized spelling as much as possible
to facilitate comprehension. This, along with the usual glosses and notes,
should greatly aid in reading the text in its original language.

I have followed some other modern editing conventions by dividing the
PMC into three separate *cantares* and further subdividing those *cantares* into
numbered *laisses* or *tiradas* (these subdivisions determined by changes in
assonant rhyme). These divisions and subdivisions correspond to those

made by Menéndez Pidal for his critical edition, and are conventions which will make it easier for the student to refer to most other editions of the PMC to compare them with our text. One convention I have not followed is that of breaking the lines up into hemistichs (or halves) by creating a typographical cæsura (extra space) in the middle of each verse. Despite the fact that many if not most verses do indeed have a bimembric structure, I find the creation of visually explicit hemistichs unnecessary — commas often provide natural cæsuras — and potentially distracting, limiting the reader's ability to allow syntax to play itself out across the line to vary ryhthm.

LANGUAGE NOTES
In what follows I present a basic guide for navigating the difference between Modern Spanish and the Spanish of the PMC. Especially important are the differences in pronunciation and how our edition reflects those differences, which are explained in detail in the section on orthography and pronunciation. In preparing this edition and these notes on Old Spanish, I have found the following works extremely useful and suggest them to anyone who would like to know more about the language of the poem or about the history of the Spanish language in general. These standard references in Spanish for the history of the language are dated, but still wonderful introductions to the field: Ramón Menéndez Pidal's *Manual de gramática histórica española* (orig. pub. 1904 [Madrid: Espasa-Calpe, 1980]) and *Orígenes del español* (orig. pub. 1926; 5th ed. [Madrid: Espasa-Calpe, 1964]), as well as Rafael Lapesa's *Historia de la lengua española* (orig. pub. 1942 [Madrid: Escelicer, 1968]) in addition to the "gramática" and "vocabulario" volumes (I and II) of Menéndez Pidal's 1908-1911 *Cantar de mio Cid* edition (cited above). In English, the following are good introductions to the evolution and history of Spanish: Ralph Penny's *A History of the Spanish Language* (Cambridge: Cambridge UP, 1991), Tom Lathrop's *The Evolution of Spanish* (4th ed., Newark, DE: Juan de la Cuesta, 2003), and most recently David A. Pharies's *A Brief History of the Spanish Language* (Chicago: U of Chicago P, 2007; also available in Spanish).

Orthography and Pronunciation: With students in mind I have standardized the orthography (spelling) for this edition and modernized it to the extent possible within the limits of medieval pronunciation. This called for some difficult decisions in the editing process: my critical instinct is to preserve the peculiarities of the PMC manuscript's spelling, but I have balanced (or overridden) that instinct with my interest in making the text as familiar as possible for modern students. The following is a list of consonants grouped according to the "problems" they present in the PMC (the vowels are treated separately at the end) with notes on their orthographic representation and suggestions for pronouncing them as they would have been in the late-twelfth century.

b, -bb-, v, u

Modern Spanish-speakers will be interested to know that the confusion between **b** and **v** (between vowels especially) is an old one, complicated by the fact that ancient and Medieval orthography often used **u** to represent the consonant sound and **v** to represent vowels and semi-vowels (the opposite of modern practice). Between vowels the **b** and **v** had already begun to collapse into a single sound in Vulgar Latin: **b** and -bb- in ancient Latin had the bilabial stop sound familiar in English "rabbit" or "rabid", while the Latin **v** had been pronounced like the English **w**; in Vulgar Latin (VL) of the late Classical and early Medieval periods, both sounds moved toward the bilabial fricative sound [β] that we know today in Spanish with **b** and **v** between vowels (not to be confused with the labio-dental fricative **v** of English and modern Portuguese). Word initial **b** retained its bilabial stop sound. I have followed the practice of most editors in modernizing the **v** and **u** distinction (i.e., using **v** as a consonant and **u** as a vowel/semi-vowel), but have gone further than that by modernizing **b** and **v** as well; since modern Spanish **b** and **v** can represent both bilabial stop and bilabial fricative sounds (depending on position) it made little sense to retain the Medieval **b/v** distinction—modern orthographic conventions represent the Medieval pronunciation just as well. So spellings such as **cauallo** or **estaua** or **Biuar** or **Albar** in the manuscript are rendered with their modern spellings **caballo**, **estaba**, **Vivar**, and **Álvar** in our edition; again, simply following modern pronunciation practice will reflect the medieval sound well enough. I have reduced **bb** to **b** when it occurs (and, indeed, have reduced all Latin double consonants—geminates—when there is no medieval or modern phonetic difference between them and the single consonant; see my notes on **ll, mm,** and **ss** below, for examples of this). I have retained some of the **b/v** old spellings, especially if they occur in words or forms that are very different in Medieval Spanish, such as **ouo** or **auié** (the modern **hubo** and **había**) which I edit to **ovo** and **avié** (I place the modern equivalent in the margins in bold the first time they occur); in other cases I retain the manuscript renderings because they reflect a pronunciation difference: **cibdad** rather than **ciudad**, for example.

c, ç

In the PMC manuscript the grapheme **c** almost always has the value of the English **k** sound. When the sibilant sound is required, the **ç** (**c** with **cedilla**) is used. This **c/ç** difference is similar to the difference in modern Spanish between **que, qui, ca, co, cu** and **ce, ci, za, zo, zu**. However, the medieval sibilant sound represented by **ç** is not the same as the **c** before **e/i** or **z** before **a/o/u** sound we use today. The medieval pronunciation of **ç** is equivalent to the **ts** sound in "pizza" or "let's." This edition differs from the manuscript only in standardizing **c/ç** to: **c** before **e/i** and **ç** before **a/o/u** when representing the **ts** sound; **c** before **a/o/u** and **qu** before **e/i** when representing the **k** sound. This is an important distinction: in old Spanish, **Cid** was pronounced **ts,** so that the result will sound something like the modern English **seed** with a preceding **t**: **tseed**.

d, t

The dental stop consonants **d** and **t** have the same pronunciations in the PMC as we would expect in modern Spanish (remember that intervocalic **d** is pronounced more like the **th** in the English "they" and neither **d** or **t** are followed by any aspiration when pronounced as stops). The two letters are related here not only because of their phonetic similarity (voicing is the only difference), but because certain spelling peculiarities in the PMC are the result of uncertainty in the evolution from Latin **t** to Spanish **d**. Many Latin **t**s experienced voicing (changing to **d**s) in their evolution to Spanish, a process called lenition, or they simply disappeared altogether if in word final position. The PMC has some words that appear to be throwbacks to this process: so we have the modern **verdad** (< VL **veritate**), but an intermediate form **vanidat** form (< VL **vanitate**); we see **grant** at times instead of either **gran** or **grande**; and **sabet** instead of **sabed**. Other phenomenon involve the **t** and **d**, and I make further comment as necessary in notes and glosses. The letter **t** is sometimes represented by the grapheme **th** in the manuscript; I change **th** to **t** in this edition.

f, ff

The letter **f** presents an interesting case in medieval Spain. Initial **f** in words like **fablar** (< Lat. **fabulare**) and **fazer** persisted as the voiceless labio-dental fricative [f] in many regions right up to the modern era (Portuguese still retains the **f** sound in **fazer** and **falar**, for example, where Castilian Spanish—**hacer, hablar**—lost it long ago), but according to most linguists, very early in the evolution from VL to OSp in Castilian territories the **f** sound had softened to something more like the English **h** sound at the beginning of some words. This edition standardizes all instances of **f** and **ff** to **f** (whether or not it was pronounced as the modern **f**). So which words retain the [f] pronunciation and which words have **f**s that were more than likely pronounced with a sound similar to the English **h**? The key is the modern Spanish: if the **f** has persisted into modern times, then pronounce the **f** as you would today (words like **fue, fe, falso, fresco**, etc.), if the modern form has lost the **f**, or replaced it with silent **h** (e.g., **fasta, fermoso**), then it was probably already pronounced with an unvoiced velar or glottal fricative [h], which is ironically how beginning Spanish students want to pronounce these words because they are unaccustomed to the silent **h**. Sometimes the grapheme **ff** is used instead of **nf** in the manuscript, as in **yffantes**, which I always render as **infantes** in this edition.

g, j, x

There are a number of differences of pronunciation between the Middle Ages and today with these letters. I have standardized the deployment of **g** and **j** so that **ga, go, gu** represent the velar stop sound familiar today in those combinations. The letter **j** in all positions and the **g** preceding **e/i** today represent an unvoiced velar fricative, but in this edition of the PMC they will always represent a voiced palatal fricative (as in the English "ju**dg**e", or "u**rg**e") as they did in Medieval Castile. The spellings for this sound in the manuscript are varied (**oio, yente**, etc.), but I have reduced possible spellings to **ge, gi, ja, jo, ju** similar to modern Spanish. The word **ayudar** is spelled variously with **i, j**, and **y** in the manuscript; I have opted for the modern **y** in this edition though it was probably pronounced with the voiced palatal fricative. In Old Spanish the letter **x** was used to represent the unvoiced palatal fricative (the **sh** sound in "show" or "hush") in words like **Ximena, abaxar, dexar**. The two distinct sounds represented by Medieval **x** and **j** would eventually collapse into one sound as the point of articulation moved farther back in the throat, but not before leaving their mark on the names of places to which the Spaniards took their language in the age of discovery. Spellings with **x** are preserved in this edition in keeping with medieval pronunciation.

h

The **h** became silent in Vulgar Latin pronunciation as it is in modern Spanish, for this reason the PMC manuscript's **h** is a curious creature. It occurs in words like **hydo, hyd, hyo** (especially at the beginning of lines), though their was no **h** in the Latin words that gave rise to these forms (the verb **ire** and the pronoun **ego**, modern **ir** and **yo**). Likewise, **h** is omitted from a good many words that did have a Latin **h**, which has been reintroduced by the classicizing tendencies of the Renaissance and Enlightenment (16th-18th centuries): **oy, aver, omne**, etc. for **hoy, haber, hombre** (< VL **homine**). This edition includes or omits **h** usually in keeping with modern practice, where it doesn't interfere with pronunciation or mar an otherwise perfectly acceptable medieval form: so **omne** remains **omne** because it had not yet become **ombre** (which is much easier to modernize); most forms of the verb **aver** remain without the **h** as in the manuscript (except in the present tense where they are needed to differentiate with the preposition **a** and the conjunction **e**); words such as **heredad** and **hermano** keep their **h** and present no problems vis-à-vis modern Sp; manuscript renderings such as **hyerno** or **heres** lose their **h** to give a more modern-looking **yerno** and **eres**; and the **h** is added to words such as **onor** and **ondrar** in keeping with the Latin etymology and because they are close enough to the modern results (**honor** and **honrar**).

l, ll

The manuscript spellings of **l** and **ll** vary greatly from modern practice. In the PMC both **l** and **ll** could represent the sound made by the modern **l** so that a word like **pieles** is spelled both ways in the PMC (this is a leftover from the Latin double consonant). I have standardized the spelling in this edition so that the modern **l** sound is always represented by the letter **l**. Likewise, the palatal **ll** is always represented by the **ll** grapheme in this edition, even though it is frequently spelled with a single **l** in the manuscript. One important difference between medieval and modern **ll** is that in the Middle Ages the **ll** retained its lateral mode of articulation ($[\lambda]$ like the **li, gli** combinations in the Italian **cavaliere** or **figlio**, the English **lli** of "million" or the **lh** of Portuguese **filho**). Students should try to use this $[\lambda]$ pronunciation of the grapheme **ll** rather than the standard fricative of today. The commonly used verb **levar** (modern **llevar**) had not yet palatalized the **l** and so it is not modernized in this edition.

m, -mm-, n, -nn-, ñ

The nasal consonants should follow modern pronunciation practice though the medieval orthography is somewhat confusing owing to the persistence of the double, or geminate, consonants from Latin. This edition generally modernizes the nasal consonants: reducing the geminate **-mm-** to **m** (in the many occurrences of the word **commo**, for example), reducing the geminate **-nn-** (often abbreviated as ñ) to **n** or **ñ** depending on modern usage. Words such as **canpo** and **enpeçar** have been modernized to **campo, empeçar**, though it is entirely possible that the bilabial **p** had not yet forced the **n** (an alveolar nasal) into a bilabial point of articulation yet.

q

The letter **q** does not present any special problems with regard to pronunciation, but it is mentioned here because, in addition to its normal placement before **ue** and **ui** to signal the pronunciation of the hard **k** sound (as in **querer** and **quien**), medieval Spanish also used it in combination with **ua** in words such as **quando** and **quanto**; I have modernized these spellings by replacing the **q** with a **c** (**cuando** and **cuanto**, for example).

r, rr

This edition standardizes the erratic manuscript spellings of **r** and **rr** to conform to modern usage: the multiple, or trilled, **rr** sound is written as **rr** between vowels and **r** at the beginnings and endings of words; all other instances of the letter **r** should be pronounced with the alveolar tap sound familiar today.

s, -ss-, z

The remaining sibilants close out our section on the consonants and they are somewhat different from modern Spanish. In the manuscript, between vowels and inconsistently in other positions the **ss** grapheme is used for the unvoiced sibilant that we spell with single **s** in modern Spanish. The manuscript's intervocalic single **s** represents the voiced sibilant (modern **z** sound in words like the English "zoo" or "phase"). To standardize the orthography, this edition only keeps the **ss** between vowels to represent the unvoiced [s] sibilant, as opposed to the voiced [z] sibilants written with **s**: **posada** (pronounced with [z]) vs. **passar** (pronounced with [s]), for example. In every other position the single **s** is used to indicate the unvoiced [s]. The letter **z** in the manuscript and in our edition represents the voiced dental affricate [dz] as in the English words "odds" or "seeds"; very different from the modern pronunciation. Here is a list of some words that occur in the PMC with sibilants as spelled in our edition, followed by their pronunciations:

Cid	=	[tsiδ]
coraçón	=	[ko-ra-tsón]
Saragoça	=	[sa-ra-γó-tsa]
estonces	=	[es-tón-tses]
vassallos	=	[ba-sá-λos]
assí	=	[a-sí]
pesar	=	[pe-zár]
casas	=	[ká-zas]
plaze	=	[plá-dze]
dezir	=	[de-dzír]
vozes	=	[bó-dzes]

The **vowel** sounds of medieval Spanish do not present any special problems for the modern Spanish-speaker's ear, but medieval orthography does present problems for the modern eye: examples such as **hyd** instead of **id**, **yua** instead of **iba**, **oyd** for **oíd**, **vna** for **una**, etc. The various **y/i** and **u/v** confusions have been standardized according to modern norms. Also, the conjunction "and" is always written with **e** (< Lat. **et**) in this edition, though different signs were used more often in the manuscript to represent this conjunction. The letter **y** by itself did not signify a conjunction and was instead a variant of "there" (< Lat. **ibi**); I edit it always to **í** in this edition to avoid confusion. There is a special class of words whose vowels have not been modified: the many ARCHAISMS, words that are no longer used or are used/pronounced differently today, have not been modernized when the result employs a different vowel sound than the one employed today: **asconderse** rather than **esconderse**, for example, or the following:

camear	*cambiar*
cuemo	variant of *como*
cuende	variant of *conde*
capiella	*capilla*
Castiella	*Castilla*
eglesia, eclegia	*iglesia*

ensiemplo	*ejemplo*
mijor	*mejor*
mugier	*mujer*
nadi	*nadie*
priessa	*prisa*
recebir	*recibir*
sos	*sus*
trever	*atrever*
vertud	*virtud*

This is a very incomplete list of archaisms created by shifts in vowels over time, such as a raising from **e** to **i**, or **o** to **u**, a reduction of an **ie** diphthong to **i** (e.g., **siella/silla**); most of these words were not archaic in the twelfth century, of course, but seem so today.

One more orthographic convention requires mention here before moving on to issues of lexicon, syntax, and morphology. This edition makes use of the apostrophe in order to indicate contractions that are not permitted in modern written Spanish—**d'ellos, d'aquén (de aquí), sobr'ellos**, etc.—as well as to indicate apocopated object pronouns (see the section on syntax and morphology). Do not confuse these with the symbols used for indicating phrases glossed in the margins (**'**). Unless otherwise noted, the use of orthographic accents (**´**) follows normal modern usage in our edition; the PMC manuscript makes no such indications, as is normal for medieval works.

Lexicon: In addition to the archaisms created because of the phonetic changes mentioned above, another class of archaism is created when words change meaning over time (semantic shift) or drop out of usage altogether. As a result, the lexicon (i.e. the words that a speaker or poet deploys) of the PMC is very different from that of today's Spanish. Most of the issues of semantic shift are noted in the marginal glosses (modern Sp. equivalents in bold face) or footnotes; examples include: the use of **ser** for location instead of **estar**, the use of **haber** where we normally use **tener** today ("to possess"), the various uses of the verb **quitar**, the use of **mucho** in the sense of **muy**, the much broader range of meanings for the word **razón**, the use of **privado** as an adverb meaning "quickly" (rather than the adjective "private"), **armas** meaning arms (not firearms) and armor. Other words in the PMC's lexicon are unfamiliar because the objects or concepts to which they refer are no longer a part of our daily experience: the clothing, arms, and warfare, even the social structure, differ a great deal between the Cid's day and our own. Other words have simply fallen out of usage in favor of the modern equivalents we know; often the two words compete in the PMC or have slightly different meanings. In the history of the Spanish language words such as **compeçar, catar, tiesta, finiestra, exir, recudir, siniestra** finally give way to the words **comenzar/empezar, mirar, cabeza, ventana, salir, responder, izquierda**. All of these less familiar words and concepts, and a good many familiar ones as well, are defined in the marginal glosses, footnotes, and glossary.

Morphology and Syntax: Once we have accounted for differences in pronunciation (along with the spelling changes reflecting those differences) and lexicon, we have only to deal with problems arising from morphology (study of forms) and syntax (word order or sentence structure). Many students confronting the PMC for the first time come to it with the expectation that, because it is the first extensive work of literature in Spanish, its language must somehow only be at the halfway mark in the evolution from Vulgar Latin to Spanish. But this is not the case; in fact, in terms of morphology and syntax it is much closer to modern Sp than to the VL of Roman Hispania. Barely a trace of ancient Latin's complex system of noun cases is discernible in the PMC. Moreover, the PMC's verb morphology and tense usage bears a much closer resemblance to modern Spanish than to Latin. Since most of the differences between the PMC's syntax and standard modern Spanish word order have to do with pronouns and pronoun placement, it is worth looking at them in more detail before moving on to a consideration of the state of the verb system.

The **subject pronouns** present very few difficulties as the chart below suggests:

LATIN	PMC	MOD. SP.
ego	**yo**	*yo*
tu	**tú**	*tú*
ille, illa	**él, ella**	*él, ella*
nos	**nós**	*nosotros*
vos	**vós**	*vosotros*
illos, illas	**ellos, ellas**	*ellos, ellas*

I have omitted the long marks from the Latin words here and have taken the liberty of adding accent marks to the Spanish words that need them in the PMC. The only real difference between Medieval and modern Spanish is in the first and second person plural forms **nós** and **vós** which are accented in our edition to distinguish them from the object pronouns **nos** and **vos** and thereby avoid possible confusion. Also, the reader will not find the **usted/ustedes** forms (from late medieval **vuestra merced**). OSp used **vós** for both singular and plural forms of direct address:

		PMC	MODERN
Singular			
	Informal	**tú, te, ti**	*tú, te, ti*
	Formal	**vós, vos**	*usted, le, lo, la*
Plural			
	Informal	**vós, vos**	*vosotros, os*
	Formal	**vós, vos**	*ustedes, les, los, las*

The verb endings associated with the **vós** forms are the only endings that present any problems for the modern reader, but they are easily recognizable once the reader is familiarized with them. A chart of the present indicative provides the pattern from which the **vós** endings in other tenses/moods can be extrapolated:

LATIN		MED. SP.	MOD. SP.
fabulare	*fabulatis*	*fablades*	*habláis*
mandare	*mandatis*	*mandades*	*mandáis*
tenere	*tenetis*	*tenedes*	*tenéis*
facere	*facitis*	*fazedes*	*hacéis*
audire	*auditis*	*oídes*	*oís*
aperire	*aperitis*	*abrides*	*abrís*

The key is the voicing of the dental stop in Latin ([t] > [d]), which through a process of lenition ([d] > [ð] > [-]) will eventually fall away and present the modern forms. As the Latin **vos** forms are distinguishable by their **-tis** ending, so the OSp **vós** forms are distinguishable by the **-des** endings in most tenses and moods.

The **object pronouns** also present few difficulties with regard to form, but as regards syntax (their relationship to other words in the sentence) there are some stumbling blocks for modern readers. Here are the basic differences in form:

MEDIEVAL	MODERN
me (mí)[27]	me (mí)
te (ti)	te (ti)
le, lo, la, se, ge	le, lo, la, se
nos (nos)	nos (nosotros)
vos (vos)	os (vosotros)
les, los, las, se, ge	les, los, las, se

The form **ge** is used instead of **le** or **se** when double objects are employed in the third person. For example, when the king sends a threatening message to the townspeople of Burgos, forbidding them from giving him lodging, we have the following:

que a mio Cid Ruy Díaz nadi nol' diessen posada
e aquel que ge la diesse...
to my Cid Ruy Díaz no one should give [to him] lodging
and he who gives it to him.

The indirect object ("to my Cid Ruy Díaz"), which would normally be replaced by **le**, and which is in fact present here in the redundant **l'**, is replaced by **ge** when combined with a third person direct object pronoun (in this case **la**, whose antecedent is **posada**). The pronoun **se** is used exclusively for reflexives and intensifiers. The presence of **l'** in the first line above points to another phenomenon that is extremely common in OSp, but not permitted at all today: AGGLUTINATION of object pronouns and prepositions, adverbs, words of negation, conjunctions, even nouns; **nol'** is actually **non** + **le**; **sis'** = **si** + **se**, etc. Other examples include: **quel'**, **ques'**, **nol'**, **nos'** (not to be confused with **nos** or **nós**), **cuándol'**, **luégol'**, **hóndral'**, **amígol'**. The vowel **e** in **le/se** undergoes APOCOPE in these forms, and this is represented by the apostrophe ('); in order to preserve the original stress of the agglutinated word a written accent may be employed. Word-final **e** must have been very weak in the Middle Ages, but it was never completely

---

[27] Forms in parenthesis for the first and second persons are the pronouns used as objects of prepositions; the third person objects of the preposition are the same in the PMC as they are today: **él, ella, ellos, ellas.**

lost and has made a linguistic comeback since; as a result, though, these forms will seem strange at first.

Another issue of syntax that will seem odd to the modern Spanish-speaker is the attachment of object pronouns to verb forms other than the infinitive or imperative: **partiós'** instead of **se partió**, for example, or **mandólo** for **lo mandó**, **recibiólos** for **los recibió**, **díxoles** for **les dijo**, **alegrabas'** for **se alegraba**, to give just a random sample. In this edition I have left the accent marks on many third person preterits even when normal rules of accentuation do not require them for pronunciation purposes (e.g., **recibiólos**); I have decided to do this so that the form will be more easily recognized. On the other hand, I have added accent marks if their absence would have affected pronunciation (e.g., **díxoles**, where absence of an accent might mislead the reader to stress the second syllable according to modern orthographic conventions for rendering stress). In OSp, as occasionally in modern Portuguese, the object pronoun could intervene in analytic tenses to separate the infinitive from its "ending" as in the following:

> **ferlo he** for **lo haré**
> **quererme ha** for **me querrá**
> **convidarle ién** for **le convidarían**

The verb morphology is modern for all intents and purposes (when you account for certain phenomena, like the ones mentioned above); morphologically speaking, all the tenses and moods, with their endings are familiar (or at least similar), though the usage (i.e., semantics and syntax) may differ slightly. Here is a list of major differences in random order:

1. The imperfect subjunctive form we use today (**-ara, -iera** endings) is used exclusively for the pluperfect in the PMC (**enviara** would be more or less the same as **avié enviado**, for example).
2. The imperfect subjunctive is always expressed with the **-asse, -iesse** series of endings (always spelled in the PMC with the double **ss** to keep the voiceless sibilant [s], unless the **e** is apocopated: **si non la quebrantás'** = **quebrantasse**).
3. The PMC uses future subjunctive forms which are no longer current today: **lo que fuere** instead of **lo que sea**, or **do quisiere** instead of **donde quiera**. The future subjunctive root is usually formed like the

modern imperfect subjunctive root (**passar-, comier-, fuer-**, etc.) and the endings employed are **e, es, e, emos, edes, en.**

4. The endings for the imperfect of **-er/-ir** verbs and the conditional of all conjugations are **ía, iés, ié, iemos, iedes, ién.**

5. The past participle in combination with the verb **ser** can be synonymous with the past tense in some contexts: **exido es** and **ixió** both give the sense of "he left" (the third person singular preterit of **exir**, syn. of **salir**).

6. Past participles are usually inflected to agree with verbal complements in compound tenses in the PMC; as in **esta batalla que avemos arrancada** or **pocos vivos ha dexados** (where modern Sp. would simply have **hemos arrancado** [i.e., **vencido**] or **ha dejado**). This practice is not perfectly consistent in the PMC, however.

8. Metathesis and assimilation are common with imperatives or infinitives and their clitic pronouns: **valelde** for **valedle**, **avello** for both **avedlo** and **averlo**, **dandos** for **dadnos**, for example.

9. As with the *Romancero viejo* the deployment of tenses is much more fluid than your grammar and composition text will allow for nowadays. The speaker moves fluidly back and forth between past tenses and present tenses; a vivid historical present brings the speaker and his/her audience right into the middle of the action before returning to the narrative past where imperfects suspend actions momentarily for us (something like slow motion in cinematic terms) or provide a photo-montage sense of simultaneity.

These and many other differences between the Spanish of the PMC and that of today are noted or glossed in this edition. Use these tools as aids to comprehension and do not be afraid to read sections over and over again until your comprehension is more fluid, until you can read passages out loud and appreciate the poetry of the lines. Recite passages out loud in class or in study groups to practice pronunciation and lend interpretive emphasis to the words, ask your professor to read them out loud; this work is after all meant for the ear not the eye.

ACKNOWLEDGMENTS
The support, encouragement, and enthusiasm of many people have made this edition possible. I can only name a few. First and foremost I should like to thank Tom Lathrop for being so supportive in this endeavor, as with the

whole Spanish Classics series. Thank you, also, to Nancy Joe Dyer for permitting me to fill in the one-folio lacuna in Cantar III with a passage from her critical edition of the *Crónica de veinte reyes* (*El Mio Cid del taller alfonsí: versión en prosa en la* Primera crónica general *y en la* Crónica de veinte reyes [Newark, De: Juan de la Cuesta, 1995]). My debt to and admiration for the medievalists working on the PMC is, I hope, evident in my introduction and notes; I hope this edition will interest more students in reading Medieval Spanish literature and the scholarship which strives to understand it better. This edition would not have been possible without the teachers and scholars whose classes and examples sparked my interest in Medieval and early modern literatures during my graduate school years at Texas: Cory Reed, Michael Harney, Steve Raulston, Matthew Bailey, Madeleine Sutherland-Meier, Stanislav Zimic, and Jaime Nicolopolous. But it also would not have been necessary without the students who have so enthusiastically poured themselves into the PMC in the survey courses and Medieval literature classes I have taught over the last decade. They kid me about my penchant for essayistic footnotes and remind me constantly that the story itself moves us, that it speaks to us through the fog of history and it urges us to consider its characters in all their humanity (with or without the distraction of notes). Thanks to the University of Wisconsin-Parkside and its community for support over the last couple of years, especially the encouragement of our Dean, Donald Cress, and Vice Chancellors Rebecca Martin and Gerald Greenfield, as I struggled to carve time for this project out of the day-to-day life of the university. I enjoy the support of many friends at Parkside and will always cherish the hallway conversations on language, art, literature, history, etc. There are too many colleagues to mention here, but thanks to you all. And as always: thanks, Anna!

ABBREVIATIONS
When referring in the notes to specific editions or translations of the PMC, I indicate last name of editor or translator only (full bibliographical information cited in the introduction above). The following is a list of additional abbreviations used in the notes to the text:

Ar.   Arabic
CAI   *Chronica Adefonsi Imperatoris* (in Barton and Fletcher's *World of El Cid*, cited above)
CMC   Menéndez Pidal, *Cantar de mio Cid* (3 vols. cited above)

CVR	*Crónica de veinte reyes* (ed. Nancy Joe Dyer)
EC	Menéndez Pidal, *La España del Cid* (cited above)
HR	*Historia Roderici* (in Barton and Fletcher's *World of El Cid*, cited above)
HS	*Historia Silense* (in Barton and Fletcher's *World of El Cid*, cited above)
Lat.	Latin
Mod.	Modern
MP	Menéndez Pidal (unless otherwise noted, refers to his crit. ed. in CMC, vol. III)
ms.	manuscript
OFr	Old French
OSp	Old Spanish
PFG	*Poema de Fernán González*
PMC	*Poema de mio Cid*
Port.	Portuguese
Sp.	Spanish
VL	Vulgar Latin
v(v).	verse(s)

The Iberian Peninsula in 1065

The Iberian Peninsula in 1086

The Iberian Peninsula in 1099

Poema de mio Cid

Cantar I: Destierro

[1]

De los sos° ojos tan fuertemientre° llorando,   **sus, fuertemente**
tornaba la cabeça e estábalos catando.°[1]   looking
Vio puertas abiertas e 'uços sin cañados,°   gates without locks
'alcándaras vazías° sin pieles° e sin mantos°   empty perches, furs,
5   e sin falcones e 'sin adtores mudados.°[2]   cloaks; molted hawks
Sospiró° mio Cid ca mucho avié grandes cuidados.[3]   sighed
Fabló mio Cid bien e tan mesurado:[4]
«¡Grado a ti, Señor Padre, que estás en alto!
Esto me han vuelto mios enemigos malos.»[5]

primero cosa avenaw es hablar a dios

---

[1] **De los sos…** the subject of the opening two lines is the Cid, bitterly weeping as he turns to look on his home one last time before beginning his exile. The antecedent of the clitic pronoun **los** in v. 2 is probably **los palacios**, which MP supplies in the "missing" first page reconstructed from later chronicles.

[2] Birds of prey were kept by nobles for hunting.

[3] **ca mucho…** "for he had very great troubles (lit. cares)"; note the imperf. frequently formed with **-ié** instead of **-ía**; **avié = había**.

[4] **Fabló…** lit. "my Cid spoke well and so measured"; Hamilton and Perry translate: "Then he said, with dignity and restraint…".

[5] **Grado…** "Thanks be to you, God on high, / This has been wrought by my evil (treacherous) enemies"; **esto** refers to the exile and its effects, just now taken in by the Cid as he gazes over the home he must leave.

[2]

10   Allí 'piensan de aguijar,° allí 'sueltan las riendas.°   begin to spur, loosen rei[n]
A la exida de Vivar⁶ ovieron la corneja diestra,⁷
e entrando a Burgos oviéronla siniestra.⁸
Meció° mio Cid los ombros e engrameó° la tiesta:°   shrugged, shook, head
«¡Albricia, Álvar Fáñez, ca echados somos de tierra!» ⁹

[3]

15   Mio Cid Ruy Díaz por Burgos entraba,
en su compaña sessaenta pendones levaba¹⁰;
16b   exiénlo ver mugieres e varones,¹¹
'burgeses e burgesas° por las finiestras° son.   townspeople, windows
Plorando° de los ojos, tanto avién el dolor,°   llorando, grief
de las sus bocas todos dizían una razón:¹²
20   «¡Dios, qué buen vassallo,° si oviesse buen señor!°»   vassal, feudal lord

[Handwritten margin note, left:] la gente está triste que Cid se marcha

[Handwritten notes below text:] Opinion of ppt about Cid / Cid would be a good vasal / if there was a good king / rey / no hay un buen rey, entonces Cid no puede ser buen vasallo (es en contra del gobierno)

---

⁶ **A la exida...** "On leaving Vivar"; Vivar: town just north of Burgos where the Cid's estate would have been located.

⁷ **ovieron...** lit. "they had the crow [on the] right"; a crow flying on the right-hand side was supposed to be a good omen.

⁸ **entrando...** lit. "entering Burgos they had it [the crow] on the left"; i.e., the crow flying on the left as they enter Burgos (the cultural/political center of old Castile) presents a bad omen to contradict the good omen of the previous line, and thereby requires the superstitious gesture of the following v.

⁹ **¡Albricia...** "Cheers, Álvar Fáñez, for we are banished from the land!"; **Álvar Fáñez:** one of the Cid's most trusted companions in this poem, often with the **sobrenombre** Minaya, was a historical personage with close ties to the court of Alfonso VI.

¹⁰ **en su...** "in his company he had (lit. took/carried) sixty banners"; i.e. there were sixty men in his company; the synecdoche refers to the banners that the men tied on their lances or spears.

¹¹ **exiénlo...** "men and women came out to see him"; this v. in the ms. is actually part of the previous line.

¹² **de las sus...** Hamilton and Perry translate: "with one accord they all said"; **dizían = decían.**

[4]

Convidarle ién de grado mas ninguno non osaba[13]:
el rey don Alfonso[14] tanto 'avié la grand saña.°   had such great anger
Antes de la noche en Burgos d' él entró su carta,
con gran recabdo° e 'fuertemientre sellada:°   care, firmly sealed
25   que a mio Cid Ruy Díaz nadi nol' diessen posada,[15]
e aquel que ge° la diesse 'sopiesse vera palabra°   se, know the truth
que perderié los averes° e más los ojos de la cara,   property
e aun demás los cuerpos e las almas.
'Grandes duelos° avién las gentes cristianas;   great sadness
30   ascóndense° de mio Cid ca nol' osan dezir nada.   se esconden
El Campeador adeliñó a su posada[16];
assí como llegó a la puerta, 'fallóla bien cerrada°   he found it locked tight
por miedo del rey Alfonso, que assí lo avién parado[17]
que si non la quebrantás' por fuerça que non   /
[ge la abriesse nadi.[18]
35   Los de mio Cid 'a altas vozes llaman°;   shout out loud
los de dentro non les querién tornar palabra.°   answer

---

[13] **Convidarle...** Hamilton and Perry translate: "they would have offered him hospitality but no one dared to do so"; lit. "to invite him they would have willingly, but no one dared." Note the conditional ending -**ién** separated from the root by the clitic pronoun **le**; this is common with conditional and future tenses in OSp which formed these analytic tenses by adding present or imperfect forms of the verb **aver** to the infinitve.

[14] **el rey...** King Alfonso VI, reigned in León (1065-1109) and Castile (1072-1109).

[15] **que...** lit. "that to my Cid Ruy Díaz no one is to give him lodging "; **diessen** is imperf. subjunctive, 3rd person plural despite the subject **nadi** (mod. **nadie**), which we would expect to take the singular verb.

[16] **El Campeador...** "The Campeador went straight for the inn"; the Sp. term Campeador, a frequent heroic epithet applied to the Cid in the poem, is derived from the Lat. term *Campidoctor* used in eleventh-century Spain as a military title to designate the leader or master (*doctor*) on the field (*campi*) of battle.

[17] **que assí...** "for just so they had decided/agreed"; lit. "thus they had it stood/stopped." Most editors and translators, read the line in connection with v. 34: "they had agreed / that if he didn't break the door down, nobody would open it for him."

[18] **que si non...** see note to previous v. **quebrantás'** = **quebrantase/ quebrantara**.

esta niña sale la puenta
nopueden ayudar el cid
debido al rey

Aguijó mio Cid, a la puerta se llegaba,
sacó el pie del estribera,° una ferídal' daba[19];   stirrup
non se abre la puerta, ca bien era cerrada.

40 Una niña de nuef° años 'a ojo se paraba:°   **nueve**, appeared
«¡Ya Campeador, en buen hora cinxiestes espada![20]
El rey 'lo ha vedado,° anoch d' él entró su carta   has forbidden it
con grant recabdo e fuertemientre sellada.
Non vos° osariemos abrir nin coger° por nada,   **os**, shelter
45 si non, perderiemos los averes e las casas
e demás los ojos de las caras.
Cid, en el nuestro mal vós non ganades nada;
mas el Criador vos vala con todas sus vertudes santas.»[21]
Esto la niña dixo e tornós' pora° su casa.   **para**
50 Ya lo vee° el Cid que del rey non avié gracia.   **ve**
Partiós' de la puerta, por Burgos aguijaba,
llegó a Santa María, luego descabalga,°   dismounts
'fincó los inojos,° de coraçón rogaba°;   he knelt down, prayed
la oración fecha° luego cabalgaba.°   **hecha**, he rode
55 Salió por la puerta e en Arlançón posaba,[22]
cabo° essa villa en la glera° posaba,   next to, sandy riverbank
'fincaba la tienda° e luego descabalgaba.   set up the tent

---

[19] **una ferídal'...** "he kicked it"; lit. "a blow to it [the door] he was giving"; mod. Sp. **un golpe le dio**

[20] **Ya Campeador...** The girl addresses the Campeador with what will become another heroic epithet for the Cid: "in a good/fortunate hour you girt (put on) a sword." The verb **ceñir** (from lat. *cingere*) has a strong preterite, e.g.: **él cinxo**.

[21] **mas el Criador...** "but let/may the Creator strengthen you with all His holy virtues"; mod. Sp. **Creador, valga, virtudes**.

[22] **Salió...** "He went through the town gate and stayed the night on (banks of) the Arlanzón"; the Arlanzón River runs past Burgos.

Mio Cid Ruy Díaz, el que en buen hora cinxo espada,
posó en la glera cuando 'nol' coge nadi en casa,°   none take him in
60   'derredor d' él° una buena compaña.   surrounding him
Assí posó mio Cid, como si fuesse en montaña.
Vedada l'an compra dentro en 'Burgos la casa,°   the town of Burgos
de todas cosas cuantas son de vianda°;   provisions of food
non le osarién vender al menos dinarada.[23]

[5]

65   Martín Antolínez, el burgalés complido,[24]
a mio Cid e a los suyos abástales° de pan e de vino;   provisions them
non lo compra, ca él 'se lo avié consigo,°   he had it with him
de todo conducho° bien los ovo bastidos.°   provisions, provided for
Pagós' mio Cid el Campeador *complido*
69b e todos los otros que van a so servicio.[25]

juglar hablando a la audencia

70   Fabló Martín Antolínez, odredes° lo que ha dicho: **oiréis**
«¡Ya Campeador, en buen hora 'fuestes nacido!°   you were born
Esta noch yagamos° e váymosnos al matino,°   let us rest, morning
ca acusado seré de lo que vos he servido,
en ira del rey Alfonso yo seré metido.[26]
75   Si convusco° escapo, sano o vivo,   with you
aun cerca o tarde el rey 'querer me ha° por amigo;   **me querrá**
si non, cuanto dexo no lo precio un figo.»[27]

---

[23] **non...** "they wouldn't dare sell him a coin's worth of food"

[24] **Martín...** "Martín Antolínez, good citizen of Burgos." Martín Antolínez is not found in historial documents contemporary with el Cid.

[25] **Pagós'...** "My Cid the Campeador was well satisfied, and all the others who go in his service."

[26] **ca acusado seré...** "For I will be accused of having served you, I will find myself (lit. be put) in King Alfonso's ire"; to incur *Ira Regia*, the royal anger, i.e. get on the king's bad list, usually meant exile or worse. The Cid is already under *Ira Regia* as the PMC begins and anyone who helps him will find themselves in the same category as Martín Antolínez knows well.

[27] **si non...** "if not, whatever I leave behind isn't worth a fig (lit. I don't value it a fig)"

[6]

Fabló mio Cid, el que en buen hora cinxo espada:
«¡Martín Antolínez, 'sodes ardida lança!°   you are a valiant lance
80 Si yo vivo, doblarvos he la soldada.[28]
'Espeso he° el oro e toda la plata,   I've spent
bien lo vedes° que yo no trayo° aver[29]   **veis, traigo**
e 'huebos me serié° pora toda mi compaña[30];   it'll be necessary
'ferlo he° amidos, de grado non avrié nada,[31]   **lo haré**
85 'con vuestro consejo° bastir quiero dos arcas:°   with your consent, chests
hinchámoslas d' arena, ca bien serán pesadas,[32]
cubiertas de guadalmecí° e bien enclaveadas,°   decorative leather, nailed
                                                             shut

[7]

los guadamecís bermejos° e los clavos bien dorados.°   red, golden

---

[28] **doblarvos he...** " I'll double your (**os doblaré**) salary"

[29] **no trayo...** "I bring no possessions."

[30] **Espeso he...** These lines, relating the fact that he has spent all his money already is for most commentators proof that the Cid had not embezzled the king's tribute money for personal gain. The phrase **huebos me serié** (from the Lat. construction *opus mihi est*) is in the conditional (mod. Sp. **me haría falta**; i.e., he would need the money for his followers).

[31] **ferlo he...** "I will do this unwillingly, though I would rather not have to (lit. gladly I would have nothing)"

[32] **hinchámoslas...** "we will fill them with sand so they will be really heavy"

Por Rachel e Vidas[33] 'vayádesme privado:°   go quickly
90   cuando en Burgos me vedaron compra e el rey
        [me ha airado,[34]
     non puedo traer el aver, ca mucho es pesado,
     empeñárgelo he[35] por 'lo que fuere guisado,°   whatever's fair
     de noche lo lieven,° que non lo vean cristianos;   **lleven**
     véalo el Criador con todos los sos santos,
95   yo más non puedo e amidos lo fago.»

[8]

Martín Antolínez non lo detardaba,°   delayed
por Rachel e Vidas 'apriessa demandaba.°   he urgently sought
Passó por Burgos, al castiello° entraba,   **castillo**
por Rachel e Vidas apriessa demandaba.

[9]

100 Rachel e Vidas 'en uno° estaban amos,°   together, **ambos**
     'en cuenta de° sus averes, de los que avién ganados.   counting
     Llegó Martín Antolínez, 'a guisa de membrado:°   astutely
     «¿'Ó sodes,° Rachel e Vidas, los mios amigos caros?   **¿dónde estáis...?**
     En poridad° fablar querría con amos.»   secret
105 Non lo detardan, todos tres se apartaron.[36]
     «Rachel e Vidas, amos me dat° las manos,   **dad**
     que non me descubrades a moros nin a cristianos[37];

---

[33] **Rachel e Vidas** Two Jewish moneylenders of Burgos. They are
always named together (as the Cid's daughters later on); the **-ch-** in
Rachel probably has the phonetic value [k], as it does in the ms. **archas**
(standardized to **arcas**).

[34] **e el rey...** " and the king subjected me to *ira regia*"; in vv. 90-92
the Cid explains to Martín Antolínez the excuse he is to give to Rachel
and Vidas.

[35] **empeñárgelo he...** "I will have to place it in pawn"; mod. **se lo
empeñaré** or **he de empeñárselo**.

[36] **Non lo...** "they do not delay, the three of them step aside (i.e., to
speak secretly)"

[37] **amos me dat...** "Both of you swear that you will not reveal me
(i.e. my secret) to anyone"; the phrase **a moros nin a cristianos** (neither
to Moor or Christian) or **moros e cristianos** was frequently used simply
to mean "anyone at all."

por siempre vos faré ricos, que non seades menguados.°   in need
El Campeador por las parias fue entrado,[38]
110   grandes averes priso° e mucho° sobejanos,°   he took, **muy**, excessive
retovo° d' ellos cuanto que fue algo,[39]   **retuvo**
'por én° vino a aquesto por que fue acusado.   because of which
Tiene dos arcas llenas de oro esmerado,°   pure
ya lo vedes, que el rey le ha airado,
115   dexado ha heredades e casas e palacios.
Aquéllas non las puede levar, si non, serién ventadas,[40]
el Campeador dexarlas ha en vuestra mano
e prestalde de aver lo que sea guisado[41];
prended las arcas e metedlas 'en vuestro salvo.°   in safekeeping
120   Con grand jura meted í las fes amos[42]
que non 'las catedes° en todo aqueste año.»   look inside them
Rachel e Vidas 'seyénse aconsejando:°   spoke to each other
«Nós° huebos avemos en todo de ganar algo,[43]   privately; **nosotros**
bien lo sabemos que él algo ganó
125   cuando a tierra de moros entró, que grant aver sacó;
non duerme 'sin sospecha° qui° aver trae monedado.[44]   in peace, **quien**
Estas arcas 'prendámoslas amas,°   let's take them both
en logar° las metamos que non sean ventadas;   **lugar**

---

[38] **por las parias...** "for tribute had entered [Muslim territory]"; Alfonso VI had established himself as the dominant military power in the peninsula and exacted tribute (protection money) from the weaker *taifa* kingdoms to the south. Martín Antolínez is using the popular rumor that the Cid had kept some of the **parias** for himself.

[39] **retovo d'ellos...** "he kept from them [the **averes** taken in v. 111] so much that it was a lot [lit. something]"

[40] **aquéllas...** "He can't take them [the antecedent of **aquéllas** is **arcas**] lest they be discovered."

[41] **e prestalde...** "and lend him whatever wealth might be fair"; **prestalde** = **prestadle**.

[42] **Con grand...** "With solemn oath both of you must swear [lit. put there your faiths]"; OSp **í** (or **y** in the ms.) from Lat. **ibi** = **allí**.

[43] **Nós...** "Surely we stand (lit. we have [by] necessity) to gain something from all of this"

[44] **bien lo sabemos...** Rachel and Vidas have taken the bait, repeating the rumor that the Cid must have great wealth from his exploits in Muslim territory and will not rest easy carrying around so much wealth in coin (**aver trae monedado**) with the heavy treasure chests.

mas dezidnos del Cid, ¿de qué será pagado, [45]
130 o qué ganancia° nos dará por todo aqueste año?»   profit
    Repuso° Martín Antolínez a guisa de membrado: replied
    «Mio Cid querrá lo que sea aguisado,
    pedirvos ha poco por dexar so aver en salvo:
    'acogénsele omnes° de todas partes menguados,   men come to him
135 'ha menester° seiscientos marcos.°»   he needs, marks (coins)
    Dixo[46] Rachel e Vidas: «'Dárgelos hemos° de grado.»   **se los daremos**
    «Ya vedes que entra la noch, el Cid es presurado,
    'huebos avemos° que nos dedes los marcos.»   we need
    Dixo Rachel e Vidas: «Non se faze assí el mercado,°   the exchange
140 sinon° primero prendiendo e después dando.»   **sino**
    Dixo Martín Antolínez: «Yo, d' esso me pago,
    amos tred° al Campeador contado°   come (**traed**), famous
    e nós vos ayudaremos, que assí es aguisado,
    'por aduzir° las arcas e meterlas en vuestro salvo,   to bring
145 que non lo sepan moros nin cristianos.»
    Dixo Rachel e Vidas: «Nós d' esto nos pagamos;
    las arcas aduchas,° prendet seyescientos marcos.»   brought
    Martín Antolínez cabalgó privado°   quickly
    con Rachel e Vidas, 'de voluntad° e de grado.   willingly
150 Non viene a la puent,° ca por el agua ha passado,   **el puente**
    que ge lo non ventassen de Burgos omne nado.°   **nacido**
    Afévoslos[47] a la tienda del Campeador contado,
    assí como entraron, al Cid 'besáronle las° manos.   they kissed his
    Sonrrisós' mio Cid, estábalos fablando: **se sonrió**
155 «¡Ya don Rachel e Vidas, avédesme olvidado!
    Ya me exco° de tierra, ca del rey só° airado;   **voy, soy**
    'a lo quem' semeja,° de lo mío avredes algo;   it seems to me
    mientras que vivades non seredes menguados.»
    Don Rachel e Vidas a mio Cid besáronle las manos.

---

[45] **mas dezidnos...** "but tell us about the Cid, how does he expect to be paid?"; here, in vv. 129-30, Rachel and Vidas turn back to Martín Antolínez.

[46] **Dixo...** the sing. form of the verb is used here and in future verses despite the fact that the subj. is pl. (Rachel and Vidas). It is as if the poet considers them one entity, speaking in unison.

[47] **Afévoslos** "here you have them" or "look at them"; vv. 148-51 take the reader from the money lenders' place to the Cid's encampment and v. 152 announces them at the Campeador's tent.

160   Martín Antolínez 'el pleito ha parado°   has reached agreement
       que sobre aquellas arcas 'darle ién° seiscientos marcos   **le darían**
       e bien ge las guardarién 'fasta cabo del año°;   until the end of the year
       ca assíl' dieran la fe e ge lo 'avién jurado°   had sworn
       que si antes las catassen que fuessen perjurados,[48]
165   non les diesse mio Cid de la ganancia 'un dinero malo.°   a single penny
       Dixo Martín Antolínez: «Carguen° las arcas privado;   carry
       levaldas, Rachel e Vidas, ponedlas en vuestro salvo.
       Yo iré convusco, 'que adugamos° los marcos,   so we might bring
       ca a mover ha mio Cid ante que 'cante el gallo.°»   the cock crows
170   Al cargar de las arcas, 'veriedes gozo tanto:°   you'd have seen such joy
       non las podién 'poner en somo° maguer° eran esforçados; pick up, though
       grádanse° Rachel e Vidas con averes monedados,   they are pleased
       ca mientra que visquiessen° refechos° eran amos.   **vivieran**, well off

       [10]

       Rachel a mio Cid la manol' va besar:
175   «¡Ya Campeador, en buen hora cinxiestes espada!
       De Castiella vós ides pora las gentes estrañas,°   foreign
       assí es vuestra ventura,° grandes son vuestras ganancias, good fortune
       una piel bermeja, morisca° e hondrada,°   Moorish, **honrada**
       Cid, beso vuestra mano, 'en don° que la yo haya.°»   as a gift, might have
180   «Plazme°», dixo el Cid, «d'aquí sea mandada,°   **me place**, so ordered
       si vos la aduxier d' allá; si non, contalda sobre las arcas.»[49]
       En medio del palacio 'tendieron un almoçalla,°   they spread a blanket
       sobr'ella 'una sábana de rançal e muy blanca.°   a fine, white sheet
       A tod' el primer colpe trezientos marcos de
           [plata echaron;[50]

---

[48] **que fuessen...** "they would have broken their promise"

[49] **si vos la...** "if I can bring it back to you from there; if not, charge it to the chests"; **aduxier** is an apocopated future subjunctive (of the verb **aduzir**).

[50] **a tod'...** "all at once they threw onto the sheet 300 silver marks"

185 Notólos° don Martino, sin peso° los tomaba.   noted them, without
     Los otros trezientos en oro ge los pagaban.   weighing
     Cinco escuderos° tiene don Martino, a todos los cargaba.°   squires, he loaded
     Cuando esto ovo fecho, odredes° lo que fablaba: you will hear
     «Ya, don Rachel e Vidas, en vuestras manos son las arcas;
190 Yo, que esto vos gané, bien merecía calças.»[51]

     [11]

     Entre Rachel e Vidas 'aparte ixieron° amos: went to one side
     «Démosle buen don, ca él nos lo ha buscado.
     Martín Antolínez, un burgalés contado,
     vos lo merecedes, darvos queremos buen dado°   gift
195 de que fagades calças e rica piel e buen manto°;   cloak
     Dámosvos en don a vos treinta marcos,
     merecérnoslos hedes, ca esto es aguisado:
     'atorgarnos hedes° esto que avemos parado.»   **nos otorgaréis**

---

[51] **en vuestras…** Rose and Bacon translate: "ye have the coffers two
/ well I deserve a guerdon [reward], who obtained this prize for you";
bien merecía calças is lit. "well am I deserving socks [i.e. new]"

Gradeciólo° don Martino e recibió los marcos;   **lo agradeció**
200 gradó exir de la posada e 'espidiós' de amos.°   took leave of the two
'Exido es° de Burgos e Arlançón ha passado,   **salió**
vino pora la tienda del que en buen hora nasco.°   **nació**
Recibiólo mio Cid, 'abiertos amos los braços:°   both arms open
«¿Venides,° Martín Antolínez, el mi fiel vassallo?   will you come
205 ¡Aún vea el día que de mí hayades algo!»[52]
«Vengo, Campeador, 'con todo buen recabdo:°   well prepared
vós seiscientos marcos e yo treinta he ganados.
Mandad 'coger la tienda° e vayamos privado,   break camp
en San Pero de Cardeña, í nos cante el gallo.
210 Veremos vuestra mugier, membrada fijadalgo,°   noblewoman
mesuraremos la posada e quitaremos el reinado;[53]
mucho es huebos, ca 'cerca viene el plazo.°»   the deadline approaches

[12]

Estas palabras dichas, la tienda es cogida.
Mio Cid e sus compañas 'cabalgan tan aína,°   ride hurriedly
215 la cara del caballo tornó a Santa María,
alçó° su mano diestra, la cara se santigua[54]:   raised
«¡A ti lo gradesco, Dios, que cielo e tierra guías°;   you who rule
válanme tus vertudes, gloriosa Santa María!
D'aquí quito Castiella, pues que el rey he en ira,
220 non sé si entraré í más en todos los mios días;
vuestra vertud me vala, Gloriosa, en mi exida
e me ayude e[55] me acorra° de noch e de día.   succor

---

[52] **Aún vea...** "The day may yet come when you have something
from me (i.e., when I'm able to return these favors)"

[53] **Mesuraremos...** "We will shorten our stay and will leave the
realm"; notice the verb **quitar**, which is used very differently in OSp;
here it appears to function like the mod. Sp. **salir**, in other instances it
works more like the mod. Sp. **dejar**. The next line alludes to the **plazo**
or time limit that the Cid has to **quitar el reino**..

[54] **la cara...** "he made the sign of the cross"; he is facing Santa María
de Burgos, the cathedral (v. 215), and will commend himself to its
Patroness, Mary Mother of God, also known as **la Gloriosa** or Glorious
one (vv. 218-25) to whom he promises to have Masses said (involving
donation to the cathedral) if all goes well.

[55] **e me ayude...** this phrase in the ms. is actually found at the end
of v. 221 and folio 5r. Ms. v. 222 begins the next folio (5v) with **el[la] me**

Si vós assí lo fiziéredes e la ventura me fuere complida,
mando a vuestro altar buenas donas° e ricas;   gifts
225 esto he ⸢yo en debdo,° que faga í cantar mil missas.»   I hold as duty

[13]

Spidiós' ⸢el caboso° de cuer e ⸢de veluntad,°   upright man, with
sueltan las riendas e piensan de aguijar.   devotion
Dixo Martín Antolínez, *el buragalés leal*:
228b «Veré a la mugier ⸢a todo mio solaz°;[56]   at my own leisure
castigarlos he cómo habrán a far.[57]
230 Si el rey me lo quisiere tomar, ⸢a mí non m' incal.°   matters not to me
Antes seré convusco que el ⸢sol quiera rayar.°»   the sun rises
Tornabas' Martín Antolínez a Burgos e mio Cid a aguijar
pora San Pero de Cardeña cuanto pudo espolear,°   spur
con estos caballeros quel' sirven ⸢a so sabor.°[58]   by choice
[14]   *→ es iglesia y*
             pucde quedar aquí
235 Apriessa cantan los gallos e ⸢quieren quebrar albores,°   almost daybreak
Meor cuando llegó a San Pero el buen Campeador.
El abat don Sancho,[59] cristiano del Criador,
rezaba los matines° ⸢a vuelta de los albores.°   morning prayer, at dawn
Í estaba doña Ximena con cinco ⸢dueñas de pro,°   good ladies-in-waiting
240 rogando a San Pero e al Criador:
«¡Tú que a todos guías, val a mio Cid el Campeador!»

_____ *deja su esposa y 2 hijas en el convento*

acorra, which most editors emend to **e me acorra**.

[56] **Dixo Martín…** This is one verse in the ms. It appears to have been two separate verses originally, with a missing hemistich now evident after **Dixo Martín Antolínez** (supplied by MP).

[57] **castigarlos…** "I will instruct them on/let them know what they are to do"

[58] Most editors move v. 234 into the next section (following v. 236) because it matches the -ó assonance. Thematically, though the emphasis on knights who follow the Cid into exile by choice fits well at the end of **tirada** 13 in which we see that Martín Antolínez will clearly be sacrificing much to follow the Cid.

[59] San Pedro (**Pero** in the ms.) was a Benedictine Monastery in Cardeña just southeast of Burgos and at the time of the Cid's exile its abbot (**abbat** in the ms.; **abad** in mod. Sp.), historians tell us, would have been Sisebut (a Visigothic name); Don Sancho is clearly a fiction not based on any particular historical abbot.

[15]

    Llamaban a la puerta, e sopieron el mandado°;   news
    ¡Dios, qué alegre fue el abat don Sancho!
    Con lumbres° e con candelas al corral 'dieron salto°;   lanterns, they rushed
245 con tan grant gozo reciben al que en buen ora nasco:
    «Gradéscolo a Dios, mio Cid», dixo el abat don Sancho,
    «pues que aquí vos veo, prendet de mí ospedado.°»   bed and board
    Dixo el Cid: «Gracias, don abat, e 'só vuestro pagado°;   I'm obliged
    yo 'adobaré conducho° pora mí e pora mis vassallos,   will gather provisions
250 mas porque me vo° de tierra, dóvos° cinquaenta° marcos;   **voy, os doy, cincuenta**
    si yo algún día visquier,° 'servos han° doblados.   survive, **os serán**
    Non quiero fazer en el monesterio un dinero de daño:
    'evades aquí° pora doña Ximena, dóvos cient marcos.   here you have
    A ella e a sus fijas° e a sus dueñas sirvádeslas est' año.   **hijas**
255 Dues° fijas dexo niñas e prendetlas en los braços;   **dos**
    aquellas vos acomiendo a vos, abat don Sancho.[60]
    D'ellas e de mi mugier, 'fagades todo recabdo°;   take great care
    si essa despensa vos falleciere o vos menguare algo,[61]
    bien 'las abastad,° yo assí vos lo mando.   provide for them
260 Por un marco que despendades,° al monesterio   you spend
        [daré yo cuatro.»
    Otorgado ge lo avié el abat de grado.
    Afévos doña Ximena con sus fijas do° va llegando,   **donde**
    señas° dueñas las traen e adúzenlas adelant.[62]   **sendas**
    Ant' el Campeador, doña Ximena fincó los hinojos amos;
265 lloraba de los ojos, quísol' besar las manos:
    «¡Merced, Campeador, en hora buena fuestes nado!

---

[60] **aquellas…** "I commend them [Ximena and her daughters]to you (i.e. leave them in your care), Abbot Don Sancho"

[61] **si essa despensa…** "if that ration (money) runs out (**vos falleciere** lit. should fail you) or anything is lacking/needed"

[62] The obj. pron. **las** in this v. refers back to the **fijas**. They each have a lady-in-waiting bring them forward.

Por malos mestureros° de tierra sodes echado.[63]   meddlers

[16]

¡Merced, ya Cid, barba tan complida![64]
Fem'° ante vos yo, e vuestras fijas,   **estoy (héme) aquí**
269b infantes son e de días chicas,[65]
270   con aquestas mis dueñas, de quien só yo servida.
Yo lo veo que estades vós en ida
e nós de vos partirnos hemos en vida:
¡dadnos consejo por amor de Santa María!»
Enclinó° las manos en la su barba vellida,°   rested, beautiful
275   a las sus fijas en braço las prendía;
llególas° al coraçón, ca mucho las quería.   he pressed them
Llora de los ojos, tan fuertemientre sospira:
«Ya doña Ximena, la mi mugier tan complida,
como a la mi alma yo tanto vos quería.
280   Ya lo vedes, que partirnos hemos en vida;
yo iré e vós fincaredes remanida.°   you will stay behind
¡Plega° a Dios e a Santa María   may it please
282b que aún con mis manos case estas mis fijas,[66]
o que dé ventura e algunos días vida,
e vós, mugier ondrada, de mí seades servida!»

[17]

285   Grand yantar° le fazen al buen Campeador.   feast

---

[63] **Por malos…** Ximena here echoes her husband ("esto me han
vuelto mios enemigos malos" [v.9]) in blaming the Cid's banishment on
the court meddlers who have the ear of Alfonso VI and have turned the
king against his most valuable vassal (Hamilton and Perry translate
mestureros as "mischief-makers").

[64] **Merced…** " A favor, oh Cid, with beard so full"; the phrase **barba
tan complida**, and many others like it over the course of the poem, refer
to the Cid's beard as a sign of his manliness, but MP notes that letting
one's beard grow was also an outward show of grief or pain. As the
exile continues, the Cid's beard becomes long indeed.

[65] **infantes…** "they are still children and of little days (i.e. not many
years old)."

[66] **que aún…** "that I may yet marry these daughters of mine with
my own hands"; a bit of foreshadowing.

"Tañen las campanas° en San Pero a clamor.   they ring the bells
Por Castiella oyendo van los pregones,°   proclamations
cómo se va de tierra mio Cid el Campeador;
unos dexan casas e otros, honores.[67]
290   En aques' día a la puente de Arlançón
ciento quinze caballeros todos juntados son;
todos demandan por mio Cid el Campeador.
Martín Antolínez con ellos' cojó;
vanse pora San Pero, do está el que 'en buen punto° nació.   at a lucky moment

[18]

295   Cuando lo sopo mio Cid, el de Vivar,
quel' crece compaña, por que más valdrá,[68]
apriessa cabalga, recebirlos salié, tornós' a sonrisar;
lléganle todos, la manol' van besar.
Fabló mio Cid de toda voluntad:
300   «Yo ruego a Dios e al Padre spirital,°   **espiritual**
vós, que por mí dexades casas e heredades,°   inheritances
enantes° que yo muera, algún bien vos pueda far;   **antes**
lo que perdedes, doblado vos lo cobrar.»
Plogo a mio Cid, porque creció en la yantar,
305   plogo a los otros omnes todos cuantos con él están.
Los seis días de plazo passados los han,
'tres han por trocir,° sepades que non más.   only three to go
Mandó el rey a mio Cid a aguardar,°   to watch
que, si después del plazo en su tiérral' pudiés' tomar,[69]
310   por oro nin por plata non podrié escapar.
El día es exido, la noch querié entrar,

---

[67] Those who follow the Cid into exile leave their property behind. The word **honor** overlaps in meaning somewhat with **honra** (the former deriving from the med. Lat. noun *honore*, the latter from the verb *honorare*), referring to a person's honor, dignity, or respect (as well as to social station). Additionally, **honores** could refer to property or inheritances—its most probable meaning in v. 289—and specifically to lands granted by the king, usually as a reward for some service rendered.

[68] **por que más...** "by which (i.e., his growing number of followers) he will have more honor/strength"

[69] **si...** "if after the deadline has passed he [the king] should be able to take/capture him within his land..."

a sos caballeros mandólos todos juntar:
«Oíd, varones, 'non vos caya en pesar°;   have no remorse
poco aver trayo, darvos quiero vuestra part'.
315   Sed membrados cómo lo debedes far:
a la mañana, cuando los gallos cantarán,°   **canten**
non vos tardedes, 'mandedes ensellar°;   have [the horses] saddle
en San Pero 'a matines tandrá° el buen abat,   will call to prayer
la missa nos dirá, ésta será de Santa Trinidad;[70]
320   la missa dicha, pensemos de cabalgar,
ca el plazo viene a cerca, mucho avemos de andar.»
Cuemo° lo mandó mio Cid, assí lo han todos a far.   **como**
Passando va la noch, viniendo la man;
a los mediados gallos piensan de *ensellar*.[71]

325   Tañen a matines a una priessa° tan grand;   **prisa**
mio Cid e su mugier a la eglesia van.
Echós' doña Ximena en los grados° delant el altar,   steps
rogando al Criador, cuanto ella mejor sabe,
que a mio Cid el Campeador que Dios le curiás' de mal:[72]
330   «¡Ya Señor Glorioso, Padre que en cielo estás!
Fezist'° cielo e tierra, el tercero° el mar;   **hiciste**, and thirdly
fezist' estrellas e luna e el sol 'pora escalentar°;   **para calentar**
'prisist' encarnación° en Santa María madre,   you took form in human

---

[70] **Santa Trinidad** Mass of the Holy Trinity (rather than the usual
daily Mass); MP and others note that in the Middle Ages the Holy
Trinity Mass was frequently used for weddings and preferred to the
Mass of the day to mark special events. The call to prayer of the
previous v. would have been accomplished by ringing the church bells,
thus the verb **tañer** here.
[71] **a los mediados...** "on the second crowing of the roosters, they
start to saddle their horses"; MP has replaced the ms. **cavalgar** with
ensellar, to be consistent with the Cid's instructions to his men in vv.
315-320.
[72] **que a mio Cid...** Ximena prays "that God protect the Cid
Campeador from evil."

en Beleem aparecist', como fue tu veluntad;   flesh
335 pastores° te glorificaron, oviéronte a laudare;[73]   shepherds
     tres reyes de Arabia te vinieron adorar,
     Melchior e Gaspar e Baltasar, oro e tús e mirra[74]
     te ofrecieron, como fue tu veluntad.
     Salvest'° a Jonás,° cuando cayó en la mar,   **salvaste**, Jonah
340 salvest' a Daniel con los leones en la mala cárcel,[75]
     salvest' dentro en Roma al señor San Sabastián,[76]
     salvest' a Santa Susana del falso criminal.[77]
     Por tierra andidiste° treinta e dos años, Señor spiritual, **anduviste**
     mostrando los miraclos,° por én avemos qué fablar: **milagros**
345 del agua fezist' vino e de la piedra pan,
     resucitest' a Lázaro,[78] ca fue tu voluntad;
     a los judíos te dexeste prender; do dizen Monte Calvarie[79]
     pusiéronte en cruz, por nombre en Golgotá,
     dos ladrones contigo, estos de señas partes,
350 el uno es en paraíso, ca el otro non entró allá.[80]
     Estando en la cruz, vertud° fezist' muy grant: miracle

Talking about the bible

Ximena's prayer for Cid

---

[73] **oviéronte...** "they had to praise you"; the ms. reads **ovierõ de**.

[74] **Melchior...** the three kings who visited the newborn Christ are traditionally given the names Melchor, Caspar, and Balthasar though they are not named in the biblical source (Mt 2). The gifts were gold, frankincense (**tús** here), and myrrh.

[75] The episode of Daniel rescued by God after having been imprisoned in the Lions' den is found in Dn 6.

[76] **Roma...San Sabastián**: a reference to Saint Sebastian, a third-century martyr in Rome; secretly a Christian, when he was discovered he was shot through with arrows, but survived.

[77] **Santa Susana**: the biblical Susana, who was falsely accused by two elders after she would not commit adultery with them, was saved from execution when Daniel revealed her innocence by questioning the elders (Dn 13); although there were two accusers in Dn, v. 342 has the sing. **falso criminal**.

[78] **Lázaro**: The raising of Lazarus from the tomb by Jesus is narrated in Jn 11.

[79] In vv. 347-360 Ximena relates the arrest and crucifixion of Christ. **Monte Calvarie** is Mount Calvary, the Latinate rendering of the Hebrew Golgotha ("Place of the Skull" in the Gospels), **Golgotá** in v. 348.

[80] **dos ladrones...** see Mt 27: 38; Mk 15: 27; Jn 19: 18 on the two criminals or revolutionaries crucified on either side (**estos de señas partes**) of Christ; The Gospel of Luke (23: 33-43) is the reference for v. 350.

Longinos era ciego, que nunquas vio alguandre,[81]
diot' con la lança en el costado, dont' ixió la sangre,
corrió la sangre por el astil ayuso, las manos
    ['se ovo de untar,[82]
355 alçólas° arriba, llególas a la faz,   he raised them
abrió sos ojos, cató a todas partes,
en ti crovo° a l'hora, por end es salvo de mal.   **creyó**
En el monumento° resucitest'   tomb
fust' a los infiernos, como fue tu voluntad;   **fuiste**
360 quebranteste las puertas e saqueste los padres santos.
Tú eres rey de los reyes e de tod' el mundo padre,
a ti adoro e creo de toda voluntad,
e ruego a San Peidro[83] que me ayude a rogar
por mio Cid el Campeador, que Dios le curie de mal;
365 cuando hoy nos partimos, en vida nos faz juntar.»
La oración fecha, la missa 'acabada la han,°   **la han acabado**
salieron de la eglesia, ya quieren cabalgar.

---

[81] **Longinos:** vv. 352-57 relate the early medieval legend of the soldier whose lance pierced Christ's side on the cross. It has its origin in Jn 19: 34 in which "one soldier thrust his lance into his side, and immediately blood and water flowed out" and perhaps also in the centurion who witnessed the death and claimed that Christ was certainly the Son of God (Lk 23: 47; Mt 27: 54; Mk 15: 39). According to the *Catholic Encyclopedia* (Holy Lance entry, vol. 8), Longinos was the name given to the soldier in an illumination of the scene from a sixth-century Syriac manuscript, and tradition holds that he "was healed of ophthalmia and converted by a drop of the precious blood spurting from the wound"; the inflammation of the eye in this legend has been exaggerated to blindness since birth by Med. tradition and hence by the poet of the PMC: **nunquas vio alguandre**, "he never ever saw"

[82] **dont' ixió...** "from where [Christ's lance-pierced side] the blood ran down over the shaft and was smeared on [or perhaps 'anointed'] his hands"; **dont'** = **de donde te.**

[83] **San Peidro:** St. Peter, Apostle and first Pope, also the patron saint of the monastery in Cardeña where she will be waiting out the Cid's exile.

El Cid a doña Ximena íbala abraçar;
doña Ximena al Cid la mánol' va besar,
370 llorando de los ojos, que non sabe qué se far.
E él a las niñas tornólas a catar:
«A Dios vos acomiendo, fijas, e a la mugier e
     [al Padre spirital;
agora nos partimos, Dios sabe el ajuntar.°»   reunion
Llorando de los ojos, que non viestes atal,[84]
375 assís' parten unos d' otros como la uña de la carne.[85]
Mio Cid con los sos vassallos pensó de cabalgar,
a todos esperando, la cabeça tornando va.
A tan grand sabor fabló Minaya Álvar Fáñez:
«Cid, ¿dó son vuestros esfuerços?°   courage
379b en buen hora nasquiestes de madre;[86]
380 pensemos de ir nuestra vía,° 'esto sea de vagar.°   way, this is a delay
Aún todos estos duelos en gozo tornarán;
Dios que nos dio las almas, consejo° nos dará.»   guidance
Al abat don Sancho tornan de castigar
cómo sirva a doña Ximena e a las fijas que ha,
385 e a todas sus dueñas que con ellas están;

----

[84] **que non...** "such as you've never seen"
[85] **assís' parten...** Rose and Bacon translate: "As the nail from the
flesh parteth, from each other they did part"
[86] V. 379 is extremely long in the ms.; the **-re** in **madre** is written
above **mad-** at the end of the line at the very edge of the ms. folio.

bien sepa el abat que buen galardón° d' ello prendrá. reward
Tornado es don Sancho, e fabló Álvar Fáñez:
«Si viéredes gentes venir por connusco° ir, Abat, **con nosotros**
dezildes que 'prendan el rastro° e piensen de andar, pick up our trail
390 ca 'en yermo o en poblado° podernos han alcançar.» in wilderness or town
Soltaron las riendas, piensan de andar;
cerca viene el plazo por el reino quitar.
Vino mio Cid yazer a Spinaz de Can,[87]
395 grandes gentes se le acogen essa noch de todas partes.
394 Otro día mañana piensa de cabalgar,[88]
ixiéndos' va de tierra el Campeador leal,
de siniestro Sant Esteban,[89] una buena cibdad,° **ciudad**
de diestro Alilón las torres,° que moros las han, towers
passó por Alcobiella que de Castiella fin es ya;
400 la calçada° de Quinea, íbala traspassar; road
sobre Navas de Palos el Duero va passar;
a la Figueruela mio Cid iba posar;
vánsele acogiendo gentes de todas partes.

[19]

Í se echaba mio Cid después que cenado fue,[90]
405 un sueñol' priso dulce, tan bien se adurmió.° **= durmió**
El ángel Gabriel a él vino en sueño:

---

[87] **Spinaz de Can**: unknown place, but the rest of the itinerary
reveals a southeasterly direction as the geographical focus of the PMC
shifts from Burgos, and central Castile, to the frontier region between
Castile and the Taifa kingdoms of Zaragoza and Toledo (which at the
time of the historical Cid's exile [1081] was a dependent of Alfonso VI,
but still in Muslim control).

[88] Critics traditionally reverse the ms. order of vv. 394-395,
following the logic that dawn follows night. **Otro día mañana** = the next
morning.

[89] **Sant Esteban** is San Esteban de Gormaz, **Alilón** (v. 398) is Ayllón,
Alcobiella (v. 399) is Alcubilla near the Duero River which the poet
indicates was the southern boundary of Castile, at which point the Cid
crosses the **calçada de Quinea** (which editors identify as a Roman road)
and follows the river south and east, crossing the Duero at **Navas de
Palos** (v. 401; mod. Navapalos), finally stopping at **Figuerela** (v. 402),
which like **Spinaz de Can** has not been identified.

[90] **después...** "after he had dined."

«¡Cabalgad, Cid, el buen Campeador,
ca nunqua en tan buen punto cabalgó varón;
mientra que visquierdes, 'bien se fará lo to.°»   all will go well
410 Cuando despertó el Cid, la cara se sanctigó;
sinaba° la cara, a Dios se acomendó,   he signed

[20]

mucho era pagado del sueño que ha soñado.
Otro día mañana piensan de cabalgar;
es' día ha de plazo, sepades que non más;
415 a la Sierra de Miedes[91] ellos iban posar.

[21]

Aún era de día, no era puesto el sol,
mandó ver sus gentes mio Cid el Campeador:
sin las peonadas° e omnes valientes que son,   foot soldiers
notó trezientas lanças que todas tienen pendones.[92]

he's got 300 knights with him now

[22]

420 «'Temprano dat cebada,° ¡sí el Criador vos salve!   feed the horses early
el qui quisiere comer… e qui no, cabalgue.
Passaremos la sierra que fiera° es e grand,°   wild, vast
la tierra del rey Alfonso esta noch la podemos quitar;
después, qui nos buscare fallarnos podrá.»
425 De noch passan la sierra, vinida° es la man,[93]   **venida**
e 'por la loma ayuso° piensan de andar.   downhill
En medio d' una montaña maravillosa e grand

---

[91] **Sierra de Miedes:** high country between the Duero and the
Henares and Jalón rivers to the south.

[92] In other words, his cavalry numbers 300 knights now, not
counting the foot soldiers—and infantry would have been more
numerous. This is already a substantial increase from the handful of
family and close friends who left Vivar and then the sixty knights that
the Cid had at San Pedro de Cardeña.

[93] The end of the word **mañana** is legible at the end of this line; M.P.
attributes this to a corrector (the ink is much lighter). Most critics emend
to **man** because it matches the prevailing assonance of this section.

(margin note: Cid ambushing muslim town Castejón)

fizo mio Cid posar e cebada dar;
díxoles a todos cómo 'querié trasnochar.°   move through the night
430 Vassallos tan buenos por coraçón lo han,[94]
mandado de so señor, todo lo han a far.
'Ante que anochesca,° piensan de cabalgar;   before nightfall
por tal lo faze mio Cid que no lo ventasse nadi.
Andidieron de noch, que 'vagar non se dan.°   they do not rest
435 Ó dizen Castejón, el que es sobre Fenares,[95]
mio Cid 'se echó en celada° con aquellos que él trae.   lay in hiding/ambush

[23]

(margin note: escriptido por todo texto)

Toda la noche yaze en celada el que en buen hora nasco,
como los consejaba Minaya Álvar Fáñez:
«¡Ya Cid, en buen hora cinxiestes espada!
440 Vós con cien de aquesta nuestra compaña,
pues que a Castejón sacaremos a celada [...]»[96]
«Vós con los dozientos idvos en algara;°   in a raiding party
allá vaya Álvar Álvarez e Álvar Salvadórez sin falla,°   fault
443b e Galín García, una fardida lança,
caballeros buenos que acompañen a Minaya.
445 'A osadas° corred, que por miedo non dexedes nada,   boldly
Fita ayuso e por Guadalfajara,
446b fata Alcalá lleguen las algaras,[97]
e bien acojan° todas las ganancias,   collect
que por miedo de los moros non dexen nada.
E yo con los cien aquí fincaré en la çaga.°   rear
450 Terné° yo Castejón don' habremos grand empara.°   **tendré**, stronghold

---

[94] **Vassallos...** "[The Cid's] vassals, so good, take it [his words] to heart"

[95] **Castejón**: The Cid and his men have arrived at the river Henares (OSp **Fenares**) and set an ambush in order to take the Muslim held town of Castejón.

[96] Álvar Fáñez' advice is truncated and the scribe appears to have omitted some verses, since v. 442 is spoken by the Cid; **sacaremos a celada** = we will take by surprise.

[97] V. 446 is another long verse, easily broken into two vv. with assonant **á-a** rhyme. The Cid instructs Álvar Fáñez to take his raiding party down the Henares River from Hita (**Fita**), through Guadalajara (**Guadalfajara**) all the way to Alcalá (OSp **fata** = mod. **hasta**)

Si cueta° vos fuere alguna al algara,[98]   danger
fazedme mandado muy privado a la çaga;
d'aqueste acorro° fablará toda España».[99]   aid
Nombrados son los que irán en el algara
455 e los que con mio Cid ficarán° en la çaga.   will stay
Ya quiebran los albores e vinié la mañana,
ixié el sol, ¡Dios, qué fermoso° apuntaba!°   beautiful, appeared
En Castejón todos se levantaban,
abren las puertas, de fuera° salto daban,   outside
460 por ver sus labores° e todas sus heredades.°   chores, fields
Todos son exidos, las puertas abiertas han dexadas[100]
con pocas de gentes que en Castejón fincaron.
Las gentes de fuera todas 'son derramadas;°   they spilled out of town
el Campeador salió de la celada,
464b corrié a Castejón sin falla,
465 moros e moras 'aviénlos de ganancia°   they took them as booty
e essos ganados,° cuantos en derredor° andan.   livestock, around
Mio Cid don Rodrigo a la puerta adeliñaba;
los que la tienen, cuando vieron la rebata,°   assault
ovieron miedo e 'fue desemparada.°   it [gate] was abandoned
470 Mio Cid Ruy Díaz por las puertas entraba,
en mano trae 'desnuda el espada;°   his sword unsheathed
quinze moros mataba de los que alcançaba.
Ganó a Castejón e el oro e la plata,   → _won gold and silver_
sos caballeros llegan con la ganancia,
475 déxanla a mio Cid; todo esto non precia nada.
Afevos los dozientos e tres en el algara,
e sin dubda° corren […]   **duda**
477b fasta Alcalá llegó la seña° de Minaya,   standard

---

[98] **algara**: Hamilton and Perry translate this word variously as "advance guard," vanguard, or "raiding party." The latter is probably the most appropriate.

[99] **España**: it is worth remembering that the country of this name would not exist for many cenuries. Some critics have suggested that **España** may have been used in this instance only to refer to Islamic Spain, but it could just have well been used to refer to the whole of the Iberian Peninsula, the former Roman province of **Hispania**. The possibility of an Hispania unified under one monarch gained currency under the expansionist reign of Alfonso VI.

[100] **abiertas...** "they've left open"; the word order of the ms. is **dexadas an abiertas**, which breaks the assonance.

	e desí° arriba tórnanse con la ganancia,	**desde allí**
	Fenares arriba e por Guadalfajara.	
480	Tanto traen las grandes ganancias	
	muchos ganados 'de ovejas e de vacas°	of sheep and cattle
481b	e de ropas e de otras riquizas° largas.	**riquezas**
	Derecha° viene la seña de Minaya;	upright
	'non osa ninguno dar salto° a la çaga.	no one dares attack
	Con aqueste aver tórnanse, essa compaña;	
485	felos en Castejón, ó el Campeador estaba.	
	El castiello dexó en so poder, el Campeador cabalga,	
	saliólos recebir con esta su mesnada[101];	
	los braços abiertos, recibe a Minaya:	
	«¡Venides, Álvar Fañez, una fardida lança!	
490	do yo vos enviás', bien habría tal esperança.[102]	
	Esso con esto sea ajuntado;	
	dóvos la quinta, si la quisiéredes, Minaya.»[103]	

[24]

	«Mucho vos lo gradesco, Campeador contado,	
	d'aquesta quinta que me avedes mandado	
495	'pagarse ía° d' ella Alfonso el Castellano.	**estaría satisfecho**
	Yo vos la suelto e avello quitado;[104]	
	a Dios lo prometo, a aquel que está en alto:	
	fata que yo me pague sobre mio buen caballo,	
	lidiando° con moros en el campo,	fighting

---

[101] **mesnada**: this word is frequently translated simply as 'men,' 'company' or 'troops,' but it implies a more intimate connection between leader and men; **mesnada** or **mesnadas** originally referred to men of the leader's own household (OFr. **mesnee**).

[102] **do vos…** "wherever I might have sent you [**enviás'** = **enviasse**, imperf. subjunctive], I could have expected as much [lit. well such would have been the expectation]"

[103] **Esso con esto…** "We will add that [booty] to this and I will give you the leader's fifth, if you would like, Minaya"; among the spoils of the Med. Iberian battlefield, the leader of the group (often a king) was entitled to **la quinta**, or a fifth of the total. The Cid offers his fifth to Minaya as a sign of his pleasure with the man's performance and loyalty.

[104] **Yo vos…** "I release it [**la quinta**] to you, have it [**avello** = **avedlo**] back."

500 que empleye la lança e al espada meta mano,[105]
   e 'por el cobdo ayuso° la sangre destellando,   from the elbow down
   ante Ruy Díaz, 'el lidiador contado,°   the famed fighter
   non prendré de vos cuanto vale un dinero malo.
   Pues que por mí ganaredes quesquier que sea d' algo,[106]
505 'todo lo otro° afelo en vuestra mano.»   otherwise

[25]

   Estas ganancias allí eran juntadas.
   Comidiós'° mio Cid, el que en buen hora fue nado,   he realized
   el rey Alfonso que llegarién sus compañas,
   quel' buscarié mal con todas sus mesnadas.[107]
510 Mandó partir° tod' aqueste aver,   divide up
   sos quiñoneros[108] que ge los diessen por carta;
   sos cavalleros í an arribança,°   prosperity
   a cada uno d' ellos caen cien marcos de plata,

---

[105] In combat, the knights would use the lance first, and when this was broken or the combat was close quarters they would go to the sword (**meter mano a la espada**).

[106] **pues...** "After [**pues** = **después**; Lat. **post**] I win you something worthy by me"

[107] While technically no longer in Castile (and not therefore subject to punishment for disobeying the exile), El Cid and his men have just plundered the Muslims under the protection of Alfonso, which obliges the king to come to their aid militarily against the Cid and his men (cf. vv. 527-28).

[108] **quiñoneros**: the job of the **quiñonero** was to divide up the spoils evenly among the men; in this case it is done **por carta** or by charter (i.e., officially in writing).

e los peones la meatad° sin falla;   **mitad**
515   toda la quinta a mio Cid fincaba.
Aquí non lo pueden vender, nin dar en presentaja;
nin cativos nin cativas non quiso traer en su compaña.[109]
Fabló con los de Castejón, e envió a Fita e a Guadalfajara,
esta quinta, por cuánto serié comprada;
520   aun de lo que diessen, oviessen grand ganancia.[110]
Asmaron° los moros tres mil marcos de plata,   estimated
plogo a mio Cid d' aquesta presentaja;°   offering
a tercer día 'dados fueron° sin falla.   they [the **marcos**] were
Asmó° mio Cid con toda su compaña   given; considered
525   que en el castiello non í avrié morada,°   dwelling
e que serié retenedor,° mas non í avrié agua.[111]   defensible
«Moros en paz, ca escripta es la carta,
buscarnos ié el rey Alfonso con toda su mesnada;
quitar quiero Castejón, oíd, escuelas° e Minaya.   loyal followers

[26]

530   Lo que yo dixier', non lo tengades a mal:
en Castejón non podriemos fincar;
cerca es el rey Alfonso e buscarnos verná.°   **vendrá**
Mas el castiello no lo quiero hermar;°   to destroy
ciento moros e ciento moras quiérolas quitar,°   to free
535   porque lo pris d' ellos,[112] que de mí non digan mal.
Todos sodes pagados e ninguno por pagar.
Cras° a la mañana pensemos de cabalgar,   tomorrow
con Alfonso mio señor, non querría lidiar.»
Lo que dixo el Cid, a todos los otros plaz';

---

[109] The Cid cannot sell or give away any of the spoils in Castile (technically, being plundered from a protectorate of Alfonso all the spoils belong to him anyway), and the Cid cannot take the captive Muslims (human spoils) with him.

[110] **aun de lo...** "whatever they [the Muslims] manage to give, they [the Cid's men] will have great benefit"

[111] The Cid and his men express the concern that the castle, while strong, will not do for a siege because the water supply is too easy to cut off.

[112] **porque...** "because I took it from them"; the antecedent of **lo** is the castle; **pris** is 1st pers. sing. pret. of **prender**.

540   del castiello que prisieron todos ricos se parten;
los moros e las moras 'bendiziéndol' están.°   wish him blessings
Vanse Fenares arriba, cuanto pueden andar,
trocen las Alcarrias e iban adelant;[113]
por las cuevas d' Anquita ellos passando van,
545   passaron las aguas, entraron al campo de Torancio,
por essas tierras ayuso cuanto pueden andar.
Entre Fariz e Cetina mio Cid iba albergar.°   to seek shelter
Grandes son las ganancias que priso por la tierra do va;
non lo saben los moros' 'el ardiment que han.°   what their plans are
550   Otro día moviós' mio Cid, el de Vivar,
e passó a Alfama, 'la foz ayuso° va;   down the valley
passó a Bovierca e a Teca que es adelant,
e sobre Alcocer[114] mio Cid iba posar
en un otero° redondo, fuerte e grand;   hill
555   acerca corre Salón, agua nol' puedent vedar.
Mio Cid don Rodrigo, Alcocer cueda° ganar.   he plans

[27]

Bien puebla el otero, firme prende las posadas,[115]
los unos contra la sierra e los otros contra la agua.

---

[113] **Vanse Fenares arriba...**: The geography of the poem changes here as the focus shifts from the Henares River to the Jalón River farther east (the Henares is a tributary of the Tajo river that runs west across the peninsula to the Atlantic, while the Jalón is a tributary of the Ebro which runs east across the Peninsula to the Mediterranean). The Cid and his men head in an easterly or northeasterly direction following the Henares River awhile before passing through the Alcarrias region between the Henares and the Jalón rivers. This route takes them out of Alfonso VI's protectorate and toward the Emirate of Zaragoza.

[114] **Alcocer**: the town or fortress of Alcocer, the Cid's next conquest, has not been located with certainty; but it can be surmised from the position of the other place names mentioned in this section which have been located by their modern toponyms: Anguita, Toranz, Ariza, Cetina, Alhama, Bubierca, Ateca (these last four all on the Jalón [**Salón** in the ms., see v. 555]).

[115] **Bien puebla...** Hamilton and Perry translate: "he took firm possession of the slopes"; lit. "he inhabited the hill well, setting up the camp [**prender las posadas**] securely."

Cid trying to take Alcocer

El buen Campeador que en buen hora nasco,
560   derredor del otero, bien cerca del agua,
a todos sos varones mandó fazer una carcava,°   a moat
que° de día nin de noch non les diessen arrebata;°   **para que**, surprise attack
que sopiessen que mio Cid allí avié finçança.[116]

[28]

Por todas essas tierras iban los mandados,
565   que el Campeador mio Cid allí avié poblado,
venido es a moros, exido es de cristianos.
En la su vezindad non se treven ganar tanto,
aguardándose va mio Cid con todos sus vassallos;
el castiello de Alcocer 'en paria va entrando.°   begins paying tribute

[29]

570   Los de Alcocer a mio Cid yal' dan parias de grado,
e los de Teca e los de Terrer la casa;[117]
a los de Calataút, sabet, mal 'les pesaba.°   weighs on them
Allí yogó° mio Cid complidas quinze semanas.   stayed
Cuando vio mio Cid que Alcocer no se le daba,
575   él fizo un art° e non lo detardaba: stratagem
dexa una tienda fita e las otras levaba,
cojós' Salón ayuso la su seña alçada,
las lorigas vestidas e cintas las espadas,[118]
a guisa de membrado, 'por sacarlos a celada.°   to catch them by surprise

580   Veyénlo los de Alcocer, ¡Dios, cómo se alababan!
«Fallido ha a mio Cid[119] el pan e la cebada;
las otras abés° lieva, una tienda ha dexada,   barely

---

[116] **que sopiessen...** "so they [i.e., the potential attackers mentioned in v. 562] would know that my Cid was there to stay [lit. had his residence there]"

[117] **Terrer la casa**: "the town of Terrer [ms. Teruel here and in v. 585]"; **Calataút** in v. 572 is Calatayud. Both of these towns, like **Teca** (or Ateca) are on the Jalón river.

[118] **las lorigas...** "their coats of mail on and their sword belts fastened"

[119] **fallido...** "The Cid has run out of..."

[Handwritten margin note top: ppl of Alcocer see him fleeing, want to catch him to take his booty; Cid pulls the ppl out of the city and then takes the city]

[Handwritten margin note left: kill 300 moors take Alcocer]

      de guisa va mio Cid como si escapasse ˈde arrancada.°   from a rout

      Demos salto a él e feremos grant ganancia,

585   antes quel' prendan los de Terrer

585b si non, non nos darán d' ent nada;[120]

      la paria qu' él ha presa tornarnos la ha doblada.»

      Salieron de Alcocer a una priessa ˈmuch' estraña.°   extraordinary

      Mio Cid, cuando los vio fuera, cogiós' como de arrancada.

      Cojós' Salón ayuso, con los sos a vuelta *anda*.[121]

590   Dizen los de Alcocer: «¡Ya se nos va la ganancia!»

      Los grandes e los chicos fuera salto dan,

      al sabor del prender ˈde lo ál° non piensan nada,   in anything else

      abiertas dexan las puertas que ninguno non las guarda.

      El buen Campeador la su cara tornaba,

595   vio que entr'ellos e el castiello mucho avié grand plaça;°   space

      mandó tornar la seña, apriessa espoloneaban:°   they spurred

      «¡Firidlos,° caballeros, todos ˈsines dubdança;°   strike them, **sin dudar**

      con la merced del Criador nuestra es la ganancia!»

      Vueltos son con ellos por medio de la llana.

600   ¡Dios, que bueno es el gozo por aquesta mañana!

      Mio Cid e Álvar Fáñez adelant' aguijaban;

      tienen buenos caballos, sabet, ˈa su guisa les andan,°   they ride them hard

      entr'ellos e el castiello en essora entraban.

      Los vassallos de mio Cid ˈsin piedad° les daban,   without mercy

605   en un hora e un poco de logar trezientos moros matan.

      Dando grandes alaridos° los que están en celada,   war cries

      dexando van los delant, por el castiello se tornaban,

      las espadas desnudas, a la puerta se paraban.

      Luego llegaban los sos, ca fecha es el arrancada;

610   mio Cid ganó a Alcocer, sabet,° por esta maña.°   **sabed**, trick

---

[120] V. 585 is another long line in the ms. The **nada** does not even fit on the line and the scribe is forced to write it under **dent** [d'ent = de ende] at the edge of the folio. The people of Alcocer are concerned that if the people of Terrer defeat the Cid and take his possessions first, they will not get any of the booty.

[121] MP supplies **anda** where the ms. has **nadi**; Hamilton and Perry translate **con los sos a vuelta** [abuelta in the ms.] as "with all his men around him"; though editors before MP suggested that in this context **abuelta** could have the sense of the modern **revuelto** (or adverbially **revueltamente**), thus simulating the confusion of hasty retreat.

[30]

nephew of El Cid

Vino Pero Vermúez, que la seña tiene en mano,[122]
metióla en somo en todo lo más alto.
Fabló mio Cid Ruy Díaz, el que en buen hora fue nado:
«Grado a Dios del cielo e a todos los sos santos,
615 ya mejoraremos posadas 'a dueños e a caballos.°   for riders and horses

[31]

Oíd a mí, Álvar Fáñez e todos los caballeros,   *we can't kill or sell*
en este castiello grand aver avemos preso,   *the captured muslims*
los moros yazen muertos, de vivos pocos veo.   *so we'll enslave them*
Los moros e las moras, vender non los podremos;
620 'que los descabecemos,° nada non ganaremos;   should we behead them
cojámoslos de dentro, ca 'el señorío tenemos,°   we now have lordship
posaremos en sus casas e d' ellos nos serviremos.»

[32]

Mio Cid con esta ganancia en Alcocer está;
fizo enviar por la tienda que dexara allá.
625 Mucho pesa a los de Teca e a los de Terrer non plaze,
e a los de Calatayút non plaze;
al rey de Valencia enviaron con mensaje,   *send news to the king*
que a uno que dizién mio Cid Ruy Díaz de Vivar: *of Valencia of*
«Airólo el rey Alfonso, de tierra echado lo ha;   *everything that's*
630 vino posar sobre Alcocer, en un tan fuerte logar;   *happened*
sacólos a celada, el castiello ganado ha;
si non das consejo, a Teca e a Terrer perderás,
perderás Calatayút, que non puede escapar,
ribera° de Salón toda irá a mal,   river valley
635 assí será lo de Siloca, que es del' otra part.»[123]

---

[122] **Pero Vermúez,** or Pedro Bermúdez as we will refer to him in the
notes, in the poem is a nephew of the Cid (cf. v. 2351: "mio sobrino
caro") and appears here and later on (v. 689 etc.) as the Cid's standard-
bearer: **que la seña tiene en mano.**
[123] **Siloca:** The Jiloca River which runs into the Jalón from the south
and east (i.e., from the Taifa of Albarracín, to the north of Valencia).
From a historical standpoint this call to the king of Valencia makes little

of Valencia

Cuando lo oyó el rey Tamín, por cuer le pesó mal:
«Tres reyes veo moros derredor de mí estar,
non lo detardedes, los dos id pora allá,
tres mil moros levedes con armas de lidiar;
640 con los de la frontera que vos ayudarán,
prendétmelo a vida, aduzídmelo deland;
porque se me entró en mi tierra, derecho me avrá a dar.»[124]
Tres mil moros cabalgan e piensan de andar,
ellos vinieron a la noch en Sogorve posar.[125]
645 Otro día mañana piensan de cabalgar,
vinieron a la noch a Celfa posar.
Por los de la frontera piensan de enviar;
non lo detienen, vienen de todas partes.
Ixieron de Celfa, la que dizen de Canal,
650 andidieron todo'l día, que vagar non se dan;
vinieron essa noche en Calatayút posar.
Por todas essas tierras los pregones dan,
gentes se ajuntaron, sobejanas de grandes,
con aquestos dos reyes que dizen Fáriz e Galve.
655 Al bueno de mio Cid en Alcocer le van cercar.°   to besiege

[33]

Fincaron las tiendas e prenden las posadas,
crecen estos virtos,° ca gentes son sobejanas.   forces
Las arrobdas° que los moros sacan   patrols

---

sense, as the area in which the Cid is now campaigning would have
been protected by Zaragoza or perhaps Albarracín. The poet obviously
views it otherwise and has Tamín claim that the Jalón River region is his
(cf. v. 642). The historical Cid, at this point in his exile, was campaigning
as a mercenary in the service of Zaragoza. The figures of Tamín, Fáriz,
and Galve in the section that follows are fictitious; the name Tamín is
perhaps reminiscent of Tamim, an Almoravid governor of Spain almost
a decade after the Cid's death according to Michael, or al-Mu'tamin, the
historical Cid's Zaragozan liege.

[124] **derecho...** "he will have to answer to me"

[125] **Sogorve**: the route here dilineated by the poet from Valencia to
Alcocer seems to be accurate. Traveling northwest from Valencia to
Segorbe (**Sogorve** in this v.), then to Cella (**Celfa** of vv. 646-49) and
following the Jiloca River valley north to Calatayud on the Jalón River.

de día e de noch envueltos andan en armas;[126]
660 muchas son las arrobdas e grande es el almofalla.°   army
A los de mio Cid ya les tuellen el agua.[127]
Mesnadas de mio Cid exir querién a la batalla;
el que en buen hora nasco firme ge lo vedaba.
Toviérongela 'en cerca° complidas tres semanas.   under siege

[34]

665 A cabo de tres semanas, la cuarta querié entrar,
mio Cid con los sos 'tornós' a acordar:°   he took counsel
«El agua nos han vedada, exirnos ha el pan,
que nós queramos ir de noch no nos lo consintrán;[128]
grandes son los poderes por con ellos lidiar,
670 dezidme, caballeros, cómo vos plaze de far.»
Primero fabló Minaya, 'un caballero de prestar:°   an excellent knight
«De 'Castiella la gentil° exidos somos acá,   noble Castile
si con moros non lidiáremos, no nos darán del pan.
Bien somos nós seiscientos, algunos hay de más;
675 en el nombre del Criador, que 'non passe por ál:°   there's nothing else
vayámoslos ferir en aquel día de cras.»
Dixo el Campeador: «A mi guisa fablastes;
hondrástesvos, Minaya, ca avérvoslo iedes de far.»[129]
Todos los moros e las moras de fuera los manda echar,
680 que non sopiesse ninguno ésta su poridad;
el día e la noche piénsanse de adobar.
Otro día mañana, el sol querié apuntar,
armado es mio Cid con cuantos que él ha.
Fablaba mio Cid, como odredes contar:

---

[126] **de día e de noch...** "day and night they [the patrols sent out by the Muslims] go covered in their armor."

[127] **A los de mio Cid...** "they cut off the water supply to the Cid and his men"; this is typical of the siege warfare of the middle ages in which the goal of the attacking army is to starve their enemy out of their defensive strongholds—cutting off the defender's water supply is crucial in this waiting game (cf. vv. 524-26).

[128] **que nós queramos...** "even if we want to leave under cover of night they [the Muslims] won't allow [**consintrán** = mod. **consentirán**] it"

[129] **ca avérvoslo...** mod. Sp. **que habríais de hacerlo**, which Hamilton and Perry translate as "I expected no less of you."

685 «Todos iscamos fuera, que 'nadi non raste°   let no one stay behind
     sinon dos peones solos por la puerta guardar;
     si nós muriéremos en campo, en castiello nos entrarán;
     si venciéremos la batalla, creçremos en rictad.
     E vós, Pero Vermúez, la mi seña tomad;
690 como sodes muy bueno, tenerla hedes 'sin art,°   loyally
     mas non aguijedes con ella 'si yo non vos lo mandar.°»   if I don't order it
     Al Cid besó la mano, la seña va tomar.
     Abrieron las puertas, fuera un salto dan;
     viéronlo las arrobdas de los moros, al almofalla se van tornar.
695 ¡Qué priessa va en los moros! E tornáronse a armar;
     ante ruido de atamores° la tierra querié quebrar;   war drums
     veriedes armarse moros, apriessa entrar en az.°   battle formation
     De parte de los moros dos señas ha cabdales,
     e fizieron dos azes de peones mezclados,[130]
          [¿qui los podrié contar?
700 Las azes de los moros yas' mueven adelant'
     pora mio Cid e los sos a manos los tomar.
     «'Quedas sed,° mesnadas, aquí en este logar,   hold (lit. be still)
     non derranche° ninguno fata que yo lo mande.»   charge
     Aquel Pero Vermúez 'non lo pudo endurar,°   couldn't stand it
705 la seña tiene en mano, compeçó de° espolonar: **empezó a**
     «¡El Criador vos vala, Cid Campeador leal,
     vo meter la vuestra seña en aquella mayor az!
     ¡'Los que el debdo avedes,° veremos cómo la acorredes!»   loyal vassals (of El Cid)
     Dixo el Campeador: «¡Non sea, por caridad!»
710 Repuso Pero Vermúez: «¡Non rastará por ál!»
     Espolonó el caballo e metiól' en el mayor az,
     moros le reciben por la seña ganar;
     danle grandes colpes, mas nol' 'pueden falsar.°   penetrate his armor
     Dixo el Campeador: «¡'Valelde, por caridad!»°   help him for God s sake

[35]

715 'Enbraçan los escudos° delant los coraçones,   they hold their shields
     abaxan° las lanças a vueltas de los pendones,   they lower

---

[130] **De parte de los moros…** the Muslim army forms two flanks or
battle lines behind their two principal banners (**señas…cabdales**),
probably the standards of Fáriz and Galve, each with its own cavalry
mixed with foot soldiers (**de peones mezclados**).

enclinaron las caras de suso de los arzones,[131]
íbanlos ferir de fuertes coraçones.
A grandes vozes llama el que en buen hora nasco:
720 «¡Feridlos, caballeros, por amor de caridad,
yo só Ruy Díaz, el Cid Campeador de Vivar!»
Todos fieren en el az do está Pero Vermúez,
trezientas lanças son, todas tienen pendones;
seños moros mataron, todos de seños colpes;
725 a la tornada que fazen otros tantos son.

[36]

Veriedes tantas lanças premer° e alçar,   lower
tanta adarga° foradar° e passar,   light shield, pierce
tanta loriga falsar e desmanchar,°   come undone
tantos pendones blancos salir bermejos° en sangre,   bright red
730 tantos buenos caballos sin los dueños andar.
Los moros llaman «¡Mafomat!» e los cristianos
      [«¡Santi Yagüe!»[132]
cayén en un poco de logar moros muertos mil e
      [trezientos ya.

[37]

¡Cuál lidia bien, sobre exorado° arzón,   gilded
mio Cid Ruy Díaz, el buen lidiador!

---

[131] **enclinaron...** "they leaned over their saddle-bows"; the **silla** (or **siella**) is the saddle proper, while the **arzón** is the pommel or saddle-bow that rises above the saddle in the front and rear.

[132] **Los moros llaman...** "The Moors shout 'Muhammad!' and the Christians, 'Saint James!' "; Muhammad (d. 632) is the Prophet of Islam to whom the Archangel Gabriel dictated the verses of the Qu'ran. The Christians call on St. James (**Santiago** or **Santi Yagüe**), Apostle, whose remains were said to have been transported to Galicia after his death in Judea (44 CE). The site, named Santiago de Compostela, was a major pilgrimage shrine at the time of the Cid. St. James was said to have appeared on a white horse to aid Christians in battle against Muslims at Clavijo in 844 and other battles (e.g., the Battle of Hacinas in the PFG). He would become the Patron Saint of the Reconquest and a military order in his name would be established in 1170.

735 ¡Minaya Álvar Fáñez, que Çorita mandó,[133]
     Martín Antolínez, el burgalés de pro,
     Muño Gustioz, que so criado fue,[134]
     Martín Muñoz, el que mandó a Mont Mayor,
     Álvar Álvarez e Álvar Salvadórez,
740 Galín García, el bueno de Aragón,
     Félez Muñoz, so sobrino del Campeador!
     Desí adelante, cuantos que í son,
     acorren la seña e a mio Cid el Campeador.

     [38]

     A Minaya Álvar Fáñez matáronle el caballo,
745 bien lo acorren mesnadas de cristianos.
     la lança ha quebrada, al espada metió mano,
     'maguer de pie° buenos colpes va dando.   even though on foot
     Viólo mio Cid Ruy Díaz el castellano,
     acostós' a un aguazil[135] que tenié buen caballo,
750 diól' tal espadada° con el so diestro braço,   sword blow
     'cortól' por la cintura,° el medio echó en campo.   cut through his waist
     A Minaya Álvar Fáñez íbal' dar el caballo:
     «¡Cabalgad, Minaya, vós sodes el mio diestro braço!
     Hoy en este día de vos habré grand bando;°   help
755 firmes son los moros, aún nos' van del campo.»
     Cabalgó Minaya, el espada en la mano,
     por estas fuerças fuertemientre lidiando,
     a los que alcança valos delibrando.°   dispatching
     Mio Cid Ruy Díaz, el que en buen hora nasco,
760 al rey Fáriz tres colpes le avié dado;
     los dos le fallen e el únol' ha tomado,
     por la loriga ayuso la sangre destellando;
     volvió la rienda por írsele del campo.
     Por aquel colpe rancado° es el fonsado.°   defeated, army

---

[133] The historical Alvar Fáñez was indeed granted Zorita on the Tagus, near Toledo.

[134] **Criado** means 'raised,' not 'servant' in this context.

[135] **acostós'...** "[El Cid] closed in on an **aguazil**"; in this context **aguazil** (from the Ar. *al-wazir*; mod. Sp. **alguacil**) probably refers to a general or a regional governor.

[39]

765   Martín Antolínez un colpe dio a Galve,
    'las carbonclas del yelmo° echógelas aparte,   carbuncles on the helmet
    cortól' el yelmo, que llegó a la carne;
    sabet, el otro non gel' osó esperar.
    Arrancado° es el rey Fáriz e Galve;   defeated
770   ¡tan buen día por la cristiandad,°   Christendom
    ca fuyen° los moros de la part!   **huyen** (they flee)
    Los de mio Cid firiendo 'en alcaz,°   in pursuit
    el rey Fáriz en Terrer se fue entrar,
    e a Galve nol' cogieron allá;
775   para Calatayut cuanto puede se va.
    El Campeador íbal' en alcaz,
    fata Calatayut duró el segudar.°   the chase

[40]

    A Minaya Álvar Fáñez bien l'anda el caballo,
    d'aquestos moros mató treinta e cuatro;
780   Espada tajador,° sangriento° trae el braço,   cutting, bloody
    por el cobdo ayuso la sangre destellando.
    Dize Minaya: «Agora° só pagado,   **ahora**
    que a Castiella irán buenos mandados,
    que mio Cid Ruy Díaz lid campal ha vencida.»[136]
785   Tantos moros yazen muertos que pocos vivos ha dexados,
    ca en alcaz sin dubda les fueron dando.
    Yas' tornan los del que en buen hora nasco.
    Andaba mio Cid sobre so buen caballo,
    la cofia fronzida,[137] ¡Dios, cómo es bien barbado!
790   'almófar a cuestas,° la espada en la mano.   mail hood over his back
    Vio los sos comos' van allegando:°   gathering

---

[136] **mio Cid...** "My Cid Ruy Diaz has won a battle on the open field"; Álvar Fáñez is satisfied not only because he has fulfilled his vow not to accept the Cid's generosity until he has blood dripping from his elbows and done something worthy of the Cid, but also because they have won a battle without resorting to a stratagem or trick.

[137] **la cofia fronzida**: "his coif wrinkled"; the coif would have been, in the Cid's day, a cloth cap worn under the chain mail hood and helmet.

«¡Grado a Dios, aquel que está en alto,
cuando tal batalla avemos arrancado!»
Esta albergada° los de mio Cid luego la han robada° encampment, looted
795 de escudos e de armas e de otros averes largos;° many
de los moriscos,° cuando son llegados, Moorish (horses)
796b fallaron quinientos e diez caballos.
Grande alegreya° va entre essos cristianos, **alegría**
más de quinze de los sos menos non fallaron.
Traen oro e plata que non saben recabdo;[138]
800 refechos son todos essos cristianos con aquesta ganancia.
A sos castiellos a los moros dentro los han tornados;
mandó mio Cid aun que les diessen algo.
Grant ha el gozo mio Cid con todos sos vassallos.
Dio a partir estos dineros e estos averes largos;
805 en la su quinta al Cid caen cien caballos.
¡Dios, qué bien pagó a todos sos vasallos,
a los peones e a los encabalgados!° mounted
'Bien lo aguisa° el que en <u>buen hora</u> nasco, he arranges it fairly
cuantos él trae todos son pagados.
810 «Oíd, Minaya, sodes mio diestro braço.
D'aquesta riqueza que el Criador nos ha dado
a vuestra guisa prended con vuestra mano.
Enviarvos quiero a Castiella con mandado
d'esta batalla que avemos arrancada.
815 Al rey Alfonso que me ha airado
quierol' enviar en don trienta caballos,
todos con siellas° e muy bien enfrenados,° saddles, harnessed
señas espadas de los arzones colgadas.°» hung
Dixo Minaya Álvar Fáñez: «esto faré yo de grado.»

[41]

820 «Evades aquí oro e plata,
'una huesa llena,° que nada nol' minguaba:° a boot full, lacking
en Santa María de Burgos quitedes mil missas,
'lo que romaneciere° daldo a mi mugier e a mis fijas whatever remains

---

[138] **Traen...** "they bring gold and silver such that they don't know what to do"; **recabdar**, according to MP is "divide up" in this context, but he notes that the past part. **recabdo** in phrases such as this (**non saben —**) usually means without number or incalculable.

que rueguen por mí las noches e los días,
825 si les yo visquier, serán dueñas ricas.»

[42]

Minaya Álvar Fáñez d' esto es pagado;
826b por ir con él omnes son *con*tados.
Agora daban cebada, ya la noch era entrada,
Mio Cid Ruy Díaz con los sos se acordaba:

[43]

«Ídesvos, Minaya, a Castiella la gentil,
830 a nuestros amigos bien les podedes dezir:
Dios nos valió e venciemos la lid.
A la tornada, si nos fallaredes aquí,
si non, do sopieredes que somos,'indos conseguir.°   go catch up with us
Por lanças e por espadas avemos de guarir,°   defend
835 si non, en esta tierra angosta° non podriemos v*ivi*r.» difficult

[44]

Ya es aguisado, mañanas' fue Minaya,
e el Campeador, con su mesnada.
La tierra es angosta e sobejana de mala,
todos los días a mio Cid aguardaban
840 moros de las fronteras e unas gentes estrañas.
Sanó° el rey Fáriz, con él se consejaban.   healed his wounds
Entre los de Teca e los de Terrer la casa
e los de Calatayut que es más hondrada
assí lo han asmado e 'metudo en carta:°   put it in writing
845 vendido les ha Alcocer por tres mil marcos de plata.

[45]

Mio Cid Ruy Díaz a Alcocer es venido,[139]
¡qué bien pagó a sus vassallos mismos!

---

[139] **Mio Cid...**: "My Cid Ruy Diaz has returned to Alcocer."

A caballeros e a peones fechos los ha ricos,
en todos los sos non fallariedes un mesquino.°   a poor man
850   ¡Qui a buen señor sirve, siempre vive en delicio!

[46]

Cuando mio Cid el castiello quiso quitar
moros e moras tomáronse a quexar:°   **quejar**
«¿Vaste mio Cid? Nuestras oraciones váyante delante.
Nos pagados fincamos, señor, de la tu part.»
855   Cuando quitó a Alcocer mio Cid, el de Vivar,
moros e moras compeçaron de llorar.
Alçó su seña, el Campeador se va,
passó Salón ayuso, aguijó cabadelant;°   straight ahead
al exir de Salón, mucho ovo buenas aves.°   birds (omens)
860   Plogo a los de Terrer e a los de Calatayut más;
pesó a los de Alcocer ca pro les fazié grant.
Aguijó mio Cid, ibas' cabadelant,
í fincó en un poyo° que es sobre Mont Real.   hill
Alto es el poyo, maravilloso e grant;
865   non teme guerra, sabet, 'a nulla part.°   from anywhere
Metió en paria a Daroca enantes,
desí a Molina que es del' otra part,
la tercera Teruel que estaba delant;
en su mano tenié a Celfa, la de Canal.[140]

[47]

870   Mio Cid Ruy Díaz, ¡de Dios aya su gracia!
Ido es a Castiella Álvar Fáñez Minaya,
treinta caballos al rey los enpresentaba.
Violos el rey, fermoso sonrisaba:
«¿Quién los dio, estos, sí vos vala Dios, Minaya?»

---

[140] **Metió en paria...**: Vv. 866-69 reveal that the Cid now exacts
tribute from the whole Jiloca River valley and has under his influence
much of the route that Fáriz and Galve had taken from Valencia. Teruel,
south of Cella (Celfa) is not to be confused with Terrer, near Alcocer,
which the Cid had previously brought under control in the Jalón River
valley campaign. The ms. does not make this distinction and only
records the toponym Teruel.

875 «Mio Cid Ruy Díaz que en buen hora cinxo espada; _repitición_
    venció dos reyes de moros en aquesta batalla,
    sobejana es, señor, la su ganancia.
    A vos, rey hondrado, envía esta presentaja,
    bésavos los pies e las manos amas
880 quel' hayades merced, sí el Criador vos vala.»
    Dixo el rey: «Mucho es mañana,°   it's too soon
    omne airado que de señor no ha gracia
    por acogello 'a cabo de tres semanas.°   after only three weeks
    Mas, después que de moros fue, prendo esta presentaja;[141]
885 Aun me plaze de mio Cid, que fizo tal ganancia.
    Sobr'esto 'todo a vos quito,° Minaya,   I pardon you everything
    honores e tierras, avellas condonadas;[142]
    id e venit,° d' aquí vos dó mi gracia,   **venid**
    mas del Cid Campeador yo non vos digo nada.

perder el rey para pardon, Alfonso
[48]   _lo excepta_

890 Sobre aquesto yo vos quiero dezir, Minaya,
    de todo mio reino, los que lo quisieren far,
    buenos e valientes pora mio Cid huyar,°   **ayudar**
    suéltoles los cuerpos e quitoles las heredades.»[143]
    Besóle las manos Minaya Álvar Fáñez:
895 «Grado e gracias, Rey, como a 'señor natural,°   feudal lord
    esto feches° agora, al feredes° adelant.»   **hacéis, haréis**
    «Id por Castiella e déxenvos andar, Minaya,
    sin nulla dubda id a mio Cid buscar ganancia.»

---

[141] **Mas...** "However, since it was [won] from the Moors, I'll accept
this gift"
[142] **honores...** Hamilton and Perry translate: "...and restore to you
your lands and property"; **avellas** [= **avedlas**] **condonadas** more literally
"have them bestowed."
[143] **suéltoles...** "I release their persons and leave them their
inheritances"; this reverses Alfonso's previous order regarding anyone
who chooses to follow the Cid into exile (i.e., their bodies [if caught]
would be punished and their property confiscated).

[49]

Quiérovos dezir del que en buena hora nasco e
    [cinxo espada:
900   Aquel poyo, en él priso posada;
mientra que sea el pueblo de moros e de la gente cristiana,
el Poyo de Mio Cid assil' dirán por carta.[144]
Estando allí, mucha tierra preaba,°   he plundered
el *val* de río Martín, todo lo metió en paria.
905   A Saragoça sus nuevas llegaban,
non plaze a los moros, firmemientre les pesaba;
allí sovo° mio Cid complidas quinze semanas.   **estuvo**
Cuando vio el caboso que se tardaba Minaya,
con todas sus gentes fizo una trasnochada;
910   dexó el Poyo, todo lo desemaparaba,
allende° Teruel don Rodrigo passaba,   beyond
en el pinar° de Tévar don Roy Díaz posaba,[145]   pine forest
todas essas tierras, todas las preaba;

---

[144] **mientra...** "as long as the town is either Moor or Christian [i.e., forever], they will call it officially by charter The Hill of My Cid"

[145] **en el pinar...**The geography at this point moves east toward the Lérida and Valencia **taifas**, though the poet feels obliged to mention Zaragoza (v. 914) and towns within that **taifa** as far north as Huesca (vv. 939-42). In the context of the poem this is mystifying. One can perceive here perhaps a trace of the historical Cid's campaigns in the service of al-Mu'tamin of Zaragoza against King Sancho Ramírez of Aragón, al-Hayib, ruler of Lérida, and Count Berenguer Ramon II of Barcelona.

a Saragoça metuda la ha en paria.
915 Cuando esto fecho ovo, a cabo de tres semanas,
de Castiella venido es Minaya,
dozientos con él, que todos ciñen espadas;
'non son en cuenta,° sabet, las peonadas.   are countless
Cuando vio mio Cid assomar° a Minaya,   appear
920 el caballo corriendo valo abraçar sin falla
besole la boca e los ojos de la cara.
Todo ge lo dize que nol' encubre nada,
el Campeador fermoso sonrisaba:
«¡Grado a Dios e a las sus vertudes santas,
925 mientra vos visquieredes, bien me irá a mí, Minaya!»

[50]

¡Dios, cómo fue alegre todo aquel fonsado,
que Minaya Álvar Fáñez assí era llegado,
diziéndoles saludes° de primos e de hermanos,   **saludos**
e de sus compañas,° aquellas que avién dexadas!   companions

[51]

930 ¡Dios, cómo es alegre la barba vellida
que Álvar Fáñez pagó mil missas
e quel' dixo saludes de su mugier e de sus fijas!
¡Dios, cómo fue el Cid pagado e fizo grant alegría!
«¡Ya, Álvar Fáñez, vivades muchos días!»

[52]

935 Non lo tardó el que en buen hora nasco,
tierras d' Alcañiz, 'negras las va parando°   he scorches them
e a derredor todo lo va preando;
al tercer día d' on ixo, í es tornado.

[53]

Ya va el mandado por las tierras todas,
940 pesando va a los de Monçón e a los de Huesca;
porque dan parias, plaze a los de Saragoça
de mio Cid Ruy Díaz que non temién ninguna fonta.°   affront

[54]

Con estas ganancias a la posada tornando se van,
todos son alegres, ganancias traen grandes.
945 Plogo a mio Cid e mucho a Álvar Fáñez,
sonrisós' el caboso que non lo pudo endurar:
«Ya, caballeros, dezirvos he la verdad,
qui en un logar mora° siempre lo so puede menguar;   stays
Cras, a la mañana pensemos de cabalgar,
950 dexat estas posadas e iremos adelant.»
Estonces se mudó el Cid al puerto de Alucat,[146]
d'ent corre mio Cid a Huesca e a Mont Albán,
en aquella corrida° diez días ovieron a morar.°   raid, **demorar**
Fueron los mandados a todas partes
955 que 'el salido de Castiella° assí los trae tan mal.   the Castilian exile

[55]

Los mandados son idos a todas partes,
llegaron las nuevas al conde de Barcilona[147]
que mio Cid Ruy Díaz quel' corrié la tierra toda;
ovo grand pesar e tóvos' lo a grand fonta.

[56]

960 El conde es muy follón° e dixo una vanidat:°   foolish, vain word
«Grandes tuertos° me tiene mio Cid, el de Vivar;   wrongs
dentro en mi cort, 'tuerto me tovo° grand: he wronged me

---

[146] **Estonces...** "Then the Cid moved on to the pass at Alucat";
puerto here means 'mountain pass'. Some have identified **Alucat** as
Olocau, but the geography is uncertain (even chaotic) in this part of the
poem.
[147] **Barcilona**: Barcelona, an independent county which would
become Catalonia before being joined to the crown of Aragón. The
influence from Provence is much greater in this part of the peninsula
due to geographic proximity and ease of travel between the two regions
(along the coastal plain and foothills rather than through the higher
central Pyrenees), and they are therefore called **francos** (French,
Frankish) in the PMC (v. 1002). The count at the time of the Cid's exile
was Berenguer Ramon II, not Ramon Berenger (his father's and brother's
name).

firióm' el sobrino e non lo enmendó más;
agora correm' las tierras que en mi empara están.
965 'Non lo desafié,° nil' torné enemistad,   I never challenged him
mas cuando él me lo busca, írgelo he yo demandar.°»   demand satisfaction
Grandes son los poderes e apriessa se van llegando,
gentes se le allegan grandes entre moros e cristianos;
adeliñan tras mio Cid, el bueno de Vivar,
970 tres días e dos noches pensaron de andar;
alcançaron a myo Cid en Tévar e el pinar,
assí viene esforçado, que el conde a manos se le
    [cuidó tomar.[148]
Mio Cid don Rodrigo trae grand ganancia,
dice° de una sierra e llegaba a un val.   he descends
975 Del conde don Remont venido l'es mensaje,
mio Cid cuando lo oyó envió pora allá:
«Digades al conde non lo tenga a mal,
de lo so non lievo nada; dexem' ya en paz.»
Repuso el conde: «Esto non será verdad,
980 lo de antes e de agora, tódom' lo pechará;°   he will pay
sabrá el salido a quién vino deshondrar.»
Tornós' el mandadero° cuanto pudo más,   messenger
essora° lo conosçe mio Cid, el de Vivar,   at that moment
que a menos de batalla nos' pueden d' én quitar:

[57]

985 «Ya caballeros, 'apart fazed la ganancia,°   set the booty aside
apriessa vos guarnid° e metedos en las armas;   arm yourselves
el conde don Remont darnos ha grant batalla,
de moros e de cristianos gentes trae sobejanas,
a menos de batalla non nos dexarié por nada;
990 pues adelant irán tras nos, aquí sea la batalla.
'Apretad los caballos° y vistades las armas,   tighten your saddles
ellos vienen 'cuesta ayuso° e todos traen calças,° downhill, unarmored feet
e las siellas coceras e las cinchas amojadas,
nós cabalgaremos siellas gallegas y huesas sobre calças.[149]

Count of Barca brings men to fight Cid

---

[148] **assí viene...** "so he comes lively, for the count imagines getting
his hands on him [El Cid]"

[149] **e las siellas coceras...** Rose and Bacon translate these verses:
"and their saddles are but light, / And loose their girths. Each man of us

995 Ciento caballeros debemos vencer aquellas mesnadas,
     antes que ellos lleguen al llano° presentémosles las lanças;   the plain
     por uno que firgades,° tres siellas irán vazias.   you strike
     Verá Remont Berenguel tras quién vino en alcança
     hoy en este pinar de Tévar por 'tollerme la ganancia.°»   take my booty

[58]

1000 Todos son adobados cuando Mio Cid esto ovo fablado,
     las armas avién presas e sedién° sobre los caballos,   they sat
     vieron la cuesta ayuso la fuerza de los francos;
     al fondón° de la cuesta, cerca es del llano,   bottom
     mandólos ferir mio Cid, el que en buen hora nasco;
1005 esto fazen los sos de voluntad e de grado.
     Los pendones e las lanças tan bien las van empleando,
     a los unos firiendo e a los otros derrocando,°   unhorsing
     vencido ha esta batalla el que en buen hora nasco.[150]
     El conde don Remont a presón° le han tomado,   prisoner
1010 í ganó a Colada,° que más vale de mil marcos de plata.   El Cid's sword

[59]

     Í venció esta batalla por ó° hondró su barba,   **donde**
     prísolo al conde, pora su tie*nd*a[151] lo levaba,
     a sos creenderos° *guard*arlo *mand*aba.[152]   loyal vassals
     De fuera de la tienda un salto daba,
1015 de todas partes los sos se ajuntaron;
     plogo a mio Cid, ca grandes son las ganancias.
     A mio Cid don Rodrigo 'grant cocinal' adobaban,°   the prepared a banquet
     el conde don Remont non ge lo precia nada,

---

has a Galician selle, / And moreover with the jackboots are our hosen
covered well"; the idea is that the count and his men may be coming
down hill but they come more lightly armored and in lighter saddles
than the Castilians.

[150] Blackburn attributes the victory to the choice of saddles,
commenting: "It was those low cantles on the Catalan horses. Always
use a Galician saddle."

[151] **tienda**: trra in the ms., which usually resolves to **tierra**; emended
here to be consistent with v. 1014.

[152] **guardarlo…**: the ms. reads **mandarlo guardaba**

adúzenle los comeres, delant ge los paraban,
1020 él non lo quiere comer, a todos los sosañaba:°   scorned
«'Non combré un bocado° por cuanto ha en España,   I won't eat a bite
antes perderé el cuerpo e dexaré el alma
pues que tales mal calçados me vencieron de batalla.»[153]

[60]   Count refuses to eat

Mio Cid Ruy Díaz, odredes lo que dixo:
1025 «Comed, conde,[154] d' este pan e bebed d' este vino,
si lo que digo fiziéredes, saldredes de cativo;
si non, en todos vuestros días non veredes cristianismo.»

[61]

Dixo el conde don Remont: «Comede, don Rodrigo,
    [e pensedes de folgar°   taking pleasure
que yo dexarme *he* morir, que non quiero comer.»
1030 Fasta tercer día nol' pueden acordar,°   convince
ellos partiendo estas ganancias grandes,
nol' pueden fazer comer un muesso° de pan.   morsel

[62]   He'll free him if he eats?

Dixo mio Cid: «Comed, conde, algo,
1033b ca si non comedes, non veredes cristianos,
e si vos comiéredes d' on yo sea pagado,
1035 a vos e dos fijos d' algo
1035b quitarvos he los cuerpos e 'darvos he de mano.°»   I'll free you
Cuando esto oyó el conde, yas' iba alegrando:
«Si lo fiziéredes, Cid, lo que avedes fablado,
tanto cuanto yo viva, seré d' ende maravillado.»
«Pues, comed, conde, e cuando fuéredes yantado,
1040 a vos e a otros dos darvos he de mano;

---

[153] **pues que...** "since/after [**pues = después**] such ill shod [men] beat me in battle"

[154] **Comed...**: there is a play on words, which was probably more obvious in an earlier copy: **comed** (*eat*) and **comde** (from Lat. *comite*).

mas cuánto avedes perdido e yo gané en campo,
sabet, non vos daré a vos un dinero malo;
mas cuánto avedes perdido no vos lo daré,
ca huebos me lo he pora estos mios vassallos
1045   que conmigo andan lazrados,° e non vos lo daré,   dispossessed
prendiendo de vos e de otros, irnos hemos pagando;
habremos esta vida mientra ploguiere al Padre Santo,
como qui ira de rey ha e de tierra es echado.»
Alegre es el conde e pidió agua a las manos
1050   e tiénengelo delant e diérongelo privado;
con los caballeros que el Cid le avié dado
comiendo va el conde, ¡Dios, qué de buen grado!
sobr' él sedié° el que en buen hora nasco: era/estaba
«Si bien non comedes, conde, d' on yo sea pagado,
1055   aquí feremos la morada, no nos partiremos amos.»
Aquí dixo el conde: «De voluntad e de grado.»
Con estos dos caballeros apriessa va yantando;
pagado es mio Cid, que lo está aguardando,
porque el conde don Remont tan bien volvié las manos.
1060   «Si vos poguiere, mio Cid, de ir somos guisados;°   prepared
mandadnos dar las bestias e cabalgaremos privado.
Del día que fue conde, non yanté tan de buen grado,
el sabor que d' ende he non será olvidado.»
Danle tres palafrés° muy bien ensellados   riding horses
1065   e buenas vestiduras de pelliçones° e de mantos.   fur-lined garments
El conde don Remont entre los dos es entrado,
fata cabo del albergada escurriólos° el castellano: escorted them
«Ya vos ides, conde, a guisa de muy franco,
en grado vos lo tengo lo que me avedes dexado.
1070   Si vos viniere en miente que quisiéredes vengallo,
si me viniéredes buscar, fallarme podredes;
e si non, mandedes buscar:
o me dexaredes de lo vuestro o de lo mío levaredes algo.»
«Folguedes ya, mio Cid, sodes en vuestro salvo,
1075   pagado vos he por todo aqueste año,
de venirvos buscar sól' non será pensado.»

[63]

Aguijaba el conde e pensaba de andar,
tornando va la cabeça e catándos' atrás,

miedo iba aviendo que mio Cid repintrá,[155]
1080 lo que non ferié el caboso por cuanto en el mundo ha;
una deslealtança ca non la fizo alguandre.
Ido es el conde, tornós' el de Vivar.
Juntós' con sus mesnadas, compeçólas de *pagar*;
de la ganancia que han fecha maravillosa e grand.

Cid lets count ride away.
Cid keeps lots of booty, his men are
richer than ever.

---

[155] **miedo...** Such and Hodgkinson translate: "afraid that my Cid
would change his mind"; **repintrá = se arrepentirá**, i.e. "will repent [his
decision to let the Count go]"

Cantar II: Bodas

[64]

1085 Aquís' compieça la gesta de mio Cid el de Vivar.[1]
Tan ricos son los sos que no saben qué se han.
poblado ha mio Cid el puerto de Alucant,
dexado ha Saragoça e a las tierras ducá°   de acá
e dexado ha Huesa[2] e las tierras de Mont Albán.
1090 'Contra la mar salada° compeçó de guerrear;   along the sea
a orient exe el sol e tornós' a essa part.[3]
Mio Cid ganó a Xerica e a Onda e a Almenar,
tierras de Borriana todas conquistas las ha.

[65]

Ayudóle el Criador, el Señor que es en cielo,
1095 él con todo esto priso a Murviedro,
ya vié mio Cid que Dios l'iba valiendo,

---

[1] **Aquís'...** "Here begin the deeds [**gesta**] of my Cid of Vivar"; this is reminiscent of the opening to the earliest ms. of the HR: "Hic incipit gesta de Roderici Campi Docti" (or as Fletcher translates: "Here begin the deeds of Rodrigo the Campeador"). MP notes that the word **gesta** is synonymous with both **cantar** (n.) and **historia**.

[2] **dexado ha Huesa**: "dexando a Huesca" in the ms. Editors emend **dexando** to **dexado** in vv. 1088-1089.

[3] **a orient...** "the sun comes out in the east and to that part [i.e., in that direction] he turned"

dentro en Valencia non es poco el miedo.

[66]

Pesa a los de Valencia, sabet, non les plaze;
prisieron so consejo quel' viniessen cercar.
1100 Trasnocharon de noch al alba de la man,[4]
acerca de Murviedro tornan tiendas a fincar.
Violo mio Cid, tornós' a maravillar:
1102b «Grado a ti, Padre Spirital,
en sus tierras somos e fémosles° todo mal,   **les hacemos**
bebemos so vino e comemos el so pan,
1105 si nos cercar vienen, con derecho lo fazen;
a menos de lid aquesto nos' partirá.[5]
Vayan los mandados por los que nos deben ayudar:
los unos a Xerica e los otros a Alucad,
desí a Onda e los otros a Almenar,
1110 los de Borriana luego vengan acá;
compeçaremos aquesta lid campal,
yo fío por Dios que en nuestro pro eñadrán.°»   **añadirán**
Al tercer día todos juntados son,
el que en buen hora nasco compeçó de fablar:
1115 «Oíd, mesnadas, sí el Criador vos salve,
después que nós partiemos de la limpia cristiandad,
non fue a nuestro grado ni nós non pudiemos más,
grado a Dios lo nuestro fue adelant.
Los de Valencia cercados nos han,
1120 si en estas tierras quisieremos durar°   **to last**
firmemiente son estos a escarmentar.[6]

[67]

Passe la noche e venga la mañana,
aparejados me sed a caballos e armas,

---

[4] **Trasnocharon...** "they traveled the night, from night to dawn of
day."
[5] **A menos...** "this won't go away with anything less than a fight";
in the ms. **aquesto** comes after **partirá.**
[6] **firmemiente...** Perry and Hamilton translate: "the men must be
given a severe lesson"

iremos ver aquella su almofalla,
1125 como omnes exidos de tierra estraña;
allí pareçrá° el que merece la soldada.»   **parecerá**

[68]

Oíd qué dixo Minaya Álvar Fáñez:
«Campeador, fagamos lo que a vos plaze,
a mí dedes cient caballeros, que non vos pido más,
1130 vós con los otros firádeslos delant.
Bien los ferredes, que dubda non í avrá,
yo con los ciento entraré del otra part,
como fío por Dios, el campo nuestro será.»
Como ge lo ha dicho al Campeador mucho plaze.
1135 Mañana era e piénsanse de armar,
'quis cada uno° d' ellos bien sabe lo que ha de far.   **cada cual** (i.e, every one
Con los albores mio Cid ferirlos va:
«En el nombre del Criador e del apóstol Santi Yagüe,
feridlos, caballeros, d' amor e de grado e de gran voluntad
1140 ca yo só Ruy Díaz, mio Cid[7] el de Vivar.»
Tanta 'cuerda de tienda° í veriedes quebrar,   tent cords
arrancarse las estacas° e acostarse a todas partes   stakes
       [los tendales.[8]
Moros son muchos, ya quieren recombrar,
del otra parte entróles Álvar Fáñez,
1145 Maguer les pesa, oviéronse a dar e a arrancar
1151 de pies de caballo los ques' pudieron escapar.[9]
Grand es el gozo que va por es' logar.
Dos reyes de moros mataron en el alcaz,
fata Valencia duró el segudar.
Grandes son las ganancias que mio Cid fechas ha,
1150 prisieron Cebolla e cuanto que es í delant,

---

[7] **mio Cid:** You may have noticed the awkwardness of the Cid
referring to himself as "mio Cid"; either a rare instance of the minstrel
or poet's vacillation between his narrative voice and the direct speech
of the Cid or a scribal error.

[8] **e acostarse…** "and tent poles falling over on all sides"

[9] I follow Montaner in moving v. 1151 from its original position to
between vv. 1145 and 1146. This is required to make grammatical sense
of the verse.

1152 robaban el campo, e piénsanse de tornar,
      entraban a Murviedro con estas ganancias que traen grandes.
      Las nuevas de mio Cid, sabet, sonando van;
1155 miedo han en Valencia que non saben qué se far,
      sonando van sus nuevas allent parte del mar.

[69]

      Alegre era el Cid e todas sus compañas,
      que Dios le ayudara e fiziera esta arrancada.
      Daban sus corredores° e fazién las trasnochadas,   raiders
1160 llegan a Gujera e llegan a Xátiva,
      aún más ayusso a Denia la casa.[10]
      Cabo del mar, tierra de moros firme la quebranta,
      ganaron Peña Cadiella,[11] las exidas e las entradas.

[70]

      Cuando el Cid Campeador ovo Peña Cadiella
1165 mal les pesa en Xátiva e dentro en Gujera,
      non es con recabdo el dolor de Valencia.

[71]

      En tierra de moros prendiendo e ganando
      e durmiendo los días e las noches trasnochando,
      en ganar aquellas villas mio Cid duró tres años.

[72]

1170 A los de Valencia escarmentados los han:
      non osan fueras' exir nin con él se ajuntar.

_____

   [10] **aún más ayusso…:** "even farther down to the town of Denia"
("deyna" in the ms.). Denia: a town to the south of Valencia, as are
Gujera (Cullera) and Xátiva (Játiva). After dominating the towns north
of Valencia (Murviedro and Cebolla), the Cid is extending his influence
south.
   [11] **Peña Cadiella:** Also to the south of Valencia, commentators note
that the HR does not record the conquest of Peña Cadiella until after the
successful siege of Valencia.

Tajábales las huertas[12] e fazíales grand mal,
en cada uno d' estos años mio Cid les tollió el pan,
mal 'se aquexan° los de Valencia que non saben qués' far;   they complained
1175 de ninguna part que sea non les vinié pan
nin da cossejo° padre a fijo, nin fijo a padre,   consejo
nin amigo a amigo nos' pueden consolar.
Mala cueta° es, señores, aver mingua° de pan,   affliction, lack
fijos e mugieres, verlos 'murir de fambre.°   morir de hambre
1180 Delante veyén su duelo, non se pueden huviar,[13]
por el rey de Marruecos ovieron a enviar.
Con él de los Montes Claros[14] avié guerra tan grand,
non les dixo consejo nin los vino huviar;
sópolo mio Cid, de coraçón le plaz.
1185 Salió de Murviedro una noch en trasnochada,
amaneció a mio Cid en tierras de Monreal.
Por Aragón e por Navarra pregón mandó echar,
a tierras de Castiella envió sus mensajes:
quien quiere perder cueta e venir a rictad
1190 viniesse a mio Cid que ha sabor de cabalgar,
cercar quiere a Valencia pora cristianos la dar.

[73]

«Quien quiere ir conmigo cercar a Valencia,
todos vengan de grado, 'ninguno non ha premia,°   no one is forced
tres días le speraré° en Canal de Celfa.»   esperaré

---

[12] **tajábales...** "he cut down their farmlands"; the **Huerta** of Valencia = the fertile land outside the city which can rightly be called its "garden" (lit. trans. of **huerta**).

[13] **Delante...** "they saw their real pain ahead, they cannot aid [**huviar**] themselves"

[14] **Montes Claros:** not to be confused with the Montes Claros of v. 2693, which form part of the Spanish geography of the poem. The Montes Claros referred to in v. 1182 are the Atlas Mountains in Morocco. Critics have used this tidbit to date the poem—it registers tensions between Almoravids who came to power during the lifetime of the Cid (coming to the Iberian Peninsula in the wake of Alfonso VI's conquest of Toledo in 1085) and Almohads whose sect would arise long after the death of the Cid (they came to the peninsula in 1146).

el miedo de Cid, fue enough to make Valencia collapse

[74]

1195 Esto dixo mio Cid, el que en buen hora nasco.
Tornabas' a Murviedro, ca él se la ha ganada;
andidieron° los pregones, sabet, a todas partes.   anduvieron
Al sabor de la ganancia non lo quieren detardar,
grandes gentes se le acojen de la buena Cristiandad,
1200 creciendo va en riqueza mio Cid el de Vivar.
Cuando vio mio Cid las gentes juntadas compeçós' de pagar.
Mio Cid don Rodrigo non lo quiso detardar,
adeliñó pora Valencia e sobr'ellas' va echar,[15]
bien la cerca mio Cid que non í avía art;
1205 viédales exir e viédales entrar.
Sonando van sus nuevas todas a todas partes,
más le vienen a mio Cid, sabet, 'que nos' le van.°   they don't leave him
Metiola en plaço si les viniessen huviar;[16]
nueve meses complidos, sabet, sobr'ella yaz,
1210 cuando vino el dezeno, oviérongela a dar.
Grandes son los gozos que van por es' logar
cuando mio Cid ganó a Valencia e entró en la cibdad.
Los que fueron de pie, caballeros se fazen;
el oro e la plata, ¿quién vos lo podrié contar?
1215 Todos eran ricos cuantos que allí ha,
mio Cid don Rodrigo la quinta mandó tomar:
en el aver monedado treinta mil marcos le caen,
e los otros averes, ¿quién los podrié contar?
Alegre era el Campeador con todos los que ha
1220 cuando su seña cabdal sedié en somo del alcáçar.[17]

Cid takes Valencia

---

[15] **sobr'...** Such and Hodgkinson translate: "ready to launch an attack on the city"; **sobr'ellas' = sobre ella se**; the antecedent for **ella** is Valencia.

[16] **metiola...** "he placed a deadline on the city in case someone should come to help them"; this type of arrangement was typical of the siege warfare of the time and is described in detail in the HR: the attacking force would hold off and give the besieged city an opportunity to seek assistance from another city or kingdom. In exchange for this truce the city under siege would agree to hand over the city voluntarily on the deadline, in the event that they were unable to find outside help.

[17] **en somo...** "on top of the citadel"

[75]

Ya folgaba mio Cid con todas sus compañas,
a aquel rey de Sevilla el mandado llegaba
que presa es Valencia que° non ge la emparan;   **porque**
vínolos ver con treinta mil de armas.
1225 'Aprés de° la huerta ovieron la batalla,   next to
arrancólos mio Cid, el de la luenga barba.
Fata dentro en Xátiva duró el arrancada,
en el passar de Xúcar,[18] í veriedes barata°   chaos
moros en arruenço amidos beber agua;[19]
1230 aquel rey de Marruecos con tres colpes escapa.
Tornada es mio Cid con toda esta ganancia,
buena fue la de Valencia cuando ganaron la casa
mas mucho fue provechosa, sabet, esta arrancada:
a todos los menores cayeron cient marcos de plata.
1235 Las nuevas del caballero, ya vedes do llegaban.

[76]

Grand alegría es entre todos essos cristianos
con mio Cid Ruy Díaz, el que en buen hora nasco.
Yal' crece la barba e vále allongando;
dixo mio Cid de la su boca a tanto:
1240 «Por amor del rey Alfonso, que de tierra me ha echado,
nin entrarié 'en ella° tijera ni un pelo non avrié tajado   in it [his beard]
e que fablassen d' esto moros e cristianos.»
Mio Cid don Ro*drigo* en Valencia está folgando,
con él Minaya Álvar Fáñez que nos' le parte de so braço.
1245 Los que exieron de tierra de rictad son abondados,
a todos les dio en Valencia casas e heredades
     [de que son pagados,
el amor de mio Cid, ya lo iban probando,
los que fueron con él e los de después, todos son pagados.

---

[18] **en el passar…** "upon trying to cross the Júcar [River]"; the Júcar
is south of Valencia, on the way to Játiva (Xátiva in v. 1227).
    [19] **moros en arruenço…** the sense of this phrase seems to be "Moors
against the current unwillingly drinking water" (i.e., drowning); it is an
expansion on the **barata** (or "chaos") of the previous verse.

Véelo mio Cid que con los averes que avién tomados
1250 que sis' pudiessen ir, ferlo ién de grado;
esto mandó mio Cid, Minaya lo ovo consejado:
que ningún omne de los sos ques' le non spidiés'
        [o nol' besás' la mano[20]
sil' pudiessen prender o fuesse alcançado,
tomássenle el aver e pusiéssenle en un palo.[21]
1255 Afevos todo aquesto puesto en buen recabdo.
Con Minaya Álvar Fáñez él se va consejar:
«Si vos quisiéredes, Minaya, quiero saber recabdo°   the number
de los que son aquí e conmigo ganaron algo;
meterlos he en escripto e todos sean contados
1260 que si algunos' furtare° o menos le fallaren   should sneak off
1260b el aver me avrá a tornar a aquestos mios vassallos[22]
que curian a Valencia e andan arrobdando.°»   patrolling
Allí dixo Minaya: «Consejo es aguisado.»

[77]

Mandólos venir a la cort e a todos los juntar.
Cuando los falló, por cuenta fízolos nombrar:
1265 tres mil e seiscientos avié mio Cid el de Vivar.
Alégras' le el coraçón e tornós' a sonrrisar:
«Grado a Dios, Minaya, e a Santa María madre,
con más pocos ixiemos de la casa de Vivar.
Agora avemos riqueza, más avremos adelant.

---

[20] **que ningún omne...** "that any man of his, who does not take his
leave of him or does not kiss his hand [in farewell]"; i.e., permission
must be sought by anyone wishing to leave; the punishments outlined
in vv. 1253-54 will be applied to anyone who does not seek permission.
The Cid is worried about troops abandoning Valencia after making their
fortune (vv. 1249-50).

[21] **tomássenle...** "his possessions should be taken and he should be
placed on a stake [or the gallows]"; MP insisted this was execution by
hanging (**palo** being a syn. of **horca** in Mod. Sp.), but the use of **poner
en** with **palo** has suggested impalement to some (Blackburn, Southey).
The CVR version of this line is vague: "quel tomarié quanto ouiesse e el
cuerpo que estarié a su merçed."

[22] **el aver...** the first part of this line is at the end of v. 1260; the ms.
has "atornar" above **avrá** (after **contados** of v. 1259); v. 1261 begins with
"aquestos mios vassallos" in the ms.

1270 Si vos pluguiere, Minaya, e non vos caya en pesar,
enviar vos quiero a Castiella, do avemos heredades,
al rey Alfonso, mio señor natural,
d'estas mis ganancias que avemos fechas acá:
darle quiero cient caballos e vós, ídgelos levar,
1275 desí por mí besalde la mano e firme ge lo rogad
por mi mugier e mis fijas, si fuere su merced,
quem' las dexe sacar.[23]
Enviaré por ellas e vos sabed el mensaje:
la mugier de mio Cid e sus fijas las infantes,[24]
1280 de guisa irán por ellas que a grand hondra vernán
a estas tierras estrañas que nós pudiemos ganar.»
Essora dixo Minaya: «De buena voluntad.»
Pues esto han fablado, piénsanse de adobar:
ciento omnes le dio mio Cid a Álvar Fáñez
    [por servirle 'en la carrera°   in route
1285 e mandó mil marcos de plata a San Pedro levar
e que los quinientos diesse al abat don Sancho.

[78]

En estas nuevas todos se alegrando,
de parte de orient vino un coronado:°   clergyman
el obispo° don Jerónimo so nombre es llamado,[25]   bishop
1290 bien entendido es de letras e 'mucho acordado,°   very prudent
de pie e de caballo mucho era arreziado,°   valiant
las provezas° de mio Cid, andábalas demandando,   deeds
sospirando el obispo ques' viesse con moros en el campo
que sis' fartás' lidiando e firiendo con sus manos

---

[23] V. 1277 in the ms. is extremely short and was probably meant to end some other version of v. 1276. MP reconstructs vv. 1276-77 thus: "por mi mugier *doña Ximena* e mis fijas *naturales* / si fore su merced quenlas dexe sacar." Smith and Montaner simply eliminate the "si fuere su merced" of v. 1276 and replaces it with v. 1277.

[24]**infante**: the word had a much broader meaning in OSp than it does today (it is used now to designate a prince or princess). In OSp it was used to designate any youth of noble family.

[25] The PMC's Don Jerónimo is Jerome of Périgord (in France, or **de orient** here), a cluniac monk sent to Valencia and appointed its bishop in the wake of the Cid's conquest.

1295 a los días del sieglo non le llorassen cristianos.[26]
Cuando lo oyó mio Cid de aquesto fue pagado:
«Oíd, Minaya Álvar Fáñez, por aquel que está en alto,
cuando Dios prestarnos quiere, nós bien ge
     [lo gradescamos,
en tierras de Valencia fer quiero obispado°   bishopric
1300 e dárgelo a este buen cristiano;
vós, cuando ides a Castiella, levaredes buenos mandados.»

[79]

Plogo a Álvar Fáñez de lo que dixo don Rodrigo.
D'este don Jerónimo yal' otorgan por obispo,
diéronle en Valencia ó bien puede estar rico.
1305 ¡Dios, qué alegre era todo cristianismo
que en tierras de Valencia, señor avié obispo!
Alegre fue Minaya e spidiós' e vinos'.

[80]

Tierras de Valencia remanidas en paz,
adeliñó pora Castiella Minaya Álvar Fáñez.
1310 Dexarévos las posadas, non las quiero contar.
Demandó por Alfonso, dó lo podrié fallar,

(handwritten: Minaya goesto Alfonso)

---

[26] **que sis'...** Rose and Bacon translate these lines: "If his fill of fight
and wounding with his hands he e'er should get / therefore a Christian
never have reason for regret"

fuera el rey a San Fagunt[27] aun poco ha,
tornós' a Carrión,[28] í lo podrié fallar.
Alegre fue de aquesto Minaya Álvar Fáñez,
1315 con esta presentaja adeliñó pora allá.

[81]

De missa era exido essora el rey Alfonso,
Afé Minaya Álvar Fáñez do llega tan apuesto;°   opportunely
fincó sos hinojos ante tod el pueblo,
a los pies del rey Alfonso cayó con grand duelo,
1320 besábale las manos e fabló tan apuesto:°   elegantly

[82]

«Merced, señor Alfonso, por amor del Criador,
besábavos las manos mio Cid lidiador,
los pies e las manos, como a tan buen señor,
quel' hayades merced, sí vos vala el Criador.
1325 Echástesle de tierra, non ha la vuestra amor,
maguer en tierra ajena él bien faze lo so:
ganada ha Xérica e a Onda por nombre,
priso a Almenar e a Murviedro que es miyor,°   mejor
assí fizo Cebolla e adelant Castejón
1330 e Peña Cadiella, que es una peña fuert,[29]
con aquestas todas de Valencia es señor;
obispo fizo de su mano el buen Campeador
e fizo cinco lides campales e todas las arrancó.
Grandes son las ganancias quel' dio el Criador,
1335 fevos aquí las señas, verdad vos digo yo:

---

[27] **San Fagunt** (Saint Facundus) is present-day Sahagún; see also v. 2922.

[28] **Carrión**: this city is half-way between the political centers of Castile and León (the cities Burgos and León, respectively) on the border between the two territories.

[29] **una peña fuert**: this phrase repeats itself (v. 2691) and is given various translations: "formidable rock" and "imposing crag" (Such and Hodgkinson), or "mighty cliff" (Hamilton and Perry). The use of **fuert** in a **tirada** assonating in **-ó** is a possible hint that there was originally a more archaic form **fort** or **fuort** in an earlier (lost) version of the PMC.

cient caballos 'gruessos e corredores°   sturdy and swift
de siellas e de frenos° todos guarnidos son,   bridles
bésavos las manos e que los prendades vós;
razonas' por vuestro vassallo, a vos tiene por señor.»
1340   Alçó la mano diestra, el rey se santigó:
«De tan fieras ganancias como ha fechas el Campeador
¡sí me vala Sant Esidro[30]! plazme de coraçón
e plázem' de las nuevas que faze el Campeador;
recibo estos caballos quem' envía de don.»
1345   Maguer plogo al rey, mucho pesó a García Ordóñez:
«Semeja que en tierra de moros non ha vivo omne
cuando assí faze a su guisa el Cid Campeador.»
Dixo el rey al conde: «Dexad essa razón,
que en todas guisas mijor me sirve que vós.»
1350   Fablaba Minaya í a guisa de varón:
«Merced vos pide el Cid si vos cayesse en sabor,
por su mugier doña Ximena e sus fijas amas a dos,
saldrién del monesterio do elle[31] las dexó
e irién pora Valencia al buen Campeador.»
1355   Essora dixo el rey: «Plazme de coraçón,
yo les mandaré dar conducho mientra que por mi
                   [tierra fueren,
de fonta e de mal curiallas° e de deshonor.   curiarlas
Cuando cabo de mi tierra aquestas dueñas fueren,
catad cómo las sirvades vós e el Campeador.
1360   Oídme, escuelas e toda la mi cort,
non quiero que nada pierda el Campeador;
a todas las escuelas que a él dizen señor
por que los desheredé, todo ge lo suelto yo;
sírvanles sus heredades do fuere el Campeador,
1365   'atrégoles los cuerpos° de mal e de ocasión;   I protect them
por tal fago aquesto que sirvan a so señor.»
Minaya Álvar Fáñez las manos le besó,
sonrrisós' el rey, tan vellido fabló:

---

[30] **Sant Esidro**: St. Isidore of Seville; Alfonso VI and his descendants had a special devotion to St. Isidore, whose remains had been translated to León's cathedral by his father, Fernando in 1063 (HS, chaps. 95-103).
[31] **elle** = **él** (from the Lat. **Ĭlle**; cf. Port. **ele**); the **ll** was probably pronounced, as in Lat., as the mod. Sp. **l**; I preserve the ms. spelling nonetheless as a curiosity.

«Los que quisieren ir servir al Campeador,
1370 de mi sean quitos e vayan a la gracia del Criador,
más ganaremos en esto que en 'otra deshonor.°»   continued disfavor
Aquí entraron en fabla los infantes de Carrión:
«Mucho crecen las nuevas de mio Cid el Campeador;
bien casariemos con sus fijas pora huebos de pro.
1375 Non la osariemos acometer nós esta razón,
mio Cid es de Vivar e nós de los condes de Carrión.»[32]
Non lo dizen a nadi e 'fincó esta razón.°   there it stood

Minaya Álvar Fáñez al buen rey se espidió.
«¿Ya vós ides, Minaya? Id a la gracia del Criador;
1380 levedes un portero,° tengo que vos avrá pro,   royal courier
si levaredes las dueñas, sírvanlas a su sabor.
Fata dentro en Medina denles cuanto huebos les fuer;
desí adelant piense d' ellas el Campeador.»
Espidiós' Minaya e vasse° de la cort.   **se va**

[83]

1385 Los infantes de Carrión dando iban compaña
     [a Minaya Álvar Fáñez:
«En todo sodes pro, en esto assí lo fagades;
saludadnos° a mio Cid el de Vivar,   our greetings
somos en so pro cuanto lo podemos far;
el Cid que bien nos quiera, nada non perderá.»
1390 Repuso Minaya: «Esto non me ha por qué pesar.»
Ido es Minaya, tórnanse los infantes.

---

[32] The Infantes of Carrión here mention a class difference that will
become important in the course of the PMC: the Cid is portrayed as
belonging to lower nobility (the **infançón** class) while the Infantes
belong to the aristocratic upper nobility. This is not historically
accurate—the historical Cid more than likely pertained to the aristoc-
racy.

Adeliñó pora San Pero, ó las dueñas están,
tan grand fue el gozo cuándol' vieron assomar.
'Decido es° Minaya, a San Pero va rogar,   he dismounted
1395 cuando acabó la oración a las dueñas se tornó:
«Homíllom',° doña Ximena, Dios vos curie de mal,   I humble myself
assí faga a vuestras fijas amas.
Salúdavos mio Cid allá onde elle está,
sano lo dexé e con tan grand rictad.
1400 El rey por su merced 'sueltas me vos ha°   has released you to me
por levaros a Valencia que avemos por heredad.[33]
Si vos viesse el Cid, sanas e sin mal,
todo será alegre que non avrié ningún pesar.»
Dixo doña Ximena: «¡El Criador lo mande!»
1405 Dio tres caballleros Minaya Álvar Fáñez,
enviólos a mio Cid, a Valencia do está:
«Dezid al Campeador que Dios le curie de mal,
que su mugier e sus fijas el rey sueltas me las ha,
mientra que fuéremos por sus tierras, conducho nos
            [mandó dar.
1410 De aquestos quinze días, si Dios nos curiare de mal,
seremos í yo e su mugier e sus fijas que él ha
e todas las dueñas con ellas, cuantas e buenas ellas han.»
Idos son los caballeros e d' ello pensarán,
remaneció en San Pero Minaya Álvar Fáñez.
1415 Veriedes caballeros venir de todas partes,
irse quieren a Valencia, a mio Cid el de Vivar;
que les toviessen pro rogaban a Álvar Fáñez,
diziendo esto Minaya: «Esto feré de veluntad.»
A Minaya sessaenta e cinco caballeros acrecídol' han[34]
1420 e él se tenié ciento que aduxiera d' allá;
por ir con estas dueñas buena compaña se faze.
Los quinientos marcos dio Minaya al abat,
de los otros quinientos dezirvos he qué faze:
Minaya a doña Ximena e a sus fijas que ha

*Minaya goes
to get Ximena
and daughters*

---

[33] **que avemos...** "which we hold as inheritance"; i.e., Valencia is to be held in perpetuity by its captor, the Cid, and his descendants; it is not simply an **honor** or **tenencia**, which would be a land granted by (and held on behalf of) a feudal lord.

[34] **A Minaya...** "sixty-five knights have increased Minaya's number"

1425   e a las otras dueñas que las sirven delant,
        el bueno de Minaya pensólas de adobar
        de los 'mejores guarnimientos° que en Burgos pudo fallar,   finest clothes
        palafrés e mulas, que non parescan mal.[35]
        Cuando estas dueñas adobadas las ha,
1430   el bueno de Minaya pensar quiere de cabalgar;
        Afevos Rachel e Vidas a los pies le caen:
        «Merced, Minaya, caballero de prestar,
        'desfechos nos ha° el Cid, sabet, si no nos val;   has ruined us
        soltariemos la ganancia, que nos diesse el cabdal.»[36]
1435   «Yo lo veré con el Cid, si Dios me lieva allá,
        por lo que avedes fecho, buen cosiment° í avrá.»   favor
        Dixo Rachel e Vidas: «¡El Criador lo mande!
        Si non, dexaremos Burgos, ir lo hemos buscar.»
        Ido es pora San Pero Minaya Álvar Fáñez,
1440   muchas gentes se le acojen, pensó de cabalgar.
        Grand duelo es al partir del abat:
        «Sí vos vala el Criador, Minaya Álvar Fáñez,
        por mí al Campeador las manos le besad;
        aqueste monesterio no lo quiera olvidar,
1445   todos los 'días del sieglo° en levarlo adelant   days of his life
        el Cid siempre valdrá más.»
        Repuso Minaya: «Ferlo he de veluntad.»
        Yas' espide e piensan de cabalgar,
        el portero con ellos que los ha de aguardar.
1450   Por la tierra del rey mucho conducho les dan,
        de San Pero fasta Medina en cinco días van;
        felos en Medina las dueñas e Álvar Fáñez.
        Dirévos de los caballeros que levaron el mensaje:
        al' hora que lo sopo mio Cid, el de Vivar,
1455   plógol' de coraçón e tornós' a alegrar;
        de la su boca compeçó de fablar:
        «Qui buen mandadero envía, tal debe sperar.
        Tú, Muño Gustioz e Pero Vermúez delant
        e Martín Antolínez, un burgalés leal,
1460   el obispo don Jerónimo, coronado de prestar,

---

[35] **que non...** "so they don't look bad [make a bad impression]"
[36] **soltariemos...** "we would forgive the interest if he would just give us back the principal"

cabalguedes con ciento guisados pora huebos de lidiar.[37]
Por Santa María vós vayades passar,
vayades a Molina que yaze más adelant,
tiénela Abengalbón, mio amigo es de paz,[38]
1465 con otros ciento caballeros bien vos consigrá.°   will accompany
Id pora Medina cuanto lo pudiéredes far,
mi mugier e mis fijas con Minaya Álvar Fáñez
assí como a mí dixeron, í los podredes fallar;
con grand hondra aduzídmelas delant
1470 e yo fincaré en Valencia que mucho costádom' ha,
grand locura serié si la desemparás';
yo fincaré en Valencia ca la tengo por heredad.»
Esto era dicho, piensan de cabalgar
e cuanto que pueden non fincan de andar.
1475 Trocieron a Santa María e vinieron albergar a Frontael
e el otro día vinieron a Molina posar.
El moro Abengalbón, cuando sopo el mensaje,
saliólos recibir con grant gozo que faze:
«Venides, los vassallos de mio amigo natural,
1480 a mí non me pesa, sabet, mucho me plaze.»
Fabló Muño Gustioz, non speró a nadi:
«Mio Cid vos saludaba e mandólo recabdar
con ciento caballeros que privádol' acorrades;
su mugier e sus fijas en Medina están
1485 que vayades por ellas, adugádesgelas acá
e fata en Valencia d' ellas non vos partades.»
Dixo Abengalbón: «Ferlo he de veluntad.»
Essa noch conducho les dio grand,
a la mañana piensan de cabalgar.
1490 Ciento le pidieron, mas él con dozientos va,
passan las montañas que son fieras e grandes,
passaron Mata de Toranz
1492b de tal guisa que ningún miedo non han.
por el val de Arbuxuelo piensan a deprunar°   to descend
e en Medina'todo el recabdo° está.   the whole group

---

[37] **guisados...** "equipped to fight"; this is essentially a security force.
[38] **Abengalbón:** the Cid's Muslim ally (**mio amigo es de paz**) in the PMC is probably a reflection of the historical Ibn Ghalbún. Molina is the political center of the taifa of Albarracín (to the south of Zaragoza), an area still under Muslim control at the time of the Cid.

1495 envió dos caballeros Minaya Álvar Fáñez,
         [que sopiessen la verdad,
     esto non lo detardan ca de coraçón lo han;
     el uno fincó con ellos e el otro tornó a Álvar Fáñez:
     «Virtos del Campeador a nos vienen buscar,
     afevos aquí Pero Vermúez e Muño Gustioz,
         [que vos quieren sin art,
1500 e Martín Antolínez, el burgalés natural,
     e el obispo don Jerónimo, coronado³⁹ leal,
     e el alcayaz° Abengalbón con sus fuerças que trahe°   governor, **trae**
     por sabor de mio Cid de grand hóndral' dar;
     todos vienen en uno, agora llegarán.»
1505 Essora dixo Minaya: «Vaymos cabalgar.»
     Esso fue apriessa fecho, que nos' quieren de tardar,
     bien salieron d' én ciento que non parecen mal
     en buenos caballos, a petrales e a cascabeles
     e a cuberturas de cendales e escudos a los cuellos⁴⁰
1510 e en las manos lanças que pendones traen
     que sopiessen los otros de qué seso° era Álvar Fáñez   disposition
     o cuémo° saliera de Castiella Álvar Fáñez   **cómo**
1512b con estas dueñas que trahe.
     Los que iban mesurando e llegando delant
     luego toman armas e tómanse a deportar;°   battle in jest
     por cerca de Salón tan grandes gozos van,
1515 don llegan los otros, a Minaya Álvar Fáñez
         [se van homillar.°   to pay homage
     Cuando llegó Abengalbón dont' a ojo ha,
     sonrrisándos de la boca, íbalo abraçar,
     en el hombro lo saluda ca tal es su usaje:⁴¹
1520 «Tan buen día convusco, Minaya Álvar Fáñez,
     traedes estas dueñas por ó valdremos más,

---

³⁹ **coronado:** the var. form **coranado** appears twice in the ms., here
and in v. 1993; I emend to **coronado** but place the **o** in italics.

⁴⁰ **que non parecen...** Simpson translates these lines: "What a fine
sight they make, their good horses covered with silken housings
[**cuberturas de cendal**], bells jingling [**a cascabeles**]! They hang their
shields about their necks..."

⁴¹ **en el hombro...:** Abengalbón greets (i.e., kisses) Álvar Fáñez on
the shoulder as was the custom [**usaje**] among Muslims of Spain at that
time (and still is in some areas of the Islamic world).

mugier del Cid lidiador e sus fijas naturales
hondrarvos hemos todos ca tal es la su auze°   good fortune
maguer que mal le queramos non ge lo podremos fer,
1525   en paz o en guerra de lo nuestro habrá;
múchol' tengo por torpe° qui non conosce la verdad.»   for a fool

[84]

Sonrissós' de la boca Minaya Álvar Fáñez:
«¡Ya Abengalbón, amígol' sodes sin falla!
Si Dios me llegare al Cid e lo vea con el alma,
1530   d'esto que avedes fecho vós non perderedes nada,
vayamos posar ca la cena es adobada.»
Dixo Abengalbón: «Plazme d' esta presentaja,
antes d' este tercer día vos lo daré doblada.»
Entraron en Medina, sirvíalos Minaya,
1535   todos fueron alegres del cervicio que tomaron.[42]
El portero del rey quitarlo mandaba,[43]
hondrado es mio Cid en Valencia do estaba
de tan grand conducho como en Medina sacaron;
el rey lo pagó todo e quito se va Minaya.
1540   Passada es la noche, venida es la mañana,
oída es la missa e luego cabalgaban.
Salieron de Medina e Salón passaban,
Arbuxuelo arriba privado aguijaban.
El campo de Torancio luégol' atravessaban,°   they crossed
1545   vinieron a Molina, la que Abengalbón mandaba.
El obispo don Jerónimo, buen cristiano sin falla,
las noches e los días las dueñas aguardando
e buen 'caballo en diestro° que va ante sus armas,   war horse
entre él e Álvar Fáñez iban a una compaña
1550   entrados son a Molina, buena e rica casa.
El moro Abengalbón bien los sirvié sin falla,
de cuanto que quisieron non ovieron falla,
aun las ferraduras° quitárgelas mandaba;   horseshoes

---

[42] **tomaron**: most editors change the ms. **tomaron** to **tomaran** to fit
the assonance (and reasoning, perhaps, that the pluperfect action
precedes **fueron alegres**). The same is true for **sacaron** in v. 1538.
[43] **El portero...** "The royal courier has everything paid for by the
king"

a Minaya e a las dueñas, ¡Dios, cómo las hondraba!
1555   Otro día mañana luego cabalgaban,
        fata en Valencia sirvíalos sin falla,
        lo so despendié el moro que d' ellos non tomaba nada.
        Con estas alegrías e nuevas tan hondradas
        aprés° son de Valencia, a tres leguas contadas,   near
1560   a mio Cid, el que en buen hora nasco,
        dentro a Valencia liévanle el mandado.

[85]

Alegre fue mio Cid que nunqua más nin tanto,
        ca de lo que más amaba yal' viene el mandado.
        Dozientos caballeros mandó exir privado
1565   que reciban a Minaya e a las dueñas fijas d' algo;
        él sedié en Valencia curiando e guardando
        ca bien sabe que Álvar Fáñez trahe 'todo recabdo.°   all ordered

[86]

Afevos todos aquestos reciben a Minaya
        e a las dueñas e a las niñas e a las otras compañas.
1570   Mandó mio Cid a los que ha en su casa
        que guardassen el alcáçar e las otras torres altas
        e todas las puertas e las exidas e las entradas
        e aduxiéssenle a Babieca, poco avié quel' ganara[44]:
        aún non sabié mio Cid, el que en buen hora cinxo espada,
1575   si serié corredor o si habrié buena parada.
        A la puerta de Valencia do fuesse en so salvo
        delante su mugier e de sus fijas querié tener las armas.
        Recebidas las dueñas a una grant ondrança,°   honor
        el obispo don Jerónimo adelant se entraba,
1580   í dexaba el caballo, pora la capiella° adeliñaba,   chapel
        con cuantos que él puede que con horas se acordaran;
        sobrepelliças° vestidas e con cruzes de plata,   priestly robes
        recibir salién *a* las dueñas e al bueno de Minaya.
        El que en buen hora nasco non lo detardaba,
1585   ensiéllanle a Babieca cuberturas le echaban,
        mio Cid salió sobr'él e 'armas de fuste° tomaba,   wooden arms

---

[44] **Babieca:** The Cid's famous horse

vistiós' el sobregonel,° luenga trahe la barba.   long tunic
Fizo una corrida, esta fue tan estraña,
por nombre el caballo Babieca cabalga,
1590 cuando ovo corrido todos se maravillaban;
d'es' día se preció Babieca en cuant grand fue España.
En cabo del cosso[45] mio Cid descabalgaba,
adeliñó a su mugier e a sus fijas amas;
cuando lo vio doña Ximena a pies se le echaba:
1595 «Merced, Campeador, en buen hora cinxiestes espada,
sacada me avedes de muchas vergüenças° malas;   indignities
afeme aquí, señor, yo e vuestras fijas amas,
con Dios e convusco buenas son e criadas.»
A la madre e a las fijas bien las abraçaba,
1600 del gozo que avién de los sos ojos lloraban.
Todas las sus mesnadas en grant deleite estaban,
armas teniendo e tablados quebrantando.[46]
Oíd lo que dixo el que en buen hora nasco:
«Vós, querida e hondrada mugier e amas mis fijas,
1605 mi coraçón e mi alma,
entrad conmigo en Valencia la casa,
en esta heredad que vos yo he ganada.»
Madre e fijas las manos le besaban,
a tan grand hondra ellas a Valencia entraban.

[87]

1610 Adeliñó con ellas al alcáçar,
allá las subié en el más alto logar.
Ojos vellidos catan a todas partes,
miran Valencia como yaze la cibdad

---

[45] **En cabo...** "at the end of his run"; **cosso** from Lat. **cursu**; cf. mod. Sp. **curso**.

[46] **armas...** Merwin translates: "they jousted with arms and rode at targets"; Simpson translates this line with the previous one: "All his men rejoice likewise and take up arms and fall to tilting." The tourney-like atmosphere of jousting is certainly implied in **armas teniendo** (those would be **armas de fuste**, like the ones with which the Cid greets his family in a show of knightly prowess), but the **tablados** are wooden targets (as Merwin translates), set up to be broken in contests of strength and accuracy.

e del' otra parte a ojo han el mar,
1615 miran la huerta, espessa° es e grand;   lush
alçan las manos pora Dios rogar
d'esta ganancia, cómo es buena e grand;
mio Cid e sus compañas tan a grand sabor están.
El invierno es exido que el março quiere entrar,
1620 dezirvos quiero nuevas de allent partes del mar,
de aquel rey Yúcef que en Marruecos está.[47]

[88]

Pesól' al rey de Marruecos de mio Cid don Rodrigo:
«que en mis heredades fuertemientre es metido
e él non ge lo gradece sinon a Jesu Cristo.»
1625 Aquel rey de Marruecos ajuntaba sus virtos,
con cincuaenta vezes mil de armas todos fueron complidos,
entraron sobre mar, en las barcas° son metidos;   boats
van buscar a Valencia, a mio Cid don Rodrigo.
Arribado han las naves,° fuera eran exidos,   ships

[89]

1630 llegaron a Valencia, la que mio Cid ha conquista,
fincaron las tiendas e posan las gentes descreídas.[48]
Estas nuevas a mio Cid eran venidas.

[90]

«Grado al Criador e al Padre espirital,
todo el bien que yo he, todo lo tengo delant,

---

[47] **Yúcef:** Yusuf was "king of the Moabites" of Morocco in the HR; he was the head of the Almoravids, a fundamentalist sect of Islam that had gained power in the Maghrib in the final decades of the eleventh century.

[48] **las gentes descreídas:** "the unbelievers" or, perhaps, "the infidels"; chronicles of the mid-twelfth century make a sharp distinction between the Spanish Muslims, with whom Spanish Christians often found ways to get along (e.g., Abengalbón), and the North African Almoravids, whose puritanical version of Islam was more difficult to relate to.

1635 con afán gané a Valencia e hela° por heredad,   la tengo
a menos de muerte non la puedo dexar.
Grado al Criador e a Santa María madre,
mis fijas e mi mugier que las tengo acá,
venídom' es delicio de tierras d' allent mar.
1640 Entraré en las armas, non lo podré dexar,
mis fijas e mi mugier verme han lidiar;
en estas tierras ajenas verán las moradas, cómo se fazen,
afarto verán por los ojos cómo se gana el pan.»
Su mugier e sus fijas, subiólas al alcáçar,
1645 alçaban los ojos, tiendas vieron fincadas.
«¿Qué's esto, Cid, sí el Criador vos salve?»
«Ya, mugier hondrada, non hayades pesar,
riqueza es que nos acrece, maravillosa e grand,
a poco que viniestes presend° vos quieren dar;   gift
1650 por casar son vuestras fijas, adúzenvos axuvar.°»   dowry
«A vos grado, Cid, e al Padre spirital.»
«Mugier, sed en este palacio e si quisiéredes en el alcáçar;
non hayades pavor° porque me veades lidiar,   fear
con la merced de Dios e Santa María madre,
1655 crécem' el coraçón porque estades delant,
con Dios aquesta lid yo la he de arrancar.»

[91]

Fincadas son las tiendas e parecen los albores,
a una grand priessa tañién los atamores.
Alegrabas' mio Cid e dixo «¡Tan buen día es hoy!»
1660 Miedo ha su mugier e quiérel' quebrar el coraçón,
assí fazié a las dueñas e a sus fijas amas a dos;
del día que nasquieran non vieran tal tremor.°   terror
Prisos' a la barba el buen Cid Campeador:
«Non hayades miedo ca todo es vuestra pro,
1665 antes d' estos quinze días, si polguiere al Criador,
aquellos atamores a vos los pondrán delant
      [e veredes cuáles son;
desí han a ser del obispo don Jerónimo,
colgarlos han en Santa María, madre del Criador.»
Vocación es que fizo el Cid Campeador,
1670 alegres son las dueñas, perdiendo van el pavor.
Los moros de Marruecos cabalgan a vigor,
por las huertas adentro están sines pavor.

[92]

Viólo el atalaya° e tanxo el esquila,°   sentinel, alarm bell
prestas° son las mesnadas de las gentes cristianas,   ready
1675 adóbanse de coraçón e dan salto de la villa;
dos' fallan con los moros cometiénlos tan aína,
sácanlos de las huertas mucho a fea guisa:
quinientos mataron d' ellos complidos en es' día.

[93]

Bien fata las tiendas dura aqueste alcaz,
1680 mucho avién fecho, piensan de cabalgar;
Álvar Salvadórez preso° fincó allá.   captured
tornados son a mio Cid los que comién so pan[49];
él se lo vio con los ojos, cuéntangelo delant,
alegre es mio Cid por cuanto fecho han:
1685 «Oídme, caballeros, 'non rastará por ál.°   this is it
Hoy es día bueno e mejor será cras:
'por la mañana prieta° todos armados seades,   before dawn
dezirnos ha la missa e pensad de cabalgar,
el obispo don Jerónimo soltura° nos dará,   absolution
1690 irlos hemos ferir en el nombre del Criador
     [e del apóstol Santi Yagüe.
Más vale que nós los vezcamos, que ellos nos cojan
     [el pan.»[50]
Essora dixeron todos: «¡D'amor e de voluntad!»
Fablaba Minaya, non lo quiso detardar:
«Pues esso queredes, Cid, a mí mandedes ál;
1695 dadme ciento treinta caballeros pora huebos de lidiar,
cuando vós los fuéredes ferir, entraré yo del'otra part,
o de amas o del'una Dios nos valdrá.»[51]

---

[49] **los que...** "those who ate his bread"; i.e., his vassals, those who depended on the Cid.

[50] **pan**: the ms. here actually reads **campo** (as in "take the field," rather than "take the bread"), which seems to make more sense; but being the work of a corrector (the initial "p" has been scraped off and the "po" at the end added), modern editors follow MP's reading of the line with **pan**.

[51] **o de amas...** Simpson translates: "God will give the victory to one

Essora dixo el Cid: «De buena voluntad.»

[94]

Es' día es salido e la noche es entrada,
1700 nos' detardan de adobasse° essas gentes cristianas: **adobarse**
a los mediados gallos, antes de la mañana,
el obispo don Jerónimo la missa les cantaba.
La missa dicha, grant sultura° les daba: **soltura** (absolution)
«El que aquí muriere lidiando de cara
1705 préndol' yo los pecados e Dios le habrá el alma.
A vos, Cid don Rodrigo, en buen hora cinxiestes espada,
yo vos canté la missa por aquesta mañana,
pídovos un don e séam' presentado:°   granted
las feridas primeras que las haya yo otorgadas.»

[95]

1710 Dixo el Campeador: «Des' aquí vos sean mandadas.»
Salidos son todos armados por las torres de Valencia,
mio Cid a los sos vassallos tan bien los acordando.°   encouraging
Dexa a las puertas omnes de grant recabdo,°   number
dio salto mio Cid en Babieca el so caballo,   → Cid's horse
1715 de todas guarnizones° muy bien es adobado.   → armor
La seña sacan fuera, de Valencia dieron salto,
cuatro mil menos treinta con mio Cid van a cabo,
a los cincuaenta mil van los ferir de grado.
Álvar Álvarez e Álvar Salvadórez
1719b e Minaya Álvar Fáñez entráronles del otro cabo.[52]
1721 Plogo al Criador e oviéronlos de arrancar,
mio Cid empleó la lança, al espada metió mano,
a tantos mata de moros que non fueron contados;
por el cobdo ayuso la sangre destellando.

[handwritten margin note: Cid + 4,000 men go up against 50,000 men]

---

or the other of us, or perhaps to both"
  [52] **Álvar Salvadórez...** this is the same Álvar Salvadórez who was
captured in v. 1681; MP and Montaner eliminate him from the v. (and
a corrector, perhaps the copyist himself, has drawn a line through his
name in the ms.). I follow Michael and Rodríguez Puértolas in leaving
his name and combining v. 1719's Minaya with the short v. 1720
(**entráronles del otro cabo**).

1725 Al rey Yúcef tres colpes le ovo dados,
     saliós'le de so'l espada ca múchol' andido el caballo,[53]
     metiós'le en Gujera, un castiello palaciano;
     mio Cid el de Vivar fasta allí llegó en alcaz
     con otros quel' consiguen° de sus buenos vassallos.   **siguen**
1730 Desd'allí se tornó el que en buen hora nasco,
     mucho era alegre de lo que han caçado,
     allí preció a Babieca 'de la cabeça fasta a cabo.°   from head to tail
     Toda esta ganancia en su mano a rastado:
     los cincuaenta mil por cuenta fueron notados,
1735 non escaparon más de ciento e cuatro.
     Mesnadas de mio Cid robado han el campo,
     entre oro e plata fallaron tres mil marcos de plata,
     de las otras ganancias non avía recabdo.
     Alegre era mio Cid e todos sos vassallos
1740 que Dios les ovo merced que vencieron el campo
     cuando al rey de Marruecos assí lo han arrancado;
     dexó *a* Álvar Fáñez por saber todo recabdo.
     Con cient caballeros a Valencia es entrado,
     fronzida trahe la cara, que era desarmado,
1745 assí entró sobre Babieca, el espada en la mano.
     Recíbenlo las dueñas que lo están esperando,
     mio Cid fincó ant'ellas, tovo la rienda al caballo:
     «A vos me homillo, dueñas, grant prez vos he ganado,
     vos teniendo Valencia e yo vencí el campo.
1750 Esto Dios se lo quiso, con todos los sos santos,
     cuando en vuestra venida tal ganancia nos han dada.
     Vedes el espada sangrienta e sudiento° el caballo,   sweaty
     con tal cum° esto se vencen moros del campo.   **como**
     Rogad al Criador que vos viva algunt año,[54]
1755 'entraredes en prez° e besarán vuestras manos.»   you'll be honored
     Esto dixo mio Cid, diciendo° del caballo.   dismounting
     Cuándol' vieron de pie que era descabalgado,
     las dueñas e las fijas e la mugier que vale algo
     delant el Campeador los hinojos fincaron:
1760 «Somos en vuestra merced e vivades muchos años.»

---

[53] **saliós'le...** he managed to "get out from under the sword because
he rode his horse hard [**mucho**]"

[54] **Rogad...** "pray to the Creator that for you I live some year" (i.e.
that, for his family's sake he live a long time). The ms. reads "rogand."

En vuelta con él entraron al palacio
e iban posar con él en unos preciosos escaños.°   couches
«Ya mugier, doña Ximena, ¿nom' lo aviedes rogado?
estas dueñas que aduxiestes que vos sirven tanto,
1765   quiérolas casar con de aquestos mios vassallos;
a cada una d' ellas dóles dozientos marcos de plata,
que lo sepan en Castiella a quién sirvieron tanto;
lo de vuestras fijas, venir se ha más por espacio.°»   in due time
Levantáronse todas e besáronle las manos,
1770   grant fue el alegría que fue por el palacio;
como lo dixo el Cid, assí lo han acabado.
Minaya Álvar Fáñez fuera era en el campo
con todas estas gentes, escribiendo e contando,
entre tiendas e armas e vestidos preciados;
1775   tanto fallan d' esto que es cosa sobejana.
Quiérovos dezir lo que es más granado:°   remarkable
non pudieron ellos saber la cuenta de todos los caballos
que andan arriados[55] e non ha qui tomallos;
los moros de las tierras, ganado se han í algo.
1780   Maguer de todo esto, al Campeador contado
de los buenos e otorgados cayéronle mil e quinientos caballos.
Cuando a mio Cid cayeron tantos,
1782b los otros bien pueden fincar pagados.
¡Tanta tienda preciada e tanto tendal obrado°   decorated
que ha ganado mio Cid con todos sus vassallos!
1785   La tienda del rey de Marruecos, que de las otras es cabo,
dos tendales la sufren, con oro son labrados;
mandó mio Cid Ruy Díaz que fita soviesse la tienda
e non la tolliesse d' ent cristiano.
«Tal tienda como ésta, que de Marruecos es passada,°   transported
1790   enviarla quiero a Alfonso el Castellano
'que croviesse° sos nuevas de mio Cid, que avié algo.»   para que creyera
Con aquestas riquezas tantas a Valencia son entrados.
El obispo don Jerónimo, caboso coronado,
cuando es farto de lidiar con amas las sus manos,
1795   non tiene en cuenta los moros que ha matados;

---

[55] **arriados**: commentators are uncertain about this word; Hamilton and Perry translate "wandering" (**arriados**, a scribal error for **errantes**); Simpson translates "richly caparisoned" (reading **arreados**). MP suggests **arriados** as a var. of **arreados**.

lo que caye a él mucho era sobejano:
mio Cid don Rodrigo, el que en buen hora nasco,
de toda la su quinta el diezmo° l'ha mandado.   tithe

[96]

Alegres son por Valencia las gentes cristianas,
1800 ¡tantos avién de averes, de caballos e de armas!
Alegre es doña Ximena e sus fijas amas
e todas las otras dueñas que *se* tienen por casadas.
El bueno de mio Cid non lo tardó por nada:
«¿Dó sodes, caboso? Venid acá Minaya,
1805 de lo que a vos cayó vós non gradecedes nada;[56]
d'esta mi quinta, dígovos sin falla,
prended lo que quisiéredes, 'lo otro remanga,°   the rest stays
e cras a la mañana irvos hedes sin falla
con caballos d' esta quinta que yo he ganada
1810 con siellas e con frenos e con señas espadas,
por amor de mi mugier e de mis fijas amas,
porque assí las envío dond'ellas son pagadas,
estos dozientos caballos irán en presentajas;
que non diga mal el rey Alfonso del que Valencia manda.»
1815 Mandó a Pero Vermúez que fuesse con Minaya.
Otro día mañana privado cabalgaban
e dozientos omnes lievan en su compaña
con saludes del Cid que las manos le besaba,
d'esta lid que ha arrancada
1819b dozientos caballos le enviaba en presentaja
1820 «e servirlo he siempre mientra que ovi*e*sse alma.»

[97]

Salidos son de Valencia e piensan de andar,
tantas ganancias traen que son a aguardar;
andan los días e las noches […]
1823b e passada han la sierra que las otras tierras parte;[57]

---

[56] **de lo que…** Merwin translates: "for that which has fallen to you,
you owe me no thanks"

[57] **e passada han la sierra** makes more sense at the beginning of v.
1824 (a short line) than at the end of v. 1823. 1823b translates: "and they

1825 por el rey Alfonso tómanse a preguntar.

[98]

Passando van las sierras e los montes e las aguas,
llegan a Valladolid,[58] do el rey Alfonso estaba.
Enviábanle mandado Pero Vermúez e Minaya
que mandasse recebir a esta compaña,
1830 mio Cid, el de Valencia, envía su presentaja.

[99]

Alegre fue el rey, non viestes a tanto,
mandó cabalgar apriessa todos los fijos d' algo°   nobles
í en los primeros el rey fuera dio salto
a ver estos mensajes del que en buen hora nasco.
1835 Los infantes de Carrión, sabet, 'ís' acertaron;°   found themselves there
e el conde don García, so enemigo malo,
a los unos plaze e a los otros va pesando.
A ojo lo avién los del que en buen hora nasco,
cuédanse que es almofalla ca non vienen con mandado;[59]
1840 el rey don Alfonso seíse santiguando.
Minaya e Pero Vermúez adelante son llegados,
'firiéronse a tierra,° decendieron de los caballos,   they dismounted
ant'el rey Alfonso, los hinojos fincados,
besan la tierra e los pies amos:
1845 «Merced, rey Alfonso, sodes tan hondrado,
por mio Cid el Campeador todo esto vos besamos.
A vos llama por señor e tienes' por vuestro vassallo,
mucho precia la hondra el Cid quel' havedes dado.
Pocos días ha, rey, que una lid ha arrancado
1850 a aquel rey de Marruecos, Yúcef por nombrado,
con cincuaenta mil, arrancólos del campo,
las ganancias que fizo, mucho son sobejanas,
ricos son venidos todos los sos vassallos

[handwritten note: King was happy]

---

crossed the mountain range that divides the lands."
    [58] **Valladolid**: South of Carrión, near the confluence of the Arlanzón
and Duero rivers.
    [59] **cuédanse...** "they [Alfonso and his followers] think it is an
[enemy] army because they come unannounced"

e envíavos dozientos caballos e bésavos las manos.»
1855   Dixo el rey don Alfonso: «Recíbolos de grado,
gradéscolo a mio Cid que tal don me ha enviado;
aún vea hora que de mí sea pagado.»
Esto plogo a muchos e besáronle las manos,
pesó al conde don García e mal era irado,
1860   con diez de sus parientes aparte daban salto:
«Maravilla es del Cid que su hondra crece tanto,
en la hondra que él ha nós seremos abiltados;°   shamed
por tan biltadamientre° vencer reyes del campo,   basely
como si los fallasse muertos, aduzirse los caballos,
1865   por esto que él faze 'nós habremos embargo.°»   we'll have
                                                                                                  embarrassment

[100]

Fabló el rey don Alfonso e dixo esta razón:
«Grado al Criador e al señor Sant Esidro el de León
estos dozientos caballos quem' envía mio Cid.
Mio reino adelant mejor me podrá servir:
1870   a vos Minaya Álvar Fáñez e a Pero Vermúez aquí
mándovos los cuerpos hondradamientre servir e vestir
e guarnirvos de todas armas como vós dixiéredes *aquí*
que bien parescades ante Ruy Díaz, mio Cid;
dóvos tres caballos e prendedlos aquí
1875   assí como semeja e la veluntad me lo diz;
todas estas nuevas a bien habrán de venir.»

[101]

Besáronle las manos e entraron a posar,
bien los mandó servir de cuanto huebos han.
De los infantes de Carrión yo vos quiero contar,
1880   fablando en su consejo, aviendo su poridad:
«Las nuevas del Cid mucho van delant,
demandemos sus fijas pora con ellas casar,
creçremos° en nuestra hondra e iremos adelant.»   creceremos
Vinién al rey Alfonso con esta poridad:

[102]

1885   «Merced vos pidimos, como a rey e a señor natural,
con vuestro consejo lo queremos fer nós

que nos demandedes fijas del Campeador,
casar queremos con ellas a su hondra e a nuestra pro.»
Una grant hora el rey pensó e comidió.°   considered
1890 «Yo eché de tierra al buen Campeador
e faziendo yo a él mal e él a mí grand pro,
del casamiento non sé sis' habrá sabor,
mas, pues, vós lo queredes, entremos en la razón.»
A Minaya Álvar Fáñez e a Pero Vermúez
1895 el rey don Alfonso essora los llamó;
a una cuadra° ele los apartó: room
«Oídme Minaya e vos, Pero Vermúez,
sírvem' mio Cid el Campeador,
1898b él lo merece e de mí habrá perdón;   *Cid has earned the king's*
1899b viniessem' a vistas° si oviesse d' ent sabor.[60]   *pardon*   meeting
1900 Otros mandados ha en ésta mi cort:
Diego e Ferrando, los infantes de Carrión,
sabor han de casar con sus fijas amas a dos.
Sed buenos mensajeros e ruégovoslo yo
que lo digades al buen Campeador;
1905 habrá í hondra e creçrá° en honor   **crecerá**
por consagrar° con los infantes de Carrión.»   to become an in-law
Fabló Minaya e plogo a Pero Vermúez:
«Rogárgelo hemos lo que dezides vós,
después faga el Cid lo que oviere sabor.»
1910 «Dezid a Ruy Díaz, el que en buen hora nasco,
quel' iré a vistas do fuere aguisado:
do él dixiere, í sea el mojón.°   meeting place
Andarle quiero a mio Cid en toda pro.»
Espidiénse al rey, con esto tornados son,
1915 van pora Valencia ellos e todos los sos.
Cuando lo sopo el buen Campeador,
apriessa cabalga, a recebirlos salió,
sonrrisós' mio Cid e bien los abraçó:
«¡Venides, Minaya, e vós, Pero Vermúez!
1920 En pocas tierras ha tales dos varones,
¿cómo son las saludes de Alfonso mio señor,
si es pagado o recibió el don?»

---

[60] In the ms. these long lines are separated thus: "[1898] sírvem' mio Cid el Campeador, él lo merece / [1899] de mí habrá perdón; viniessem' a vistas si oviesse d'ent sabor."

Dixo Minaya: «¡D'alma e de coraçón!
es pagado e dávos su amor.»
1925 Dixo mio Cid: «¡Grado al Criador!»
Esto diziendo compieçan la razón,
lo quel' rogaba Alfonso, el de León,
de dar sus fijas a los infantes de Carrión,
que'l conoscié í hondra e crecié en honor,
1930 que ge lo consejaba d' alma e de coraçón.
Cuando lo oyó mio Cid, el buen Campeador,
una grand hora pensó e comidió.
«Esto gradesco a Cristus, el mio Señor,
echado fu° de tierra e tollida° la honor,   **fui**, taken
1935 con grand afán gané lo que he yo.
A Dios le gradesco que del rey he su gracia[61]
e pídenme mis fijas pora los infantes de Carrión;
ellos son mucho urgullosos° e han part en la cort,   **orgullosos**
d'este casamiento non avría sabor.
1940 Mas, pues lo conseja el que más vale que nós,
fablemos en ello, en la poridad seamos nós.
Afé Dios del cielo, que nos acuerde en lo mijor.»
«Con todo esto a vos dixo Alfonso
que vos vernié° a vistas do oviéssedes sabor   **vendría**
1945 querervos ié ver e darvos su amor,
acordarvos iedes después a todo lo mejor.»[62]
Essora dixo el Cid: «Plazme de coraçón.
Estas vistas, ¿ó las hayades vós?»
Dixo Minaya, «Vós sed sabidor.»
1950 «Non era maravilla si quisiesse el rey Alfonso
fasta do lo fallássemos,[63] buscarlo iremos nós
por darle grand hondra, como a rey de tierra;
mas lo que él quisiere, esso queramos nós.
Sobre Tajo, que es una agua cabdal,
1955 hayamos vistas cuando lo quiere[64] mio señor.»
Escribién cartas, bien las selló,

[Handwritten marginalia: *Cid sends letters to king saying he'll marry off his daughter*]

---

[61] **gracia**: MP and Montaner emend to **amor**.

[62] **acordarvos…** lit. "you would arrange for yourself after whatever is best"

[63] **non era maravilla…** Merwin translates: "It would be no marvel if King Alfonso had bid us / come where he was"

[64] **cuando…** "because he wants it"

con dos caballeros luego las envió:
lo que el rey quisiere, esso ferá el Campeador.

[103]

Al rey hondrado, delant le echaron las cartas;
1960 cuando las vio, de coraçón se paga:
«Saludadme a mio Cid, el que en buen hora
        [cinxo espada,
sean las vistas 'd'estas tres semanas,°   in three weeks
si yo vivo só, allí iré sin falla.»
Non lo detardan, a mio Cid se tornaban.
1965 D'ella part e d' ella[65] pora las vistas se adobaban.
¡Quién vio por Castiella tanta mula preciada
e tanto palafré que bien anda,
caballos gruessos e corredores sin falla,
tanto buen pendón meter en buenas astas,°   lances
1970 escudos boclados° con oro e con plata,   reinforced
mantos e pieles e buenos cendales d' Adria![66]
Conduchos largos el rey enviar mandaba
a las aguas de Tajo ó las vistas son aparejadas;°   prepared
con el rey ha tantas buenas compañas.
1975 Los infantes de Carrión mucho alegres andan,
lo uno adebdan° e lo otro pagaban   borrowed
como ellos tenién crecerles ía la ganancia,
cuantos quisiessen, averes d'oro o de plata.[67]
El rey don Alfonso a priessa cabalgaba,
1980 'cuendes e podestades° e muy grandes mesnadas;   counts and magnates
los infantes de Carrión lievan grandes compañas,
con el rey van leoneses y mesnadas galizianas,
non son en cuenta, sabet, las castellanas.
Sueltan las riendas, a las vistas se van adeliñadas.

---

[65] **D'ella part…** Bailey translates: "On either side"; Such and
Hodgkinson have "both parties."

[66] **buenos cendales…** "fine silks from Adria"; Hamilton and Perry
translate Adria as Andros (followed by Such and Hodgkinson). The
Greek island was said to be known for its silk. Other commentators have
seen a possible reference to Alexandria.

[67] **como ellos…** "because they took for granted their earnings would
grow, / as many as they wanted, goods of gold and silver"

[104]

1985 Dentro en Valencia mio Cid el Campeador
      non lo detarda pora vistas se adobó:
      tanta gruessa mula e tanto palafré ˈde sazón,°   in their prime
      tanta buena arma e tanto buen caballo corredor,
      tanta buen capa e mantos e pelliçones,
1990 chicos e grandes vestidos son de colores.
      Minaya Álvar Fáñez e aquel Pero Vermúez,
      Martín Muñoz e Martin Antolínez, el burgalés de pro,
      el obispo don Jerónimo, coronado mejor,
      Álvar Álvarez e Álvar Salvadórez,
1995 Muño Gustioz, el caballero de pro,
      Galind Garcíaz, el que fue de Aragón,
      éstos se adoban por ir con el Campeador
      e todos los otros que í son.
      Álvar Salvadórez e Galind Garcíaz, el de Aragón,
2000 a aquestos dos mandó el Campeador
2000b que curien a Valencia d' alma e de coraçón,
2001b e todos los que en poder d' essos fossen;[68]
      las puertas del alcáçar
2002b que non se abriessen de día nin de noch,
      dentro es su mugier e sus fijas amas a dos
      en que tiene su alma e su coraçón,
2005 e otras dueñas que las sirven a su sabor;
      recabdo ha, como tan buen varón,
      que del alcáçar una salir non puede
      fata ques' torne el que en buen hora nasco.
      Salién de Valencia, aguijan e espolonaban,
2010 tantos caballos en diestro, gruessos e corredores;
      mio Cid se los ganara que non ge los dieran en don.
      Yas' va pora las vistas que con el rey paró,
      de un día es llegado antes, el rey don Alfonso.
      Cuando vieron que vinié el buen Campeador,
2015 recebirlo salen con tan grand honor.
      Don' lo ovo a ojo, el que en buen hora nasco,

---

[68] **a aquestos dos...** the ms. reads: "[2000] a aquestos dos mandó el
Campeador que curien a Valencia / [2001] d'alma e de coraçón, e todos
los que en poder d'essos fossen"; **fossen** is an archaic form of **fuessen**,
imperf. subjunctive of **ser** in Castile in the late twelfth century.

a todos los sos, estar los mandó,
si non a estos caballeros que querié de coraçón;
con unos quinze a tierras' firió,
2020 como lo comidía el que en buen hora nació:
los hinojos e las manos en tierra los fincó,
las yerbas° del campo 'a dientes las tomó,°   grass, he bit
llorando de los ojos, tanto avié el gozo mayor,
assí sabe 'dar homildança° a Alfonso so señor;   humble himself
2025 de aquesta guisa a los pies le cayó.
Tan grand pesar ovo el rey don Alfonso:
«Levantados en pie ya Cid Campeador,
besad las manos ca los pies no;
si esto non feches non avredes mi amor.»
2030 'Hinojos fitos sedié° el Campeador: stayed on his knees
«Merced vos pido a vos mio natural señor,
assí estando dédesme vuestra amor,
2032b que lo oyan° cuantos aquí *son*.»   **oigan**
Dixo el rey: «Esto feré d' alma e de coraçón,
aquí vos perdono y dóvos mi amor
2035 e en todo mio reino parte desde hoy.»
Fabló mio Cid e dixo *esta razón:*[69]
2036b «Merced, yo lo recibo, don Alfonso mio señor,
gradéscolo a Dios del cielo e después a vos
e a estas mesnadas que están a derredor.»
Hinojos fitos, las manos le besó,
2040 levós' en pie e en la bocal' saludó.
Todos los demás d' esto avién sabor;
pesó a Álvar Díaz e a Garcí Ordóñez.
Fabló mio Cid e dixo esta razón:
2043b «Esto gradesco al Criador,
cuando he la gracia de don Alfonso mio señor,
2045 valerme ha Dios de día e de noch;
fuéssedes mi huésped° si vos ploguiesse, señor.»   guest
Dixo el rey: «Non es aguisado hoy;
vós agora llegastes e nós viniemos anoch:
mio huésped seredes, Cid Campeador,
2050 e cras feremos lo que ploguiere a vos.»
Besóle la mano, mio Cid lo otorgó.
Essora se le homillan los infantes de Carrión:

---

[69] MP breaks up this long line and inserts **esta razón** (cf. v. 2043).

«Homillámosnos, Cid, en buen hora nasquiestes vós;
en cuanto podemos andamos en vuestro pro.»
2055 Repuso mio Cid: «Assí lo mande el Criador.»
Mio Cid Ruy Díaz, que en hora buena nasco,
en aquel día, del rey so huésped fue.
Non se puede fartar d' él, tantol' querié de coraçón,
catándol' sedié la barba que tan aínal' creciera;
2060 maravíllanse de mio Cid cuantos que í son.
El día es passado e entrada es la noch,
otro día mañana, claro salié el sol,
el Campeador a los sos lo mandó
que adobassen cozina pora cuantos que í son;
2065 de tal guisa los paga mio Cid el Campeador,
todos eran alegres e acuerdan en una razón:
passado avié tres años no comieran mejor.
Al otro día mañana, assí como salió el sol,
el obispo don Jerónimo la missa cantó.
2070 Al salir de la missa todos juntados son,
non lo tardó el rey, la razón compeçó:
«Oídme las escuelas, cuendes e infançones,[70]
cometer° quiero un ruego a mio Cid el Campeador,   propose
assí lo mande Cristus, que sea a so pro.
2075 Vuestras fijas vos pido, don' Elvira e doña Sol,
que las dedes por mugieres a los infantes de Carrión.
Semejam' el casamiento hondrado e con grant pro;
ellos vos las piden e mándovoslo yo.
D'ella e d' ella parte, cuantos que aquí son,
2080 los mios e los vuestros que sean rogadores:
dándoslas,° mio Cid, ¡sí vos vala el Criador!»   **dádnoslas**
«Non habría fijas de casar,» Repuso el Campeador,
ca non han grant *edad* e de días pequeñas son.[71]
'De grandes nuevas° son los infantes de Carrión,   of great renown
2085 pertenecen pora mis fijas e aun pora mejores.
Yo las engendré amas e criásteslas vós,[72]

---

[70] **Oídme...** "hear me vassals, counts and nobles"

[71] **non han...** "they are not yet of age [**hedand** in the ms.] and are of few years [lit. small days]"

[72] **yo las...** "I fathered them both and you raised them"; reference to the fact that the girls grew up in Castile while their father was in exile.

entre yo y ellas en vuestra merced somos nós,
afelas en vuestra mano, don' Elvira e doña Sol,
dadlas a qui quisiéredes vós ca yo pagado só.»
2090 «Gracias,» dixo el rey, «a vos e a tod' esta cort.»
Luego se levantaron los infantes de Carrión,
van besar las manos al que en hora buena nació;
camearon° las espadas ant'el rey don Alfonso.   **cambiaron**
Fabló el rey don Alfonso, como tan buen señor,
2095 «Grado e gracias, Cid, como tan bueno,
      [e primero al Criador,
quem' dades vuestras fijas por los infantes de Carrión.
D'aquí las prendo por mis manos, a don' Elvira e doña Sol,
e dólas 'por veladas° a los infantes de Carrión;   as lawful wives
yo las caso a vuestras fijas con vuestro amor,
2100 al Criador plega que hayades ende sabor.
Afelos en vuestras manos a los infantes de Carrión,
ellos vayan convusco ca d'aquén° me torno yo;   **de aquí**
trezientos marcos de plata en ayuda les dó yo
que metan en sus bodas o do quisiéredes vós,
2105 pues fueren en vuestro poder en Valencia la mayor.
Los yernos e las fijas, todos vuestros fijos son,
lo que vos ploguiere d' ellos fer, Campeador.»
Mio Cid ge los recibe, las manos le besó:
«Mucho vos lo gradesco como a rey e a señor;
2110 vós casades mis fijas, ca non ge las dó yo.»
Las palabras son puestas[73]
2111b que otro día mañana cuando saliés' el sol,
2112b ques' tornasse cada uno d' on salidos son.[74]
'Aquís' metió en nuevas° mio Cid el Campeador: became the talk
tanta gruessa mula e tanto palafré de sazón,
2115 compeçó mio Cid a dar a quien quiere prender so don;
tantas buenas vestiduras que d'alfaya° son,   finely decorated
cada uno lo que pide, nadi nol' dize de no;
mio Cid, de los caballos, sessaenta dio en don.
Todos son pagados de las vistas, cuantos que í son.
2120 Partirse quieren, que entrada era la noch,

---

[73] **Las palabras...** "word goes out [lit. the words are set]"
[74] Ms. line-breaks thus: "[2111] Las palabras son puestas que otro
día mañana / [2112] cuando saliés' el sol, ques' tornasse cada uno d'on
salidos son."

el rey a los infantes a las manos les tomó,
metiólos en poder de mio Cid el Campeador:
«Evad aquí vuestros fijos, cuando vuestros yernos son,
de hoy más[75] sabed qué fer d'ellos, Campeador.»
2125 «Gradéscolo, rey, e prendo vuestro don;
Dios que está en cielo dém'd'ent buen galardón.»
Sobr'el so caballo, Babieca, mio Cid salto daba:
«Aquí lo digo ante mio señor el rey Alfonso,
qui quiere ir conmigo a las bodas o recebir mi don,
2130 d'aquend vaya conmigo, cuedo quel' avrá pro.

[105]

Yo vos pido merced a vos rey natural,
pues que casades mis fijas assí como a vos plaz,
dad manero° a qui las dé cuando vós las tomades,   proxy
non ge las daré yo con mi mano, nin d'end non
    [se alabarán.»
2135 Respondió el rey: «Afé aquí Álvar Fáñez,
prendedlas con vuestras manos e dadlas a los infantes,
assí como yo las prendo d'aquent, como si fosse delant,
sed padrino°d'ellos a tod' el velar;°   sponsor, wedding
cuando vós juntaredes conmigo quem' digades
    [la verdat.»
2140 Dixo Álvar Fáñez: «Señor, afé que me plaz.»

[106]

Tod' esto es puesto, sabed, en grant recabdo.
«Ya rey, don Alfonso, señor tan hondrado,
d'estas vistas que oviemos, de mí tomedes algo:
tráyovos veinte palafrés, éstos bien adobados,
2145 e treinta caballos corredores, estos bien ensellados;
tomad aquesto e beso vuestras manos.»
Dixo el rey don Alfonso: «Mucho me havedes embargado,°   embarrassed
recibo este don que me havedes mandado;
plega al Criador con todos los sos santos
2150 este plazer quem' feches, que bien sea galardonado.
Mio Cid Ruy Díaz, mucho me avedes hondrado,

---

[75] **de hoy más**: "from today on"; the ms. reads **oy de mas**.

de vos só servido e téngom' por pagado,
aún vivo seyendo,° de mí hayades algo.   **siendo**
A Dios vos acomiendo,d'estas vistas me parto,
2155   afé Dios del cielo que lo ponga en buen logar.»

[107]

Yas' espidió mio Cid de so señor Alfonso,
non quiere quel' escurra, quitól' dessí luego.
Veriedes caballeros, qué bien andantes son,
besar las manos, espedirse del rey Alfonso:
2160   «Merced vos sea e fazednos este perdón,
iremos en poder de mio Cid a Valencia la mayor,
seremos° a las bodas de los infantes de Carrión   **asistiremos**
e de las fijas de mio Cid, de don' Elvira e doña Sol.»
Esto plogo al rey e a todos los soltó.
2165   La compaña del Cid crece e la del rey mengó.°   lessened
Grandes son las gentes que van con el Campeador,
adeliñan pora Valencia, la que en buen punto ganó,
e a don Fernando e a don Diego aguardarlos mandó
a Pero Vermúez e Muño Gustioz,
2170   en casa de mio Cid non ha dos mejores,
que sopiessen sos mañas° de los infantes de Carrión.   habits
E va í Asur González, que era bullidor,°   rowdy
que es largo en lengua, mas en lo ál no es tan pro.[76]
Grant hondra les dan a los infantes de Carrión.
2175   Afelos en Valencia, la que mio Cid ganó,
cuando a ella assomaron, los gozos son mayores.
Dixo mio Cid a don Pero e a Muño Gustioz:
«'Dadles un reyal° a los infantes de Carrión,   give them housing
vós con ellos sed, que assí vos lo mando yo;
2180   cuando viniere la mañana, que apuntare el sol,
verán a sus esposas, a don' Elvira e a doña Sol.»

Cid goes back to Valencia

---

[76] **que es…** "who is long in tongue, but in the rest not so great"; i.e.,
Asur González (sometimes written Assur or Ansur), a close relative of
the Infantes, talks a good game but not much else.

[108]

Todos essa noch fueron a sus posadas.
Mio Cid el Campeador al alcáçar entraba,
recibiólo doña Ximena e sus fijas amas:
2185 «¡Venides Campeador, en buena cinxiestes espada!
¡Muchos días vos veamos con los ojos de las caras!»
«Grado al Criador vengo, mugier hondrada,
yernos vos adugo de que avremos ondrança;
gradídmelo, mis fijas, ca bien vos he casadas.»
2190 Besaronle las manos, la mugier e las fijas amas
e todas las dueñas que las sirven.

[109]

«Grado al Criador e a vos, Cid, barba vellida,
todo lo que nos feches es de buena guisa;
non serán menguadas en todos vuestros días.»
2195 «¡Cuando vós nos casáredes bien seremos ricas!»
[110]

«Mugier, doña Ximena, grado al Criador,
a vos digo, mis fijas don' Elvira e doña Sol,
d'este vuestro casamiento creçremos en honor;
mas bien sabet verdad que non lo levanté yo.
2200 Pedidas vos ha e rogadas el mio señor Alfonso
a tan firmemientre e de todo coraçón,
que yo nulla cosa nol' sope dezir de no.
Metívos en sus manos, fijas amas a dos,
bien me lo creades que él vos casa ca non yo.»

[111]

2205 Pensaron de adobar essora el palacio:
por el suelo e suso, tan bien encortinado,°   adorned
tanta pórpola e tanto xamed° e tanto 'paño preciado.°   silk, fine fabric
Sabor habriedes de ser e de comer en el palacio.
Todos sus caballeros a priessa son juntados,
2210 por los infantes de Carrión essora enviaron.
Cabalgan los infantes, adelant adeliñaban al palacio,
con buenas vestiduras e fuertemientre adobados,
de pie e a sabor, ¡Dios, qué quedos° entraron!   silent

Recibiólos mio Cid con todos sus vassallos,

2215 a él e a su mugier, delant se les homillaron

e iban posar en un precioso escaño.

Todos los de mio Cid, tan bien son acordados,

están parando mientes° al que en buena hora nasco.   they pay attention

El Campeador en pie es levantado:

2220 «Pues, que a fazerlo avemos, ¿por qué lo imos tardando?

Venit acá, Álvar Fáñez, el que yo quiero e amo,

afé amas mis fijas, métolas en vuestra mano,

sabedes que al rey assí ge lo he mandado;

no lo quiero fallir por nada de cuanto ha í parado.

2225 A los infantes de Carrión, dadlas con vuestra mano

e prendan bendiciones e vayamos recabdando.»

Esto*nz*° dixo Minaya: «Esto faré de grado.»   **entonces**

Levántanse derechas e metiógelas en mano,

a los infantes de Carrión, Minaya va fablando:

2230 «Afevos delant Minaya, amos sodes hermanos,

por mano del rey Alfonso, que a mí lo ovo mandado,

dóvos estas dueñas, amas son fijas d'algo,

que las tomassedes por mugieres a hondra e a recabdo.»

Amos las reciben d'amor e de grado,

2235 A mio Cid e a su mugier van besar la mano.

Cuando ovieron aquesto fecho, salieron del palacio,

pora Santa María a priessa adeliñando.

El obispo don Jerónimo vistiós' tan privado,

a la puerta de la eclegia sediélos sperando;

2240 dióles bendictiones, la missa ha cantado.

Al salir de la eclegia cabalgaron tan privado,

a la glera° de Valencia fuera dieron salto.   shore

¡Dios que bien 'tovieron armas° el Cid e sus vassallos!   jousted

Tres caballos cameó el que en buen hora nasco.

2245 Mio Cid de lo que veyé mucho era pagado,

los infantes de Carrión bien han cabalgado.

Tórnanse con las dueñas, a Valencia han entrado,

ricas fueron las bodas en el alcáçar hondrado

e al otro día fizo mio Cid fincar siete tablados,

2250 antes que entrassen a yantar todos los quebrantaron.[77]

---

[77] The tradition of jousting and breaking **tablados** (wooden targets) was a practical exercise to train for war, but was also used as part of the wedding festivities.

[handwritten margin note: Cid's daughters are married away to traitors of Carrion]

Quinze días complidos duraron en las bodas,°   wedding festivities
ya cerca de los quinze días yas' van los fijos d'algo.

Mio Cid don Rodrigo, el que en buen hora nasco,
entre palafrés e mulas e corredores caballos,
2255 en bestias sines ál[78] ciento son mandados,
mantos e pelliçones e otros vestidos largos;
non fueron en cuenta los averes monedados.
Los vassallos de mio Cid, assí son acordados,
cada uno por sí sos dones avién dados.
2260 Qui aver quiere prender, bien era abastado,
ricos tornan a Castiella los que a las bodas llegaron,
yas' iban partiendo aquestos hospedados,
espidiéndos' de Ruy Díaz, el que en buen hora nasco,
e a todas las dueñas e a los fijos d'algo.
2265 Por pagados se parten de mio Cid e de sus vassallos,
grant bien dizen d'ellos ca será aguisado.
Mucho eran alegres Diego e Fernando,
estos fueron fijos del conde don Gonzalo.
Venidos son a Castiella aquestos hospedados,
2270 el Cid e sos yernos en Valencia son rastados.
Í moran los infantes bien cerca de dos años,
los amores que les fazen, mucho eran sobejanos;
alegre era el Cid e todos sus vassallos.
¡Plega a Santa María e al Padre Santo
2275 ques' pague d'es' casamiento mio Cid o el
      [que *lo ovo a algo!*[79]

---

[78] **en bestias...** "in beasts [of burden] alone"; this would have included mules, perhaps oxen or even camels.

[79] **¡Plega...** Such and Hodgkinson translate: "May it please Saint Mary and the holy Father / that my Cid, and the men who valued him so highly [**el que lo ovo a algo**], should gain joy from this wedding"; the end of this long v. 2275 is illegible now because of the application of reagents.

Las coplas°d'este cantar aquís' van acabando,   verses
el Criador vos vala con todos los sos santos.

Cantar III: Afrenta

[112]

2278 En Valencia seí° mio Cid con todos sus vassallos,   *estaba [sedié]*
con él amos sus yernos, los infantes de Carrión.
2280 Yaziés' en un escaño, durmié el Campeador.
Mala sobrevienta, sabed, que les cuntió:[1]
saliós' de la red° e 'desatós' el león.°   *cage, the lion got loose*
En grant miedo se vieron por medio de la cort,
enbraçan los mantos los del Campeador
2285 e cercan el escaño e fincan sobre so señor.
Fernán González […]
2286b non vio allí 'dó s' alçasse,° nin cámara° abierta nin torre,   *where to escape, cham-*
metiós' so'l escaño° tanto ovo el pavor.   *ber; under the couch*
Diego González por la puerta salió,
diziendo de la boca: «¡Non veré Carrión!»

---

[1] **Mala…** Simpson translates: "Know you, a fearsome thing happened"; Merwin translates **sobrevienta** as "an unlooked-for misfortune"

2290 'Tras una viga lagar° metiós' con grant pavor,   behind a wine-press
el manto e el brial todo suzio lo sacó.[2]

En esto despertó el que en buen hora nació,
vio cercado el escaño de sus buenos varones:
«¿Qué es esto, mesnadas, o qué queredes vós?»
2295 «Ya señor hondrado, rebata° nos dio el león.»   surprise
Mio Cid 'fincó el cobdo,° en pie se levantó,   leaned on his elbow
el manto trae al cuello e adeliñó pora'l león.
El león cuando lo vio, assí envergonzó:°   filled with shame
ante mio Cid 'la cabeça premió° e el rostro fincó.   he lowered his head
2300 Mio Cid don Rodrigo al cuello lo tomó
e 'liévalo adestrando,° en la red le metió;   he leads him by the han
a maravilla lo han cuantos que í son
e tornáronse al palacio, pora la cort.
Mio Cid por los yernos demandó e no los falló;
2305 maguer los están llamando, ninguno non responde.
Cuando los fallaron, ellos vinieron assí sin color,
non viestes 'tal juego° como iba por la cort;   such mocking
'mandólo vedar° mio Cid el Campeador.   forbade it
Muchos' tovieron por enbaídos° los infantes de Carrión,   offended
2310 fiera cosa les pesa d'esto que les cuntió.

[113]

Ellos en esto estandod'on avién grant pesar,
fuerças de Marruecos, Valencia vienen cercar;
cincuaenta mil tiendas fincadas ha de las cabdales,
aqueste era el rey Búcar, sil' oviestes contar.[3]

[114]

2315 Alegrabas' el Cid e todos sus varones
que les crece la ganancia grado al Criador;
mas, sabed, 'de cuer° les pesa a los infantes de Carrión   truly
ca veyén tantas tiendas de moros, de que non avién sabor.

---

[2] **el manto...** Simpson: "he quite defiled his tunic and mantle"
[3] **aqueste...** "This was king Búcar, you may have heard tell of him";
or not, Búcar is perhaps reminiscent of the historical Abu-Bakr, ruler of
Valencia 1075-1085, though it is more likely a reference to Abu-Beker, an
Almoravid general, according to MP. OSp **oviestes** < Lat. *audivisti*.

Amos hermanos apart salidos son:
2320 «Catamos la ganancia y la pérdida non,
ya en esta batalla a entrar habremos nós,
esto es aguisado por non ver Carrión,
vibdas° remandrán fijas del Campeador.»   viudas
Oyó la poridad aquel Muño Gustioz,
2325 vino con estas nuevas a mio Cid Ruy Díaz el Campeador:
«Evades qué pavor han vuestros yernos, tan osados son,
por entrar en batalla desean Carrión;
ídlos conortar,° sí vos vala el Criador,   console
que sean en paz e non hayan í ración.⁴
2330 Nós convusco la vençremos e valernos ha el Criador.»
Mio Cid don Rodrigo sonrrisando salió:
«Dios vos salve, yernos, infantes de Carrión,
en braços tenedes mis fijas tan blancas como el sol.
Yo deseo lides e vós, Carrión.
2335 En Valencia folgad a todo vuestro sabor,
ca d'aquellos moros yo só sabidor;⁵
arrancármelos trevo con la merced del Criador.»

[Missing Folio⁶]

[Ellos en esto fablando, enbió el rrey Búcar dezir al Çid quel
dexase a Valençia e se fuese en paz; sy non, quell pecharié
quando aý avié fecho.⁷ El Çid dixo a aquell que truxiera el
mensaie:
     «Yd dezir a Búcar a quel fi de enemiga que ante destos
tre días, le daré yo lo quel demanda.»⁸
     Otro día mandó el Çid armar todos los suyos e salió a los

---

⁴ **que sean...** "let them be in peace and not have to take part"
⁵ **ca...** "for I know all about those Moors"
⁶ A page has been cut out of the ms. here, meaning that there is a
lacuna (gap) of some fifty lines of poetry. The CVR provides the outline,
if not the poetry, of what happens. The passage that follows in prose is
from the CVR, chap. 26 (Dyer's crit. ed.).
⁷ **quell...** "that he would make him [the Cid] pay for however much
he had done there"
⁸ **ante...** "before three days time, I'll give him what he's looking for"
(read sarcastically)

moros. Los infantes de Carrión pidiéronle entonçes la
delantera.[9] E pues quel Çid ouo paradas sus hazes, don
Ferrando, el vno de los infantes, adelantose por yr ferir a vn
moro que dezían Aladraf. El moro quando lo vio, fue contra
el otrosy. El infante, con el grand miedo que ouo dél, boluió
la rrienda e fuxó que sola mente non lo osó esperar. Pero
Bermudes que yua çerca dél, quando aquello vio, fue ferir en
el moro e lidió con él e matolo. Después tomó el cauallo del
moro e fue en pos el infante que yua fuyendo e díxole:

«Don Ferrando, tomad este cauallo e dezit a todos que
vós matastes el moro cuyo era, e yo otorgarlo he convusco.»[10]

El infante le dixo:

«Don Pero Bermudes, mucho vos agradesco lo que
dezides...]

[115]

...Aún vea el hora que vos meresca dos tanto.»[11]
En una compaña tornados son amos,
2340 assí lo otorga don Pero, cuemo se alaba Fernando.
Plogo a mio Cid e a todos sos vassallos:
«Aún si Dios quisiere e el Padre que está en alto,
amos los mios yernos, buenos serán en campo.»
Esto van diziendo e las gentes se allegando,
2345 en la hueste° de los moros, los atamores sonando;   host (i.e., army)
a maravilla lo avién muchos d'essos cristianos,
ca nunqua lo vieran, ca nuevos son llegados;[12]
más se maravillan entre Diego e Fernando,
por la su voluntad no serién allí llegados.
2350 Oíd lo que fabló el que en buen hora nasco:
«Allá, Pero Vermúez, el mio sobrino caro,
cúriesme a Diego e cúriesme a don Fernando,

---

[9] **Los infantes...** "the Infantes of Carrión then asked him [the Cid]
to grant them the first blows"

[10] **tomad...** "take this horse and tell everyone you killed the Moor
whose it was, and I'll concede it with you [i.e., I'll back your claim]"

[11] **Aún...** Simpson translates: "May I see the hour when I can repay
you twofold"

[12] Vv. 2346-47: the newly arrived Christians are amazed seeing the
Almoravid forces for the first time.

mio yernos amos a dos, la cosa que mucho amo,
ca los moros, con Dios, non fincarán en campo.»

[116]

2355 «Yo vos digo, Cid, por toda caridad,
que hoy los infantes a mí por amo° non habrán,   guardian
cúrielos qui quier ca d'ellos poco m'incal,[13]
yo con los mios ferir quiero delant;
vós con los vuestros firmemientre a 'la çaga tengades,°   hold the rear
2360 si cueta fuere bien me podredes huviar.»
Aquí llegó Minaya Álvar Fáñez:
2361b «Oíd, ya Cid, Campeador leal,
esta batalla el Criador la ferá
e vós dino° que con Él havedes part.   digno
Mandádnoslos ferir que cuál part vos semejar,
2365 el debdo que ha cada uno a complir será.
Verlo hemos con Dios e con la vuestra auze.»
Dixo mio Cid: «'Hayamos más de vagar.°»   hold a bit longer
Afevos el obispo don Jerónimo, muy bien armado,
parabas' delant al Campeador, siempre con la buen auze:
2370 «Hoy vos dix° la missa de Santa Trinidade,   dije
Por esso salí de mi tierra e vínvos° buscar,   os vine
por sabor que avía de algún moro matar;
mi orden e mis manos querríalas hondrar[14]
e 'a estas feridas yo quiero ir delant;°   I want first blows
2375 pendón trayo a corças e armas de señal,[15]
si ploguiesse a Dios, querríalas ensayar,°   try out
mio coraçón que pudiesse folgar
e vós, mio Cid, de mí más vos pagar.

---

[13] **cúrielos...** Simpson translates: "let him who will look after them, for they are nothing to me"

[14] **mi orden...** "I would like to honor my hands and my order"; the Cluniacs (Monks of Cluny) belonged to the Benedictine monastic order.

[15] **pendón...** Hamilton and Perry translate: "I carry a banner and shield with emblem of roe deer [**corça**] emblazoned on them"; editors and commentators before MP believed the **corça** of the ms. an error for **croça**, the bishop's crozier, or perhaps related to the crusader's cross. MP thought this unlikely and Mod. editors follow his lead, but it is uncertain what the significance of the bishop's emblem might be.

Si este amor non feches, yo de vos me quiero quitar.»
2380 Essora dixo mio Cid: «Lo que vós queredes, plazme.
Afé los moros a ojo, idlos ensayar;
nós d'aquent veremos cómo lidia el abat.»

[117]

El obispo don Jerónimo 'priso a espolonada°   gave a spurring
e íbalos ferir a cabo del albergada;
2385 por la su ventura e Dios quel' amaba
a los primeros colpes dos moros mataba de la lança;
el astil ha quebrado e metió mano al espada.
Ensayabas' el obispo, ¡Dios, qué bien lidiaba!
Dos mató con lança e cinco con el espada;
2390 los moros son muchos, derredor le cercaban,
dábanle grandes colpes, mas nol' falsan las armas.
El que en buen hora nasco los ojos le fincaba,
enbraçó el escudo e abaxó el asta,°   lance
aguijó a Babieca, el caballo que bien anda,
2395 e íbalos ferir de coraçón e de alma.
En las azes primeras el Campeador entraba,
'abatió a siete° e a cuatro mataba;   he unhorsed seven
plogo a Dios aquesta fue el arrancada,
mio Cid con los suyos 'cae en alcança.°   begins the chase
2400 ¡Veriedes quebrar tantas cuerdas e arrancarse las estacas
e acostarse los tendales 'con huebras eran tantas!°   so finely carved
Los de mio Cid a los de Búcar de las tiendas 'los sacan.°   drive them out

[118]

Sácanlos de las tiendas, cáenlos en alcaz,
tanto braço con loriga veriedes caer apart,
2405 tantas cabeças con yelmos que por el campo caen,
caballos sin dueños salir a todas partes.
Siete migeros complidos[16] duró el segudar,
mio Cid al rey Búcar cayól' en alcaz:
«Acá torna, Búcar, vinist' d'allent mar,

---

[16] **Siete...** "a full seven leagues"; MP defines **migero** as a **milla**; Montaner notes **migero** as a syn. of **legua** and defines it as approx. 5.5 km in distance.

2410 verte has con el Cid, el de la barba grant,
saludarnos hemos amos e 'tajaremos amistad.°»   strike up friendship
Repuso Búcar al Cid: «¡Confonda Dios tal amistad![17]
El espada tienes desnuda en la mano e véot' aguijar,
assí, como semeja, en mí la quieres ensayar;
2415 mas si el caballo non estropieça° o conmigo no caye,   trip up
non te juntarás conmigo fata dentro en la mar.»
Aquí repuso mio Cid: «Esto no será verdad.»
Buen caballo tiene Búcar e grandes saltos faz,
mas Babieca, el de mio Cid, alcançándolo va.
2420 Alcançólo el Cid a Búcar a tres braças del mar,[18]
arriba alçó Colada, un grant colpe dadol' ha,
las carbonclas del yelmo, tollidas ge las ha,
cortól' el yelmo e 'librado todo lo ál,°   sliced all the rest
fata la cintura el espada llegado ha.
2425 <u>Mató a Búcar,</u> al rey de allén mar,
e ganó a Tizón que mil marcos d'oro val.[19]
Venció la batalla maravillosa e grant.

[119]

Aquís' hondró mio Cid e cuantos con él son,
con estas ganancias yas' iban tornando,
2430 sabet, todos de firme robaban el campo;
a las tiendas eran llegados
2431b do estaba el que en buen hora nasco.
2433 Mio Cid Ruy Díaz, el Campeador contado,
con dos espadas que él preciaba algo
2435 por la matanza° vinía tan privado,   slaughter
la cara fronzida e almófar soltado,
cofia sobre los pelos, fronzida d'ella ya cuanto.°   so much
Algo vié° mio Cid de lo que era pagado,   **veía**
alçó sos ojos, estaba adelant catando
2440 e vio venir a Diego e a Fernando,
amos son fijos del conde don Gonçalo.

---

[17] **¡Confonda...** "God confound such a friendship!"
[18] **a tres...** "three yards from the see"; a **braça** is lit. an arm's length.
[19] **e ganó...** "he won Tizón [Búcar's sword], which is worth a 1000 marks of gold"

Alegrós' mio Cid, fermoso sonrrisando:
«¿Venides mios yernos? Mios fijos sodes amos,
sé que de lidiar bien sodes pagados.
2445 A Carrión de vos irán buenos mandados,
cómo al rey Búcar avemos arrancado;
como yo fío por Dios e todos los sos santos,
d'esta arrancada nós iremos pagados.»
Minaya Álvar Fáñez essora es llegado,
2450 el escudo trae al cuello e todo espad*ado*;[20]
de los colpes de las lanças non avié recabdo,
aquellos que ge los dieran non ge lo avién logrado.
Por el cobdo ayuso la sangre destellando,
'de veinte arriba,° moros ha matado.   more than twenty
2455 De todas partes sos vassallos van llegando.
«Grado a Dios e al Padre que está en alto,
e a vos, Cid, que en buen hora fuestes nado;
matastes a Búcar e arrancamos el campo,
todos estos bienes de vos son e de vuestros vassallos,
2460 e vuestros yernos aquí son ensayados,
fartos de lidiar con moros en el campo.»
Dixo mio Cid: «Yo d'esto só pagado,
cuando agora son buenos, adelant serán preciados.»
Por bien lo dixo el Cid, mas ellos lo tovieron a mal.[21]
2465 Todas las ganancias a Valencia son llegados,
alegre es mio Cid con todas sus compañas
que a 'la ración caye° seis cientos marcos de plata.   everyone's portion is
Los yernos de mio Cid, cuando este aver tomaron
d'esta arrancada que lo tenién en so salvo,
2470 cuidaron que en sus días nunqua serién minguados.
Fueron en Valencia muy bien arreados,°   equipped
conduchos a sazones, buenas pieles e buenos mantos;
muchos son alegres mio Cid e sus vassallos.

---

[20] **e todo...** "[his shield] all scarred with sword blows"; the ms. has
espado which we emend following other editors.
    [21] **Por bien...**: the Cid has good intentions but the Infantes think he
is being sarcastic because in fact they have not taken part in the battle to
the degree believed by the Cid; cf. vv. 2532-36.

[120]

Grant fue el día *por* la cort del Campeador
2475 después que esta batalla vencieron e al rey Búcar mató.
Alçó la mano, 'a la barba se tomó:°   he stroked his beard
«Grado a Cristus que del mundo es señor
cuando veo lo que avía sabor,
que lidiaron conmigo en campo mios yernos amos a dos;
2480 mandados buenos irán d'ellos a Carrión,
como son hondrados e avervos *han* grant pro.

[121]

Sobejanas son las ganancias que todos han ganadas,
lo uno es nuestro, lo otro han en salvo.»
Mandó mio Cid, el que en buen hora nasco,
2485 d'esta batalla que han arrancado
que todos prisiessen 'so derecho contado°   their rightful share
e la su quinta non fuesse olvidado.
Assí lo fazen todos, ca eran acordados,°   in agreement
cayéronle en quinta al Cid seis cientos caballos
2490 e otras azémilas° e camellos° largos,   pack animals, camels
tantos son de muchos que non serién contados.

[122]

Todas estas ganancias fizo el Campeador.
«Grado a Dios que del mundo es Señor,
antes fu° minguado, agora rico só,   fui
2495 que he aver e tierra e oro e honor,
e son mios yernos infantes de Carrión.
Arranco las lides como plaze al Criador,
moros e cristianos de mí han grant pavor.
Allá dentro en Marruecos, 'ó las mezquitas son,°   where the mosques are
2500 que habrán de mí salto quiçab° alguna noch;   quizás
ellos lo temen ca non lo pienso yo.
No los iré buscar, en Valencia seré yo,
ellos me darán parias con ayuda del Criador,
que paguen a mí o a qui yo ovier sabor.»
2505 Grandes son los gozos en Valencia con mio Cid
[el Campeador,
de todas sus compañas e de todos sus vassallos.

Grandes son los gozos de sus yernos amos a dos,
d'aquesta arrancada que lidiaron de coraçón[22]
2510 'valía de° cinco mil marcos ganaron amos a dos;						a share worth
muchos' tienen por ricos los infantes de Carrión.
Ellos con los otros vinieron a la cort;
aquí está con mio Cid el obsipo don Jerónimo,
el bueno de Álvar Fáñez, caballero lidiador,
e otros muchos que crió el Campeador,
2515 cuando entraron los infantes de Carrión.
Recibiólos Minaya por mio Cid el Campeador:
«Acá venid, cuñados, que más valemos por vós.»
Assí como llegaron pagós' el Campeador:
«Evades aquí, yernos, la mi mugier de pro
2520 e amas mis fijas, don' Elvira e doña Sol;
bien vos abraçen e sírvanvos de coraçón.
Venciemos moros en campo e matamos
a aquel rey Búcar, probado traidor,[23]
grado a Santa María, madre del nuestro Señor Dios,
2525 d'estos *v*uestros casamientos vós habredes honor;
buenos mandados irán a tierras de Carrión.»

[123]

A estas palabras fabló Fernán Gonçález:
«Grado al Criador e a vos, Cid hondrado,
tantos avemos de averes que no son contados,
2530 por vos avemos hondra e avemos lidiado,
pensad de lo otro que lo nuestro tenémoslo en salvo.»
Vassallos de mio Cid seyénse sonrrisando,
quien lidiara mejor o quien fuera en alcanço

[Handwritten margin notes: "Cheers to the heirs of Carrion, we will send much wealth their"]
[Handwritten: un Infante]
[Handwritten: says "We've fought for you (not true)" — actually no one saw them till they showed up at the end]
[Handwritten: los vasallos saben that they didn't fight and laugh at them]

---

[22] One has to wonder, given what we know about the Infantes lack of bravery, if this line is not meant to be ironic—perhaps spoken by a **juglar** with a sarcastic tone or gesture.

[23] MP, Smith, Montaner and Rodríguez Puértolas remove vv. 2522-2523 from the Cid's speech and ascribe them to the infante Fernán Gonçález in the next *laisse*, because of the assonance in **á-o**. Michael simply reverses the word order of the ms. reading **traidor provado** in v. 2523, which is the reading that we prefer. Given the enjambment (atypical here) of the two lines, it's probable that they were intended as a single verse.

mas non fallaban í a Diego ni a Fernando;
2535 por aquestos juegos que iban levantando
e las noches e los días tan mal los escarmentando.
Tan mal se consejaron estos infantes amos,
amos salieron apart, veramientre° son hermanos,   truly
d'esto que ellos fablaron nós parte non hayamos:
2540 «Vayamos pora Carrión, aquí mucho detardamos,
los averes que tenemos, grandes son e sobejanos,
mientra que visquiéremos despender no lo podremos.[24]

[124] Venganza de los Infantes

(margin note: Heirs of Carrion demand their wives and want to leave)

Pidamos nuestras mugieres al Cid Campeador,
digamos que las llevaremos a tierras de Carrión,
2545 enseñarlas hemos° do las heredades son.   we will show them
Sacarlas hemos de Valencia, del poder del Campeador,
después en la carrera feremos nuestro sabor
ante que nos retrayan° lo que cuntió del león.   bring up
Nós de natura° somos de condes de Carrión.   lineage
2550 Averes llevaremos grandes que valen grant valor,
escarniremos° las fijas del Campeador,   we will humiliate
d'aquestos averes siempre seremos ricos omnes,
podremos casar con fijas de reyes o de emperadores;
ca de natura somos de condes de Carrión,
2555 así las escarniremos a las fijas del Campeador
antes que nos retrayan lo que fue del león.»

(margin note: We will make a mockery of the Cid's daughters bc they keep making fun of us for hiding from the lion)

Con aqueste consejo amos tornados son;
fabló Fernán Gonçález e fizo callar la cort:
«Sí vos vala el Criador, Cid Campeador,
2560 que plega a doña Ximena e primero a vos,
e a Minaya Álvar Fáñez e a cuantos aquí son,
dadnos nuestras mugieres que avemos a bendiciones;[25]
llevarlas hemos a nuestras tierras de Carrión,
meterlas hemos en las villas
2565 que les diemos por arras° e por honores;   as wedding gifts
verán vuestras fijas lo que avemos nós,

---

[24] Cf. vv. 3215-19.
[25] **dadnos…** "give us our wives, whom we hold by blessings"; legal
documents of the period refer to marriages **a bendiciones** as legitimate
(because officially sanctioned by the church).

los fijos que oviéremos, en qué avrán partición.°»						share
Dixo el Campeador: «Darvos he mis fijas e algo de lo mio.»
El Cid que nos' curiaba de assí ser afontado:
2570	«Vós les diestes villas e tierras por arras en tierras de Carrión,
yo quiéroles dar axuvar, tres mil marcos de plata,
darvos he mulas e palafrés muy gruessos de sazón,
caballos pora en diestro, fuertes e corredores,
e muchas vestiduras de paños 'de ciclatones;°				*important* of silk and gold
2575	darvos he dos espadas, a Colada e a Tizón,		→ swords
bien lo sabedes vós que las gané a guisa de varón.			Cid gives to
Allá me llevades las 'telas del coraçón,°					Infantes
mios fijos sodes amos cuando mis fijas vos dó;						heart strings
que lo sepan en Galizia e en Castiella e en León
2580	con qué riqueza envío mios yernos amos a dos.			Espadas significa
A mis fijas sirvades, que vuestras mugieres son,			su honor y masculinidad
si bien las servides yo vos rendré buen galardón.»			—swords Cid had won,
Atorgado lo han esto los infantes de Carrión,					while being a man
aquí reciben las fijas del Campeador,						and fighting in battle
2585	compiençan a recebir lo que el Cid mandó.
Cuando son pagados a todo so sabor,
ya mandaba cargar infantes de Carrión.
Grandes son las nuevas por Valencia la mayor,
todos prenden armas e cabalgan a vigor,
2590	porque escurren sus fijas del Campeador a tierras
	[de Carrión,
ya quieren cabalgar, en espidimiento° son.						farewell
Amas hermanas, don' Elvira e doña Sol,
fincaron los hinojos ante'l Cid Campeador:
«Merced vos pedimos, padre, sí vos vala el Criador;
2595	vós nos engendrastes, nuestra madre 'nos parió,°				gave birth to us
delant sodes amos, señora e señor,
agora nos enviades a tierras de Carrión,
'debdo nos es° a cumplir lo que mandaredes vós,				we're obliged
assí vos pedimos merced nós amas a dos
2600	que hayades vuestros mensajes en tierras de Carrión.»
Abraçólas mio Cid e saludólas amas a dos.

[125]

Él fizo aquesto, la madre lo doblaba:
«Andad, fijas, d'aquí, el Criador vos vala,
de mí e de vuestro padre, bien havedes nuestra gracia.

(margin handwriting, left side) *Heirs of Carrion leaves w/ daughters and lots of $ for Carrion*

2605 Id a Carrión, do sodes heredadas,° heiresses
assí, como yo tengo, bien vos he casadas.»
Al padre e a la madre las manos les besaban;
amos las bendixeron e diéronles su gracia.
Mio Cid e los otros, de cabalgar pensaban
2610 a grandes guarnimientos, a caballos e armas.
Ya salién los infantes de Valencia la clara,
espidiéndos' de las dueñas e todas sus compañas,
por la huerta de Valencia teniendo salién armas.[26]
Alegre va mio Cid con todas sus compañas;
2615 viólo en los avueros° el que en buen hora cinxo espada: **agüeros**
que estos casamientos non serién sin alguna tacha.° stain
Nos' puede repentir que casadas las ha amas.

(margin handwriting) *Cid is nervous about the situation,*
[126] *but it was the king's order so he must trust it'll be ok*

«¿Ó eres mio sobrino, tú, Félez Muñoz?
Primo eres de mis fijas amas, d'alma e de coraçón,
2620 mándot' que vayas con ellas fata dentro en Carrión;
verás las heredades que a mis fijas dadas son,
con aquestas nuevas vernás al Campeador.»
Dixo Félez Muñoz: «Plazme d'alma e de coraçón.»
Minaya Álvar Fáñez ante mio Cid se paró:
2625 «Tornémosnos, Cid, a Valencia la mayor,
que si a Dios ploguiere e al Padre Criador,
irlas hemos ver a tierras de Carrión.»
«A Dios vos acomendamos, don' Elvira e doña Sol,
a tales cosas fed° que en plazer caya a nos.» **fazed**
2630 Responden los yernos: «assí lo mande Dios.»
Grandes fueron los duelos allá de partición,° departure
el padre con las fijas lloran de coraçón,
assí fazían los caballeros del Campeador.
«Oyas, sobrino, tú, Félez Muñoz,
2635 por Molina iredes, í yazredes una noch;[27]
saludad a mio amigo, el moro Abengalbón,
reciba a mios yernos como él pudier mejor.
Dil' que envío mis fijas a tierras de Carrión,

---

[26] **teniendo...** : read **salién teniendo armas**, Merwin translates:
"they ride, playing at arms."

[27] **í yazredes...** ms. order: **una noch í yazredes**

de lo que ovieren huebos sírvanlas a so sabor,
2640 desí escúrralas fasta Medina por la mi amor.
De cuanto él fiziere yol' daré por ello buen galardón.»
Cuemo la uña de la carne ellos partidos son.
Yas' tornó pora Valencia el que en buen hora nació,
piénsanse de ir los infantes de Carrión.
2645 Por Santa María d'Albarracín fazían la posada,
aguijan cuanto pueden infantes de Carrión;
felos en Molina con el moro Abengalbón.
El moro, cuando lo sopo, plógol' de coraçón,
saliólos recebir con grandes avorozes.°   **alborozos**
2650 ¡Dios qué bien los sirvió a todo so sabor!
Otro día mañana con ellos cabalgó,
con dozientos caballeros escurrirlos mandó.
Iban trocir los montes, los que dizen de Luzón,
a las fijas del Cid, el moro sus donas dio,
2655 buenos seños caballos a los infantes de Carrión.
trocieron Arbuxuelo e llegaron a Salón;
ó dizen el Ansarera ellos posados son.
Todo esto les fizo el moro por el amor del Cid Campeador,
ellos vieron la riqueza que el moro sacó,
2660 entr'amos hermanos consejaron tración:°   **traición**
«Ya, pues, que a dexar avemos fijas del Campeador,
si pudiéssemos matar el moro Abengalbón,
cuanta riqueza tiene averla iemos nós,
tan en salvo lo habremos como lo de Carrión,
2665 nunqua avrié derecho de nos el Cid Campeador.»
Cuando esta falsedad dizién los de Carrión,
un moro latinado° bien ge lo entendió;   Romance-speaking
Non tiene poridad, díxolo a Abengalbón:
«Alcayaz, cúriate d'estos, ca eres mio señor,
2670 tu muerte oí cossejar° a los infantes de Carrión.»   **consejar**

[127]

El moro Abengalbón mucho era 'buen barragán,°   good man
con dozientos que tiene iba cabalgar,
armas iba teniendo, parós' ante los infantes.
De lo que el moro dixo a los infantes non plaze:
2675 «Dezidme, ¿qué vos fiz, infantes de Carrión,

yo sirviéndovos sin art e vós consejastes, pora mí, muert?[28]
Si no lo dexás' por mio Cid el de Vivar,
tal cosa vos faría que por el mundo sonás'[29]
e luego llevaría sus fijas al Campeador leal;
2680   vós nunqua en Carrión entrariedes jamás.

[128]

Aquím' parto de vos, como de malos e de traidores,
iré con vuestra gracia, don' Elvira e doña Sol;
poco precio las nuevas de los de Carrión.
Dios lo quiera e lo mande, que de tod' el mundo es Señor,
2685   d'aqueste casamiento que grade al Campeador.»
Esto les ha dicho e el moro se tornó;
teniendo iban armas al trocir de Salón,
cuemo de buen seso a Molina se tornó.
Ya movieron del Ansarera los infantes de Carrión,
2690   acójense de andar de día e de noch;
a siniestro dexan Atienza, una peña muy fuert,
la sierra de Miedes, pasáronla estonz,
por los Montes Claros aguijan a espolón;
a siniestro dexan a Griza que Álamos pobló,[30]
2695   allí son caños do a Elpha encerró;[31]
a diestro dexan a Sant Estéban, 'más cae aluén.°   farther off
Entrados son los infantes al robredo° de Corpes: oak forest

---

[28] **yo...** "I serving you without a trick and you plotted, for me, death?"

[29] **Si no...** Such and Hodgkinson translate: "Were I not to hold back on account of My Cid of Vivar, / I would do such a thing to you that news of it would echo throughout the world"; **dexás'** = **dexasse**, **sonás'** = **sonasse**.

[30] **a siniestro...** "to the left they leave behind Griza, which Álamos settled"; this v. (along with the next) is somewhat mystifying, Griza has not been located for certain (perhaps a scribal error for Riaza) and there is no known historical figure by the name of Álamos (I follow Michael in accenting the first syllable). The word **álamos** could also refer to poplar trees, of course, but cannot account for the sing. verb **pobló**.

[31] **allí...** "there are the caves [canals?] where he [Álamos] imprisoned Elpha"; another uncertain v., the grapheme **ph** is not found anywhere else in the PMC to represent the /f/. MP suggested late in his career that it might refer to an elf (*En torno*).

los montes son altos, las ramas pujan con las núes,[32]
e las bestias fieras que andan aderredor.
2700 Fallaron un vergel° con una 'limpia fuent,°   clearing, crystalline pool
mandan fincar la tienda infantes de Carrión.
Con cuantos que ellos traen, í yazen essa noch,
con sus mugieres en braços, demuéstranles amor;
mal ge lo cumplieron cuando salié el sol.
2705 Mandaron cargar las azémilas con grandes averes,
cogida han la tienda do albergaron de noch;
adelant eran idos los de criazón,[33]
assí lo mandaron los infantes de Carrión,
que non í fincás' ninguno, mugier nin varón,
2710 sinon amas sus mugieres, doña Elvira e doña Sol;
deportarse° quieren con ellas a todo su sabor.   enjoy themselves
Todos eran idos, ellos cuatro solos son,
tanto mal comidieron[34] los infantes de Carrión:
«Bien lo creades, don' Elvira e doña Sol,
2715 aquí seredes escarnidas en estos fieros montes,
hoy nós partiremos e dexadas seredes de nos.
Non habredes part en tierras de Carrión,
irán aquestos mandados al Cid Campeador,
nós vengaremos° aquesta por la del león.»   take revenge
2720 Allí les tuellen los mantos e los pelliçones,
páranlas en cuerpos e en 'camisas e en ciclatones.°   in silk undergarments
Espuelas° tienen calçadas los malos traidores,   spurs
en mano prenden las cinchas,° fuertes e duradores.   leather straps
Cuando esto vieron las dueñas, fablaba doña Sol:
2725 «Por Dios vos rogamos, don Diego e don Fernando,
dos espadas tenedes, fuertes e tajadores,

---

[32] **las ramas…** "the branches rise into the clouds"; MP cautions against confusing **pujar** (to rise) with the Mod. **empujar**, which is derived from OSp **puxar** (to push, impel)—a convenient time to remember the differences in OSp pronunciation between **j** (as in the Eng. "jump") and **x** (pronounced "sh").

[33] Hamilton and Perry translate **los de criazón** as "members of their household" which is more appropriate than "servants" with its implications of social class; see our note to v. 737 and MP's extensive **criazón** entry (CMC II).

[34] **comidieron** = they planned or considered; the verb implies premeditation (an action in which both Alfonso and the Cid engage at various points in the PMC, though to very different effect).

al una dizen Colada e al otra, Tizón,
cortandos° las cabeças, mártires° seremos nós.   **cortadnos**, martyrs
Moros e cristianos departirán d'esta razón,°   will speak of this
2730 que por lo que nós merecemos no lo prendemos nós.[35]
A tan malos ensiemplos° non fagades sobre nos;   examples
si nós fueremos majadas,° abiltaredes a vos   beaten
retraérvoslo han en vistas o en cortes.»   *Infantes rape and*
Lo que ruegan las dueñas, non les ha ningún pro,   *beat them*
2735 essora les compieçan a dar los infantes de Carrión,
con las cinchas corredizas° májanlas tan sin sabor,   buckled
con las espuelas agudas°d'on ellas han mal sabor   pointed
rompién las camisas e las carnes a ellas amas a dos,
limpia° salié la sangre sobre los ciclatones.   fresh
2740 Ya lo sienten ellas en los sos coraçones.
¡Cuál ventura serié ésta si ploguiesse al Criador
que assomasse essora el Cid Campeador!
Tanto las majaron que sin cosimente son,[36]
sangrientas en las camisas e todos los ciclatones;
2745 cansados son de ferir ellos amos a dos,
ensayándos' amos cuál dará mejores colpes.
Ya non pueden fablar don' Elvira e doña Sol,
por muertas las dexaron en el robredo de Corpes. *Infantes leave*
                                                   them for dead

---

[35] **que por...** "that we did not get that which we deserved"
[36] **Tanto...** A possible double meaning: "They [the Infantes] beat
them so much that they [Elvira and Sol] were without energy [or
perhaps consciousness]" or "they beat them so much for they [Infantes]
were without mercy"; the interpretation of **cosimente** is the key. If
cosimente is a var. of **cosiment** (v. 1436), the second interpretation is to
be preferred (this is MP's preference [see **cosiment(e)** entry in CMC II]).
The first translation depends on a scribal misreading of **conocimiento**.
Neither interpretation is wholly satisfactory. Hamilton and Perry along
with Such and Hodgkinson in their translations have the girls beaten
until numb with pain.

[129]

Infantes leave

Lleváronles los mantos e 'las pieles armiñas,°   ermine furs
2750 mas dexan las maridas en briales e en camisas
e a las aves del monte e a las bestias de la fiera guisa;
por muertas las dexaron, sabed, que non por vivas.
¡Cuál ventura serié si assomás' essora el Cid Campeador!

[130]

Los infantes de Carrión [...]
2754b en el robredo de Corpes por muertas las dexaron[37]
2756 que el una al' otra nol' torna recabdo;[38]
por los montes do iban ellos íbanse alabando:
«De nuestros casamientos agora somos vengados,
non las debiemos tomar por barraganas,°   concubines
2760 si non fuésemos rogados,[39]
pues nuestras parejas° non eran pora en braços.   equals
La deshondra del león assís' irá vengando.»

---

[37] **Los infantes...** there appears to be a hemistich missing after **los infantes de Carrión**; v. 2754 in the ms. ends with **en el robredo de Corpes** (which MP omits from his crit. ed.) and v. 2755 is the short line **por muertas las dexaron**. Michael combines vv. 2754-2755 into one long line without omissions. We follow the line separation of Montaner here.

[38] **que el...** "They can't speak to one another"

[39] Another short line in the ms., v. 2760 appears to be the end of v. 2759; MP, Michael, and Montaner edit the two lines as one.

[131]

Alabándos' iban los infantes de Carrión,
mas yo vos diré d'aquel <u>Félez Muñoz,</u>
2765 sobrino era del Cid Campeador.

Mandáronle ir adelante, mas de su grado non fue,
en la carrera do iba, 'dolió'' el coraçón.°   *it pained his heart*
De todos los otros aparte se saltó,
en un monte espesso Félez Muñoz se metió
2770 fasta que viesse venir sus primas amas a dos
o qué han fecho los infantes de Carrión.

Viólos venir e oyó una razón,
ellos nol' veyén ni d'end sabién ración;
sabet bien que si ellos le viessen, non escapara de muert.

2775 Vánse los infantes, aguijan a espolón,
por el rastro tornós' Félez Muñoz.

Falló sus primas, amortecidas° amas a dos,   *unconscious*
llamando «¡Primas, primas!», luego descabalgó,
'arrendó el caballo,° a éstas adeliñó: *he tied up the horse*
2780 «¡Ya primas, las mis primas, don' Elvira e doña Sol,
mal se ensayaron los infantes de Carrión,
a Dios plega e a Santa María que d'ent
        [prendan ellos mal galardón!»

Valas° tornando a ellas amas a dos,   **las va**
'tanto son de traspuestas° que non pueden dezir nada;   *they're so unresponsive*
2785 partiéronsele las telas de dentro del coraçón,
llamando: «¡Primas, primas, don' Elvira e don' Sol,
despertedes, primas, por amor del Criador,
Mientra que es el día, ante que entre la noch
'los ganados fieros° non nos coman en aqueste mont!»   *wild animals*
2790 Van recordando don' Elvira e doña Sol,
abrieron los ojos e vieron a Félez Muñoz.

«Esforçadvos,° primas, por amor del Criador,   *be strong*
de que non me fallaren los infantes de Carrión,
a grant priessa seré buscado yo,[40]
2795 si Dios non nos vale aquí morremos° nós.»   **moriremos**

Tan a grant duelo fablaba doña Sol:
«Sí vos lo meresca, mio primo, nuestro padre el Campeador,

---

[40] **de que...** "when the Infantes notice me missing they will look for
me with great urgency"

dandos° del agua, sí vos vala el Criador.»   **dadnos**
Con un sombrero que tiene Félez Muñoz,
2800   nuevo era e fresco que de Valencial' sacó,
cogió del agua en él[41] e a sus primas dio;
mucho son lazradas° e *a* amas las fartó.   abused
Tanto las rogó 'fata que las assentó,°   had them sit up
válas conortando e 'metiendo coraçón°   encouraging them
2805   fata que esfuerçan e amas las tomó
e privado en el caballo las cabalgó.
Con el so manto a amas las cubrió,
el caballo priso por la rienda e luego d'ent las partió.
Todos tres señeros° por los robredos de Corpes,   alone
2810   'entre noch e día° salieron de los montes,   at dusk
a las aguas de Duero ellos arribados son,
a la torres de don' Urraca elle las dexó.[42]
A Sant Esteban vino Félez Muñoz,
falló a Diego Téllez, el que de Álvar Fáñez fue;
2815   cuando él lo oyó, pesól' de coraçón,
priso bestias e vestidos de pro,
iba recebir a don' Elvira e a doña Sol.
En Sant Esteban dentro las metió,
cuanto él mejor puede, allí las hondró.
2820   Los de Sant Esteban, siempre mesurados son,
cuando sabién esto pesóles de coraçón,
a las fijas del Cid dánles esfuerço.
Allí sovieron ellas fata que sanas son.

---

[41] **cogió...** "retrieved water in it [the **sombrero**]"
[42] Felix Muñoz leaves his cousins in the care of a lady Urraca (not the Urraca of ballad cycles, i.e., sister of Alfonso VI; nor the historical Queen Urraca, Alfonso VII's mother). Felix can proceed alone with greater speed to seek help in San Esteban.

Alabándos' seían los infantes de Carrión.
2825 De cuer pesó esto al buen rey don Alfonso.
Van aquestos mandados a Valencia la mayor.
Cuando ge lo dizen a mio Cid el Campeador,
una grant hora pensó e comidió,
alçó la su mano, a la barba se tomó:
2830 «Grado a Cristus que del mundo es Señor,
cuando tal hondra me han dada los infantes de Carrión.
¡Par° aquesta barba, que nadi non messó,°   **por**, has plucked
non la lograrán los infantes de Carrión,[43]
que a mis fijas bien las casaré yo!»
2835 Pesó a mio Cid e a toda su cort,
2835b e a Álvar Fáñez d'alma e de coraçón.
Cabalgó Minaya con Pero Vermúez,
e Martín Antolínez, el Burgalés de pro,
con dozientos caballeros, cuales mio Cid mandó;
díxoles fuertemientre que andidiessen de día e de noch,
2840 aduxiessen a sus fijas a Valencia la mayor.
Non lo detardan, el mandado de su señor,
apriessa cabalgan los días e las noches andan,
vinieron a Sant Esteban de Gormaz, un castillo tan fuert,
í albergaron por verdad una noch.
2845 A Sant Esteban el mandado llegó
que vinié Minaya por sus primas amas a dos;
varones de Sant Esteban, a guisa de muy pros,
reciben a Minaya e a todos sus varones.
Presentan a Minaya essa noch grant enfurción,°   tribute of food
2850 non ge lo quiso tomar, mas mucho ge lo gradió:
«Gracias, varones de Sant Esteban, que
      [sodes conoscedores.°   understanding
Por aquesta hondra que vos diestes a esto que nos cuntió,
mucho vos lo gradece allá do está mio Cid Campeador,
assí lo fago yo que aquí estó.°   **estoy**
2855 Afé Dios de los cielos, que vos dé d'ent buen galardón.»
Todos ge lo gradecen e sos pagados son,
adeliñan a posar pora folgar essa noch.
Minaya va ver sus primas do son,
en él fincan los ojos don' Elvira e doña Sol:
2860 «A tanto vos lo gradimos, como si viéssemos al Criador,

---

[43] **non la...** "the Infantes of Carrión will not get away with it"

e vós a Él lo gradid, cuando vivas somos nós.
En los días de vagar,° toda nuestra rencura°   recovery, pain
[sabremos contar.»

[132]

Lloraban de los ojos las dueñas e Álvar Fáñez
e Pero Vermúez otro tanto las ha:
2865   «Don' Elvira e doña Sol, cuidado non hayades,
cuando vós sodes sanas e vivas e sin otro mal,
buen casamiento perdiestes, mejor podredes ganar;
¡aún vea el día que vos podamos vengar!»
Í yazen essa noche e tan grand gozo que fazen.
2870   Otro día mañana piensan de cabalgar,
los de Sant Esteban escurriéndolos van
fata rio d'Amor, dándoles solaz.
D'allent se espidieron d'ellos, piénsanse de tornar,
e Minaya con las dueñas iba cabadelant.
2875   Trocieron Alcoceva, a diestro de Sant Esteban de Gormaz,
ó dizen Vado de Rey, allá iban posar
a la casa de Berlanga posada presa han.
Otro día mañana métense a andar,
A cual dizen Medina iban albergar,
2880   e de Medina a Molina en otro día van.
Al moro Abengalbón de coraçón le plaz,
saliólos a recebir de buena voluntad;
por amor de mio Cid, rica cena les da.
D'ent pora Valencia, adeliñechos° van.   straight
2885   Al que en buen hora nasco llegaba el mensaje,
privado cabalga, a recebirlos sale;
armas iba teniendo e grant gozo que faze,
mio Cid a sus fijas íbalas abraçar,
besándolas a amas, tornós' de sonrrisar:
2890   «Venides mis fijas, Dios vos curie de mal,
yo tomé el casamiento mas non osé dezir ál;
plega al Criador que en cielo está
que vos vea mejor casadas d'aquí en adelant,
¡de mios yernos de Carrión, Dios me faga vengar!»
2895   Besaron las manos las fijas al padre.
Teniendo iban armas, entráronse a la cibdad,
grant gozo fizo con ellas doña Ximena su madre.
El que en buen hora nasco non quiso tardar,

fablós' con los sos en su poridad,
2900   al rey Alfonso de Castiella pensó de enviar:

[133]

«¿Ó eres, Muño Gustioz, mio vassallo de pro?
En buen hora te crié a ti en la mi cort;
lieves el mandado a Castiella, al rey Alfonso,
por mí bésale la mano d'alma e de coraçón.
2905   Cuemo yo só su vassallo e él es mio señor,
d'esta deshondra que me han fecha los infantes de Carrión
quel' pese al buen rey d'alma e de coraçón.
Él casó mis fijas ca non ge las di yo;
cuando las han dexadas a grant deshonor,
2910   si deshondra í cabe alguna contra nos,
la poca e la grant, toda es de mio señor.[44]
Mios averes se me han llevado, que sobejanos son,
esso me puede pesar con la otra deshonor.
Adúgamelos a vistas, o a juntas, o a cortes,[45]
2915   como haya derecho[46] de infantes de Carrión,
ca tan grant es la rencura dentro en mi coraçón.»
Muño Gustioz privado cabalgó,
con él dos caballeros quel' sirvan a so sabor,
e con él escuderos que son de criazón.
2920   Salién de Valencia e andan cuanto pueden,
nos' dan vagar los días e las noches;
el rey en San Fagunt lo falló,
rey es de Castiella e rey es de León
e de las Asturias, bien ha San Çalvador,
2925   fasta dentro en Santi Yaguo de todo es señor,
'e los condes galizanos a él tienen por señor.[47]

---

[44] Vv. 2910-11: i.e., "whatever dishonor there is in this to us, is a dishonor to my lord [Alfonso]"

[45] **a vistas...** "to a meeting or assembly or official court"; the three types of gatherings represent different levels of formality and gravity—the **vistas** being the least formal, and the **cortes** being the most serious.

[46] **como...** "that I might have justice"

[47] Vv 2923-26 contain a litany of Alfonso VI's dominions. In addition to Castile and León, the poet mentions Asturias (north of Castile and the

Assí como descabalga aquel Muño Gustioz,
homillós' a los santos e rogó al Criador,
adeliñó pora'l palacio do estaba la cort,
2930   con él dos caballeros quel' aguardan cum a señor.
Assí como entraron por medio de la cort,
viólos el rey e conosció a Muño Gustioz,
levantós' el rey, tan bien los recibió.
Delant el rey fincó los hinojos aquel Muño Gustioz,
2935   besábale los pies aquel Muño Gustioz:
«Merced, rey Alfonso, de largos reinos a vos dizen señor,
los pies e las manos vos besa el Campeador,
ele es vuestro vassallo e vós sodes so señor.
Casastes sus fijas con infantes de Carrión,
2940   alto fue el casamiento ca lo quisiestes vós;
ya vós sabedes la hondra que es cuntida a nos,[48]
cuemo nos han abiltados infantes de Carrión.
Mal majaron sus fijas del Cid Campeador,
majadas e desnudas a grande deshonor,
2945   desemparadas las dexaron en el robredo de Corpes,
a las bestias fieras e a las aves del mont.
Afé las sus fijas en Valencia do son,
por esto vos besa las manos, como vassallo a señor,
que ge los levedes a vistas, o a juntas, o a cortes;
2950   tienes' por deshondrado, 'mas la vuestra° es mayor,   but your dishonor
e que vos pese rey, como sodes sabidor;
que haya mio Cid derecho de infantes de Carrión.»
El rey una grand hora calló e comidió:
«Verdad te digo yo que me pesa de coraçón,
2955   e verdad dizes en esto tú, Muño Gustioz,
ca yo casé sus fijas con infantes de Carrión;
fizlo por bien, que fuesse a su pro,
¡siquier el casamiento fecho non fuesse hoy![49]

telling the king what infantes did

---

first Christian kingdom established after the fall of the Visigothic
kingdom to Berber and Arab invaders between 711 and 718), and Galicia
in the far northwest corner of the peninsula. Portugal is alluded later on
(v. 2978), but it was considered a county, technically at that time an
extension of Galicia, dependent on Alfonso VI, which would not become
an independent kingdom until the following century.

[48] **la hondra...** "the honor which has been bestowed on us" (ironic).

[49] **¡siquier...** Hamilton and Perry translate: "now I wish the

Entre yo e mio Cid, pésanos de coraçón,
2960 ayudarle *he* a derecho, sím' salve el Criador,
lo que non cuidaba fer[50] de toda esta sazón.
Andarán mios porteros por todo mio reino,
pregonarán° mi cort pora dentro en Toledo,[51]   they will announce
que allá me vayan cuendes e infançones.
2965 Mandaré como í vayan los infantes de Carrión
e como 'dén derecho° a mio Cid el Campeador,   give satisfaction
e que non haya rencura, podiendo° yo vedallo.   **pudiendo**

[134]

Dezidle al Campeador, que en buen hora nasco,
que d'estas siete semanas adobes' con sus vassallos
2970 véngam' a Toledo, éstol' dó de plazo.
Por amor de mio Cid esta cort fago,
saludádmelos a todos, entr'ellos haya espacio;
d'esto que les avino, aún bien serán hondrados.»
Espidiós' Muño Gustioz, a mio Cid es tornado.
2975 Assí como lo dixo, suyo era el cuidado,
non lo detiene por nada Alfonso el Castellano:
envía sus cartas pora León e a Santi Yaguo,
a los portogaleses° e a galizianos,   **portugueses**
e a los de Carrión e a varones castellanos,
2980 que cort fazié en Toledo aquel rey hondrado
a cabo de siete semanas que í fuessen juntados;
qui non viniesse a la cort, non se toviesse por su vassallo.
Por todas sus tierras assí lo iban pensando,
que non saliessen de lo que el rey avié mandado.

[135]

2985 Ya les va pesando a los infantes de Carrión
porque el rey fazié cort en Toledo,
miedo han que í verná mio Cid el Campeador.

---

marriage had never taken place"
[50] **lo que...** "what I wasn't planning to do..."
[51] Summoning to an official court (rather than a less formal meeting
or assembly) signals the seriousness with which Alfonso approaches the
situation. The site, Toledo, conquered in 1085, is also a fairly neutral site.

Prenden so consejo assí parientes como son,[52]
ruegan al rey que los quite°d'esta cort.   excuse them
2990 Dixo el rey: «Non lo feré, sím' salve Dios,
ca í verná mio Cid el Campeador;
darle hedes derecho, ca rencura° ha de vos.   complaint
Qui lo fer non quisiesse o non ir a mi cort,
quite mio reino ca d'él non he sabor.»
2995 Ya lo vieron qué es a fer los infantes de Carrión,
prenden consejo parientes como son;
el conde don García en estas nuevas fue,
enemigo de mio Cid, que siémprel' buscó mal,
aquéste consejó los infantes de Carrión.
3000 Llegaba el plazo, querién ir a la cort,
en los primeros va el buen rey don Alfonso;
el conde don Anrrich e el conde don Remond[53]
(aqueste fue padre del buen emperador),[54]
el conde don Fruela e el conde don Beltrán.[55]
3005 Fueron í de su reino otros muchos sabidores,
de toda Castiella todos los mejores.
El conde don García con infantes de Carrión
e Asur Gonçález e Gonçalo Ansúrez,
e Diego e Fernando í son amos a dos
3010 e con ellos grand bando° que aduxieron a la cort: band of men
'enbaírle cuidan° a mio Cid el Campeador.   they plan to ambush
De todas partes allí juntados son.
Aún non era llegado el que en buen hora nació,

---

[52] **assí…** "as many relatives as they can [lit. such relatives as are]"

[53] Count Anrrich (or Enrique) of Porto (i.e., Portugal) was of Burgundian descent and married to a daughter of Alfonso VI. Their son, Alfonso Enríquez, would be the first king of Portugal. Count Remond, here, is a reference to another son-in-law of Alfonso VI: Raymond, Count of Galicia, whose wife Urraca would inherit the throne upon Alfonso VI's death in 1109. Raymond died c. 1105, but his son by Urraca would become King Alfonso VII in 1126 and later recognized as emperor in 1135 (the **buen emperador** of v. 3003).

[54] This verse, since it implies that the poet is speaking at a time when Alfonso VII is recognized as **emperador**, suggests to many the approximate date of 1140 for the composition of the PMC; Alfonso VII reigned in Castile-León 1126-1157 and took the title of emperor in 1135.

[55] **Fruela, Beltrán:** The historical counterparts of these two names were counts of León and Carrión respectively.

porque se tarda el rey non ha sabor.
3015   Al quinto día venido es mio Cid el Campeador,
Álvar Fáñez adelántel' envió
que besasse las manos al rey so señor:
bien lo sopiesse que í serié essa noch.
Cuando lo oyó el rey, plógol' de coraçón,
3020   con grandes gentes el rey cabalgó
e iba recebir al que en buen hora nació.
Bien aguisado viene el Cid con todos los sos,
buenas compañas que assí han tal señor.
Cuando lo ovo a ojo el buen rey don Alfonso,
3025   firiós' a tierra mio Cid el Campeador;
biltarse° quiere e hondrar a so señor.   humble himself
Cuando lo oyó el rey por nada non tardó:
«¡Par Sant Esidro, verdad non será hoy!
Cabalgad,° Cid, si non, non avría d'end sabor;   remount
3030   saludarnos hemos d'alma e de coraçón,
de lo que a vos pesa a mí duele el coraçón.
Dios lo mande, que por vos se hondre hoy la cort.»
«Amén», Dixo mio Cid el Campeador,
besóle la mano e después le saludó:
3035   «Grado a Dios cuando vos veo, señor,
homíllom' a vos e al conde don Remond,
e al conde don Anrrich e a cuantos que í son;
Dios salve a nuestros amigos e a vos más, señor.
Mi mugier, doña Ximena, dueña es de pro,
3040   bésavos las manos, e mis fijas amas a dos;
d'esto que nos avino, vos pese señor.»
Respondió el rey: «Sí fago, sím' salve Dios»

[136]

Pora Toledo el rey tornada da,
essa noch mio Cid Tajo non quiso passar:
3045   «Merced ya rey, sí el Criador vos salve,
pensad, señor, de entrar a la cibdad,
yo con los míos posaré a San Serván.
las mis compañas esta noche llegarán,
'terné vigilia° en aqueste santo logar,   I'll keep vigil
3050   cras mañana entraré a la cibdad
e iré a la cort enantes de yantar.»
Dixo el rey: «Plazme de veluntad.»

El rey don Alfonso a Toledo es entrado,
mio Cid Ruy Díaz en San Serván posado.
3055 Mandó fazer candelas e poner en el altar;
sabor ha de velar° en essa santidad,   to keep watch
al Criador rogando e fablando en poridad.
Entre Minaya e los buenos que í ha,
'acordados fueron° cuando vino la man.   they were ready

[137]

3060 Matines e prima dixieron fazal' alba,[56]
suelta fue la missa antes que saliesse el sol
e su ofrenda ha fecha muy buena e complida.
«Vós, Minaya Álvar Fáñez, el mio braço mejor,
vós iredes conmigo, e el obispo don Jerónimo,
3065 e Pero Vermúez e aqueste Muño Gustioz,
e Martín Antolínez, el burgalés de pro,
e Álvar Álvarez e Álvar Salvadórez
e Martín Muñoz, que en buen punto nació,
e mio sobrino, Félez Muñoz;
3070 conmigo irá Malanda, que es bien sabidor,
e Galind Garcíez, el bueno d'Aragón,
con estos cúmplanse ciento de los buenos que í son;
belmezes vestidos, por sufrir las guarnizones,[57]
de suso las lorigas, tan blancos como el sol,
3075 sobre las lorigas, armiños e pelliçones,
e que non parescan las armas, bien presos los cordones,
so los mantos, las espadas dulces e tajadores.[58]
D'aquesta guisa quiero ir a la cort

(marginal handwritten note: nombra todos que vienen y como vesten)

---

[56] **Matines…** Hamilton and Perry translate: "towards dawn matins and prime were said"; matins and prime are prayers from the canonical hours; MP notes that **faza** could be taken as either **hasta** or **hacia**; in the case of the former, the phrase would be meant to indicate that "they prayed until dawn." MP and Montaner emend to **los albores** in order to match the assonance of the following section; Michael assigns the v. to the previous *laisse*, leaving the ms. reading **alba**.

[57] **belmez**: a padded garment worn under the armor for cushioning (**por sufrir las guarnizones**).

[58] **e que…** Hamilton and Perry translate these lines: "with strings pulled tight to hide the coats of mail; under your cloaks carry your sharp, well tempered swords"

por demandar mios derechos e dezir mi razón;
3080 si desobra° buscaren infantes de Carrión,   treachery
do tales ciento tovier', bien seré sin pavor.»
Respondieron todos: «Nós esso queremos, señor.»
Assí como lo ha dicho, todos adobados son,
nos' detiene por nada el que en buen hora nació:
3085 calças de buen paño en sus camas° metió,   legs
sobr'ellas unos çapatos que 'a grant huebra son,°   of exceptional craft
vistió camisa de rançal, tan blanca como el sol,
con oro e con plata todas las presas° son,   clasps
'al puño bien están,° ca él 'se lo mandó,   fastened at the wrist
3090 sobr'ella un brial, 'primo de ciclatón,°   of prime silk
obrado° es con oro, parecen por ó son,   embroidered
sobr'esto una piel bermeja, las 'bandas d'oro° son, gold trimmed
siempre la viste mio Cid el Campeador;
una cofia sobre los pelos, d'un 'escarín de pro,° fine linen
3095 con oro es obrada, fecha por razón,
que non lo contalassen° los pelos al buen Cid Campeador; yank
la barba avié luenga e prísola con el cordón
por tal lo faze esto que recabdar quiere todo lo suyo;
de suso cubrió un manto que es de grant valor,
3100 en él habrién que ver cuantos que í son.
Con aquestos ciento que adobar mandó
apriessa cabalga, de San Serván salió.
Assí iba mio Cid adobado a la cort,
a la puerta de fuera descabalga a sabor;
3105 cuerdamientre° entra mio Cid con todos los sos, wisely
él va en medio e los ciento aderredor.
cuando lo vieron entrar, al que en buen hora nació,
levantós' en pie el buen rey don Alfonso
e el conde don Anrrich e el conde don Remont,
3110 e desí adelant, sabet, todos los otros;
a grant hondra lo reciben al que en buen hora nació.
Nos' quiso levantar el Crespo de Grañón,[59]
nin todos los del bando de infantes de Carrión.
El rey dixo al Cid: «Venid acá ser,° Campeador, to sit (sedere)
3115 en aqueste escaño quem' diestes vós en don;
maguer que a algunos pesa, mejor sodes que nós.»

---

[59] **El Crespo de Grañón:** "The curly-haired one from Grañón" is a
nickname of Count García Ordóñez, the Cid's archenemy.

Alfonso's court, Cid and Infantes say their sides [margin annotation, handwritten]

Essora dixo muchas mercedes el que Valencia ganó:
«Sed en vuestro escaño como rey e señor,
acá posaré° con todos aquestos míos.»   I'll stay
3120   Lo que dixo el Cid, al rey plogo de coraçón.
En un escaño torñino[60] essora mio Cid posó,
los ciento quel' aguardan posan aderredor.
Catando están a mio Cid cuantos ha en la cort,
a la barba que avié luenga e presa con el cordón;
3125   en sos aguisamientos° bien semeja varón.   appearance
Nol' pueden catar de vergüença° infantes de Carrión.   shame
Essora se levó en pie el buen rey don Alfonso:
«Oíd, mesnadas, sí vos vala el Criador,
yo, de que fu rey, non fiz más *de* dos cortes,
3130   la una fue en Burgos e la otra en Carrión,
esta tercera a Toledo la vin fer hoy
por el amor de mio Cid, el que en buen hora nació,
que reciba derecho de infantes de Carrión.
'Grande tuerto° le han tenido, sabémoslo todos nós,   a great wrong
3135   alcaldes° sean d'esto el conde don Anrrich e el conde   judges
              [don Remond,
e estos otros condes que del bando non sodes.
Todos meted í mientes ca sodes conoscedores
por escoger el derecho ca tuerto non mando yo.
D'ella e d'ella part en paz seamos hoy:
3140   Juro par Sant Esidro, el que volviere° mi cort   disrupts
quitarme ha el reino, perderá mi amor;
con el que toviere derecho, yo d'essa parte me só.
Agora demande mio Cid el Campeador,
sabremos qué responden infantes de Carrión.»
3145   Mio Cid la mano besó al rey e en pie se levantó:
«Mucho vos lo gradesco, como a rey e a señor,
por cuanto esta cort fiziestes por mi amor.
Esto les demando a infantes de Carrión:
por las fijas quem' dexaron yo no he deshonor,
3150   ca vós las casastes, Rey, sabredes qué fer hoy;
mas cuando sacaron mis fijas de Valencia la mayor,
yo bien las quería d'alma e de coraçón,

---

[60] **escaño torñino**: Hamilton and Perry translate as "finely turned bench"—a reference to the way in which it was made, as Such and Hodgkinson specify in their translation: "finely turned on the lathe"

diles dos espadas, a Colada e a Tizón,   *1st demand of Cid*
estas yo las gané a guisa de varón,
3155 ques' hondrassen con ellas e sirviessen a vos.
Cuando dexaron a mis fijas en el robredo de Corpes,
conmigo non quisieron aver nada e perdieron mi amor;
dénme mis espadas cuando° mis yernos non son.»   since
Atorgan° los alcaldes: «Tod' esto es razón.»   concur
3160 Dixo el conde don García: «A esto nós fablemos.»
Essora salién aparte infantes de Carrión
con todos sus parientes e el bando que í son;
apriessa lo iban trayendo e acuerdan una razón:
«Aún grand amor nos faze el Cid Campeador
3165 cuando deshondra de sus fijas no nos demanda hoy.
Bien nós avendremos con el rey don Alfonso,[61]
démosle sus espadas, cuando assí finca la voz,[62]
e cuando las toviere partirse ha la cort;
ya más non avrá derecho de nos el Cid Campeador.»
3170 Con aquesta fabla tornaron a la cort:
«Merced ya rey don Alfonso, sodes nuestro señor,
no lo podemos negar, ca dos espadas nos dio,
cuando las demanda e d'ellas ha sabor,
dárgelas queremos delant estando vós.»
3175 Sacaron las espadas, Colada e Tizón,   *Infantes give back the swords*
pusiéronlas en man' del rey so señor.   *given by el Cid*
Saca las espadas e relumbran toda la cort,[63]
las maçanas° e los arriazes° todos d'oro son;   pommels, cross-guards
maravíllanse d'ellas todos los omnes buenos de la cort.
3180 Recibió *el Cid* las espadas, las manos le besó,
tornós' al escaño d'on se levantó;
en las manos las tiene e amas las cató,
nos' le pueden camear, ca el Cid bien las conosce.
Alegrós'le tod' el cuerpo, sonrrisós' de coraçón,
3185 alçaba la mano, a la barba se tomó:
«¡Par aquesta barba que nadi non messó,   *beard nobody has plucked*
assís' irán vengando don' Elvira e doña Sol!»
A so sobrino, *Pero Vermúez*, por nombrel' llamó,

---

[61] **Bien...** lit. "well we will come together with King Alfonso"; i.e.,
"we'll easily negotiate this"
[62] **cuando...** "if that's all he wants"; lit. "since thus the word stays"
[63] **relumbran...** "they [the sword blades] light up the whole court"

tendió° el braço, la espada Tizón le dio: he extended
3190 «Prendetla, sobrino, ca mejora en señor.»[64]
     A Martín Antolínez, el burgalés de pro,
     tendió el braço, el espada Colada dio:
     «Martín Antolínez, mio vassallo de pro,
     prended a Colada, ganéla de buen señor,
3195 del conde don Remont Berengel de Barcilona la mayor,
     por esso vos la dó, que la bien curiedes vós,
     sé que si vos acaeciere […]
3197b con ella ganaredes grand prez e grand valor.»
     Besóle la mano, el espada tomó e recibió.
     Luego se levantó mio Cid el Campeador:
3200 «Grado al Criador e a vos, rey señor,
     ya pagado só de mis espadas, de Colada e de Tizón,
     otra rencura he de infantes de Carrión.
     Cuando sacaron de Valencia mis fijas amas a dos,
     en oro e en plata tres mil marcos les di *yo*.
3205 Yo faziendo esto, ellos acabaron lo so,
     denme mis averes cuando mios yernos non son.»
     Aquí veriedes quexarse infantes de Carrión,
     dize el conde don Remond: «Dezid de sí o de no.»
     Essora responden infantes de Carrión:
3210 «Por esso'l diemos sus espadas al Cid Campeador,
     que ál no nos demandasse que aquí fincó la voz.»
     «Si ploguiere al rey, assí dezimos nós:
     a lo que demanda el Cid, quel' recudades° vós.»   you must reply
     Dixo el buen rey: «Assí lo otorgo yo.»
3215 Levantado's en pie el Cid Campeador:[65]
     «D'estos averes que vos di yo,
3216b sí me los dades, o dedes d'ello raçón.°»   **razón**
     Essora salién aparte infantes de Carrión,
     non acuerdan en consejo, ca los averes grandes son:
     espesos° los han infantes de Carrión.   spent
3220 Tornan con el consejo e fablaban a so sabor:
     «Mucho 'nos afinca° el que Valencia ganó   pressures us
     cuando de nuestros averes assíl' prende sabor;

---

[64] **Prendetla…** "Take it, nephew, it gains a better owner"; **prendet**
= **prended**

[65] This line begins with **Dixo Álvar Fáñez** in the ms., which we
omit. **Levantado's = levantado es.**

pagarle hemos de heredades en tierras de Carrión.»
Dixeron los alcaldes, cuando manifestados son:
3225 «Si ploguiere al Cid, non ge lo vedamos nós;
mas en nuestro juvizio,° assí lo mandamos nós,   **juicio**
que aquí lo entreguedes dentro en la cort.»
A estas palabras fabló el rey don Alfonso:
«Nós bien lo sabemos, aquesta razón,
3230 que derecho demanda el Cid Campeador.
D'estos tres mil marcos, los dozientos tengo yo,
entr'amos me los dieron los infantes de Carrión;
tornárgelos quiero, ca todos fechos son,
entreguen a mio Cid, el que en buen hora nació,
3235 cuando ellos los han a pechar, non ge los quiero yo.»[66]
Fabló Fernán Gonçález: «Averes monedados non
[tenemos nós.»
Luego respondió el conde don Remond:
«El oro e la plata espendiésteslo vós,
por juvizio lo damos ant'el rey don Alfonso,
3240 páguenle en apreciadura[67] e préndalo el Campeador.»
Ya vieron qué es a fer los infantes de Carrión.
Veriedes aduzir tanto caballo corredor,
tanta gruessa mula, tanto palafré de sazón,
tanta buena espada con toda guarnizón;
3245 recibió mio Cid cómo apreciaron° en la cort.   **appraised**
Sobre los dozientos marcos que tenié el rey Alfonso,
pagaron los infantes al que en buen hora nasco;
empréstanles de lo ageno, que non les cumple lo suyo.
Mal escapan jogados,° sabed, d'esta razón.   **judged**

[138]

3250 Estas apreciaduras° mio Cid presas las ha,   **appraised goods**
sos omnes las tienen e d'ellas pensarán;
mas cuando esto ovo acabado, pensaron luego d'ál.
«Merced, ya rey señor, por amor de caridad,

---

[66] **cuando...** "since they [the Infantes] owe them, I do not want their
gift of 200 marks"

[67] **páguenle...** "they should pay him in kind"; i.e., in the absence of
the cash amount, they should pay him in goods appraised as equivalent
to that amount (**apreciadura**).

la rencura mayor non se me puede olvidar.
3255 Oídme toda la cort e pésevos de mio mal,
de los infantes de Carrión quem' deshondraron tan mal;
a menos de riebtos° no los puedo dexar.   judicial challenge

[139]

Dezid, ¿qué vos merecí, infantes,
3258b en juego o en vero o en alguna razón?
Aquí 'lo mejoraré° a juvizio de la cort.[68]   I'll rectify it
3260 ¿A quém' descubriestes las telas del coraçón?
A la salida de Valencia mis fijas vos di yo,
con muy grand hondra e averes a nombre;
cuando las non queriedes, ya canes traidores,[69]
¿por qué las sacábades de Valencia sus honores?
3265 ¿A qué las firiestes a cinchas e a espolones?
Solas las dexastes en el robredo de Corpes,
a las bestias fieras e a las aves del mont,
por cuanto les fiziestes menos valedes vós.
Si non recudedes, véalo esta cort.»

[140]

3270 El conde don García en pie se levantaba:
«Merced, ya rey, el mejor de toda España,
vezós' mio Cid a las cortes[70] pregonadas.
Dexola crecer e luenga trae la barba;
los unos le han miedo e los otros espanta.
3275 Los de Carrión son de natura tal,
non ge las debién querer sus fijas por barraganas

---

[68] Vv. 3258-59 are separated as follows in the ms.: "[3258] Dezid, qué vos merecí, infantes en juego o en vero / [3259] o en alguna razón? aquí lo mejoraré a juvizio de la cort."; some editors add **de Carrión** to the end of the reconstructed v. 3258 in order to match the assonance of *laisse* 139.

[69] **Ya canes...** "oh traitor dogs"; Simpson translates: "treacherous curs that you are."

[70] **vezós'...** "My Cid has accustomed himself to courts"; **vezarse** = **avezarse** (Lat. *vitiare*), before MP some critics read this word as a syn. of **adobarse** or **prepararse** (which possibility Simpson picks up in his translation: "how well prepared has my Cid come to this court").

o ¿quién ge las diera por parejas o por veladas?
'Derecho fizieron° porque las han dexadas,   they're justified
cuanto él dize non ge lo preciamos nada.»
3280   Essora el Campeador prisos' a la barba:
«Grado a Dios que cielo e tierra manda,
por esso es luenga, que a delicio fue criada.
¿Qué avedes vós, conde, por retraer la mi barba
ca, 'de cuando° nasco, a delicio fue criada,   ever since
3285   ca non me priso a ella fijo de mugier nada,°   nacida
nimbla° messó fijo de moro nin de cristiana   ni me la
como yo a vos, conde, en el castiello de Cabra.
Cuando pris a Cabra e a vos la barba,
non í ovo rapaz° que non messó su pulgada;°   boy, pinch
3290   la que yo messé, aún non es eguada.»[71]

[141]

Fernán Gonçález en pie se levantó,
a altas vozes odredes qué fabló:
«Dexassedes vós, Cid, de aquesta razón;
de vuestros averes, de todos pagados sodes,
3295   non creciés' baraja° entre nos e vos.   dispute
De natura somos nós de condes de Carrión,
debiemos casar con fijas de reyes o de emperadores,
ca non pertenecién fijas de infançones,
porque las dexamos, derecho fiziemos nós,
3300   más nos preciamos, sabet, que menos no.»[72]

[142]

Mio Cid Ruy Díaz a Pero Vermúez cata:
«Fabla, Pero Mudo,[73] varón que tanto callas:

---

[71] la que yo messé... "the pinch that I plucked still hasn't grown
back"; eguada = igualada lo demás.
[72] porque... The Infantes believe their social status has grown
because they have left the Cid's daughters, since he is, though a
powerful warrior, only an infançón in their eyes.
[73] Pero Mudo: Pedro the Mute, the Cid puns off the name Pedro
Bermúdez (or Bermudoz as some have suggested) and the fact that he
does not speak often (varón que tanto callas).

yo las he fijas e tú, 'primas cormanas;°   first cousins
a mí lo dizen, a ti dan las orejadas.⁷⁴

3305   Si yo respondier', tú non entrarás en armas.»⁷⁵

[143]

Pero Vermúez compeçó de fablar,
detiénes'le la lengua, 'non puede delibrar,°   he can't start
mas cuando empieça, sabed, nol' da vagar:
«Dirévos, Cid, costumbres havedes tales,

3310   siempre en las cortes Pero Mudo me llamades;
bien lo sabedes que yo non puedo más,
por lo que yo ovier' a fer, por mí non mancará.⁷⁶
¡Mientes,⁷⁷ Fernando, de cuanto dicho has;
por el Campeador mucho valiestes más!⁷⁸

3315   Las tus mañas yo te las sabré contar:
miémbrat'° cuando lidiamos cerca Valencia la grand,   remember
pedist' las feridas primeras al Campeador leal,
vist' un moro, fustel' ensayar,

3318b antes fuxiste que a'l te allegasses;
si yo non huviás', el moro te jugara mal,

3320   passé por ti con el moro me of° de ajuntar,   hube
de los primeros colpes of'le de arrancar.
Did' el caballo, tóveldo en poridad:⁷⁹

---

⁷⁴ **a ti...** "they've pricked your ears"

⁷⁵ **Si yo...** "If I respond (**respondier'** = fut. subjunctive) you will not be able to challenge him (lit. enter into arms)"

⁷⁶ **bien lo sabedes...** Such and Hodgkinson translate: "you know well that I cannot help it. / As for what I am to do, it will not remain undone through my neglect"

⁷⁷ **Mientes:** accusing another noble of lying was a very serious affront to one's honor; notice, also, that Pedro Bermúdez addresses Fernando Gonçález (technically his social superior in the PMC) with the **tú** form instead of the more polite **vos** form—a sign of his lack of respect for the Infante.

⁷⁸ **por el Campeador...** "because of the Campeador you were worth much more"; i.e., the Infantes only stood to gain from marriage with the Cid's daughters. A response to Fernando's assertion of vv. 3296-3300.

⁷⁹ **Did'...** "I gave you the horse, held it for you"; **did'** = **dite** or **te di** (an apocopated form like **of'** in vv. 3320-21, in which the loss of final **e** changes the character of the final consonant; perhaps characteristic of

fasta este día no lo descubrí a nadi.
Delant mio Cid e delante todos ovístete de alabar
3325 que mataras el moro e que fizieras barnax,°   brave deed
croviérontelo todos, mas non saben la verdad:
e eres fermoso, mas 'mal barragán.°   a coward
Lengua sin manos, ¿cuémo osas fablar?

[144]

Di, Fernando, otorga esta razón:
3330 ¿non te viene en miente en Valencia lo del león?
Cuando durmié mio Cid e el león se desató
e tú, Fernando, ¿qué fizist con el pavor?
¡Metístet' tras el escaño de mio Cid el Campeador!
Metístet', Fernando, por ó menos vales hoy.
3335 Nós cercamos el escaño por curiar nuestro señor,
fasta do despertó mio Cid, el que Valencia ganó,
levantós' e del escaño fues' pora'l león;
el león premió la cabeça, a mio Cid esperó,
dexós'le prender al cuello e a la red lo metió.
3340 Cuando se tornó el buen Campeador,
a sos vassallos viólos aderredor,
demandó por sus yernos e ninguno non falló.
'Riébtot' el cuerpo,° por malo e por traidor;   I challenge you
éstot' lidiaré[80] aquí ante'l rey don Alfonso,
3345 por fijas del Cid, don' Elvira e doña Sol.
Por cuanto las dexastes menos valedes vós;
ellas son mugieres e vós sodes varones,
¡en todas guisas más valen que vós!
Cuando fuere la lid, si ploguiere al Criador,
3350 tú lo otorgarás a guisa de traidor;[81]
de cuanto he dicho, verdadero seré yo.»
D'aquestos amos aquí quedó la razón.

[handwritten note: cowardice of Infantes is told to whole court]

Pedro "Mudo" Bermúdez, who appears to be a soft-spoken man of
action here; cf. vv. 689-714). **tóveldo** = **túvet'lo** or **te lo tuve**.

[80] **éstot'...** "I'll defend this [my challenge] against you"; **éstot'** = **esto te**

[81] **tú...** "You will be forced to admit it like a traitor"

[145]

Diego Gonçález, odredes lo que dixo:
«De natura somos de los condes más limpios,
3355   estos casamientos non fuessen aparecidos
por consagrar con mio Cid don Rodrigo;
porque dexamos sus fijas, aún no nos repentimos,
mientra que vivan pueden aver sospiros,
lo que les fiziemos, 'serles ha retraído.°   will follow them
3359b Esto lidiaré a tod' el más ardido:
3360   que porque las dexamos, hondrados somos nós.»

[146]

Martín Antolínez en pie se levantaba:
«¡Calla, alevoso,[82] boca sin verdad,
lo del león non se te debe olvidar;
saliste por la puerta, metístet' al corral,
3365   fusted° meter tras la viga lagar,   te fuiste
más non vestid el manto nin el brial.[83]
Yo lo lidiaré, non passará por ál:
fijas del Cid, ¿por qué las vós dexastes?
en todas guisas, sabed, que más valen que vós.
3370   Al partir de la lid, por tu boca lo dirás,
que eres traidor e mintist' de cuanto dicho has.»
D'estos amos la razón° fincó.   dispute

[147]

Asur Gonçález entraba por el palacio,
manto armiño e un brial rastrando,°   dragging
3375   bermejo viene, ca era almorzado,[84]
en lo que fabló avié 'poco recabdo:°   little sense

---

[82] **Calla...** "Silence traitor!"; note that Martín Antolínez, like Pedro
Bermúdez, uses the **tú** form.
[83] **más...** Hamilton and Perry translate: "your cloak and tunic were
never fit to wear again"
[84] **ca era almorzado**: "since he had eaten" or perhaps by extension
"since he had been drinking"

[148]

«Ya varones, ¿quién vio nunca tal mal?
Quién nos darié nuevas de mio Cid el de Vivar,
fuesse a rio d'Ovirna[85] los molinos° picar   mills
3380   e prender maquilas, como lo suele far.[86]
¿Quíl' darié con los de Carrión a casar?»

[149]

Essora Muño Gustioz en pie se levantó:
«¡Calla, alevoso, malo e traidor!
Antes almuerzas que vayas a oración,
3385   a los que das paz,° fártaslos aderredor.   sign of peace
Non dizes verdad a amigo ni a señor,
falso a todos e más al Criador,
en tu amistad non quiero aver ración.
Fazértelo he dezir que tal eres cual digo yo.»
3390   Dixo el rey Alfonso: «Calle ya esta razón,
los que han rebtado lidiarán, sím' salve Dios»
Assí como acaban esta razón,
afé dos caballeros entraron por la cort:
al uno dizen Ojarra e al otro Yéñego Ximénez,[87]
3395   el uno es infante de Navarra, el otro es infante de Aragón;[88]
3397   besan las manos al rey don Alfonso,
piden sus fijas a mio Cid el Campeador
por ser reinas° de Navarra e de Aragón   queens
3400   e que ge las diessen a hondra e a bendición.
A esto callaron e ascuchó° toda la cort,   escuchó

---

[85] **rio d'Ovirna**: the river Ubierna, which runs through Vivar.
[86] The implication of this line is that the Cid, like many **infançones**
of his day is a petty landlord living off the mills on his property:
Hamilton and Perry translate **maquila** as a miller's toll, i.e., the money
paid by those who come to grind their grain at the mill.
[87] Íñigo Jiménez: written variously in the ms. as Siménez and
Ximénez, which breaks the assonance and has led some to conjecture the
form Ximenoz.
[88] Vv. 3395-96 in the ms. appear to be one verse. Here the word
infante has the mod. meaning of "prince," as becomes clear in v. 3399:
Ojera and Íñigo Jiménez are the sons of the king of Navarre and the king
of Aragón respectively.

levantós' en pie mio Cid el Campeador:
«Merced, rey Alfonso, vós sodes mio señor,
esto gradesco yo al Criador,
3405 cuando me las demandan de Navarra e de Aragón.
Vós las casastes antes, ca yo non,
afé mis fijas, en vuestras manos son,
sin vuestro mandado nada feré yo.»
Levantós' el rey, fizo callar la cort:
3410 «Ruégovos, Cid, caboso Campeador,
que plega a vos e atorgarlo he yo;
este casamiento hoy se otorgue en esta cort,
ca crécevos í hondra e tierra e honor.»
Levantós' mio Cid, al rey las manos le besó:
3415 «Cuando a vos plaze, otórgolo yo señor.»
Essora dixo el rey: «¡Dios vos dé d'én buen galardón!
A vos, Ojarra, e a vos, Yéñego Ximenez,
este casamiento otórgovosle yo,
de fijas de mio Cid, don' Elvira e doña Sol,
3420 pora los infantes de Navarra e de Aragón,
que vos las dé[89] a hondra e a bendición.
Levantós' en pie Ojarra, e Yéñego Ximénez,
besaron las manos del rey don Alfonso
e después de mio Cid el Campeador.
3425 Metieron las fes e los homenajes° dados son   homage
que cuemo es dicho assí sea, o mejor.
A muchos plaze de tod' esta cort,
mas non plaze a los infantes de Carrión.
Minaya Álvar Fáñez en pie se levantó:
3430 «Merced vos pido, como a rey e a señor,
e que non pese esto al Cid Campeador:
bien vos di vagar en tod' esta cort,
dezir querría ya cuanto de lo mío.»
Dixo el rey: «Plazme de coraçón,
3435 dezid, Minaya, lo que oviéredes sabor.»
«Yo vos ruego que me oyades, toda la cort,
ca grand rencura he de infantes de Carrión.
Yo les di mis primas por mandado del rey Alfonso,

---

[89] **que las...** "that he give them to you"; the king insists now that it is the Cid who gives his own daughters' hands in marriage, with the king's permission.

ellos la prisieron a hondra e a bendición,
3440 grandes averes les dio mio Cid el Campeador,
ellos las han dexadas a pesar de nos:
riéptoles los cuerpos por malos e por traidores.
De natura sodes de los Vanigómez,[90]
onde salién condes de prez e de valor;
3445 mas bien sabemos las mañas que ellos han.
Esto gradesco yo al Criador:
cuando piden mis primas, don' Elvira e doña Sol,
los infantes de Navarra e de Aragón.
Antes las aviedes parejas pora en braços las tener,
3450 agora besaredes sus manos e llamarlas hedes señoras,
averlas hedes a servir, mal que vos pese a vos.
Grado a Dios del cielo e aquel rey don Alfonso,
assíl' crece la hondra a mio Cid el Campeador.
En todas guisas tales sodes cuales digo yo,
3455 si hay qui responda o dize de no,
yo só Álvar Fáñez pora tod' el mejor.»
Gómez Peláyet en pie se levantó:
«¿Qué val, Minaya, toda essa razón?
Ca en esta cort afartos ha pora vos,[91]
3460 e qui ál quisiesse, serié su ocasión,[92]
si Dios quisiere que d'esta bien salgamos nós,
después veredes qué dixiestes o qué no.»
Dixo el rey: «Fine esta razón;°   cease this matter
non diga ninguno d'ella más una entención.°   allegation
3465 Cras sea la lid, cuando saliere el sol,
d'estos tres por tres que rebtaron en la cort.»
Luego fablaron infantes de Carrión:
«Dandos,° rey, plazo, ca cras ser non puede.   **dadnos**
armas e caballos tienen los del Campeador,
3470 nós antes habremos a ir a tierras de Carrión.»
Fabló el rey contra'l Campeador:
«Sea esta lid ó mandaredes vós.»

---

[90] **Vanigómez:** or Beni-Gómez (*Beni* from Ar. for "sons"), i.e., the
Gómez clan.
[91] **Ca...** Such and Hodgkinson translate: "for in this court there are
many men who are a match for you"
[92] **e...** "and whoever wants otherwise, it would be his turn"; i.e., as
Simpson translates: "let him deny it who dares."

En essora dixo mio Cid: «No lo faré, señor;
más quiero a Valencia que tierras de Carrión.»
3475   En essora dixo el rey: «A osadas, Campeador.
Dadme vuestros caballeros con todas vuestras guarnizones,
vayan conmigo, yo seré el curiador.
Yo vos lo sobrelievo, como *a* buen vassallo faze señor,[93]
que non prendan fuerça de conde nin de infançón.
3480   Aquí les pongo plazo de dentro en mi cort:
a cabo de tres semanas, en vegas° de Carrión,   meadows
que fagan esta lid, delant estando yo.
Quien non viniere al plaço, pierda la razón,
desí sea vencido e escape por traidor.»
3485   Prisieron el juizio infantes de Carrión,
mio Cid al rey las manos le besó
3486b   e dixo: «Plazme,
estos mis tres caballeros, en vuestra mano son,
d'aquí vos los acomiendo como a rey e a señor;
ellos son adobados pora cumplir todo lo so,
3490   hondrados me los enviad a Valencia, por amor
[del Criador.»
Essora repuso el rey: «Assí lo mande Dios.»
Assí se tollió el capiello° el Cid Campeador,   cap
la cofia de rançal que blanca era como el sol,
e soltaba la barba e sacóla del cordón;
3495   nos' fartan de catarle cuantos ha en la cort.
Adeliñó a él el conde don Anrrich, e el conde
[don Remond,
abraçólos tan bien e ruégalos de coraçón
que prendan de sus averes cuanto ovieren sabor;
a essos e a los otros, que de buena parte son,
3500   a todos los rogaba assí como han sabor;
tales í ha que prenden, tales í ha que non.
Los dozientos marcos al rey los soltó,
de lo ál tanto priso cuanto ovo sabor.
«Merced vos pido, rey, por amor del Criador,
3505   cuando todas estas nuevas assí puestas son,
beso vuestras manos con vuestra gracia, señor;
irme quiero pora Valencia, 'con afán° la gané yo.»   with toil

---

[93] **Yo vos…** "I guarantee it, as a lord does for a good vassal"; the ms.
actually reads **como buen vassallo faze a señor**.

[missing folio[94]]   *Cid gives whatever they want to infantes of Navarra and Aragon*

[150]

El rey alçó la mano, la cara se santigó:
«Yo lo juro par Sant Esidro, el de León,
3510 que en todas nuestras tierras non ha tan buen varón.»
Mio Cid en el caballo adelant se llegó,
fue besar la mano a so señor Alfonso:
«Mandástesme mover a Babieca el corredor,
en moros ni en cristianos otro tal non ha hoy,
3515 í vos lo dó en don, mandédesle tomar, señor.»
Essora dixo el rey: «D'esto non he sabor,
si a vos le tolliés', el caballo non havrié tan buen señor,
mas a tal caballo 'cum est',° pora tal como vós,   **como éste**
pora arrancar moros del campo e ser segudador;°   **pursuer**
3520 Quien vos lo toller quisiere, nol' vala el Criador
ca por vos e por el caballo hondrados somos nós.»
Essora se espidieron e luegos' partió la cort,
el Campeador a los que 'han lidiar,° tan bien los castigó: **lidiarán**
«Ya Martín Antolínez e vós Pero Vermúez
3525 e Muño Gustioz, firmes sed en campo a guisa de varones;
buenos mandados me vayan a Valencia de vos.»
Dixo Martín Antolínez: «¿Por qué lo dezides, señor?
preso avemos el debdo° e a passar es por nos,   **duty**
podedes oír de muertos, ca de vencidos no.»[95]
3530 Alegre fue d'aquesto el que en buen hora nació,
espidiós' de todos los que sos amigos son;
mio Cid pora Valencia e el rey pora Carrión.   *Cid leaves to Valencia*
Mas tres semanas de plazo, todas complidas son,   *King goes to Carrion*
felos al plazo los del Campeador,
3535 cumplir quieren el debdo que les mandó so señor.

---

[94] There is a missing folio here, which could indicate another fifty verses lost. Based on the CVR, most scholars believe there to have been a scene in which Alfonso urged the Cid to make a show of speed and prowess with his horse, Babieca, which he does after mild protest: "El Çid rremetió entonçes el cauallo, e tan de rrezio lo corrió que todos se marauillaron del correr que fizo" (cap. XXXII in Dyer's crit. ed.).

[95] **podedes...** "you may hear of [our] deaths, but not of [our] defeats"

Ellos son en poder del rey don Alfonso, el de León,
dos días atendieron a infantes de Carrión;
mucho vienen bien adobados de caballos e de guarnizones,
e todos sus parientes con ellos son
3540 que si 'los pudiessen apartar° a los del Campeador,   catch them alone
que los matassen 'en campo° por deshondra de so señor.   outside of town
El cometer° fue malo que lo ál nos' empeçó   plan
ca grand miedo ovieron a Alfonso, el de León.
De noche velaron las armas e rogaron al Criador,
3545 trocida es la noche, ya quiebran los albores,
muchos se juntaron, de buenos ricos omnes,
por ver esta lid, ca avién ende sabor.
De más sobre todos í es el rey don Alfonso
por querer el derecho e non consentir el tuerto.
3550 Yas' metién en armas los del buen Campeador,
todos tres se acuerdan, ca son de un señor.
En otro logar se arman los infantes de Carrión,
sediélos castigando el conde García Ordóñez,
andidieron en pleito,° dixiéronlo al rey Alfonso   complaint
3555 que non fuessen en la batalla las espadas tajadores,
Colada e Tizón, que non lidiassen con ellas los del Campeador.
Mucho eran repentidos los infantes por cuanto dadas son;
dixiérongelo al rey, mas non ge lo conloyó.[96]
«Non sacastes ninguna cuando oviemos la cort,
3560 si buenas las tenedes, pro habrán a vos,
otrosí° farán a los del Campeador,   likewise
levad e salid al campo, infantes de Carrión,
huebos vos es que lidiedes a guisa de varones
que nada non mancará por los del Campeador.
3565 Si del campo bien salides, grand ondra havredes vós,
e si fuéredes vencidos non reptedes a nos,
ca todos lo saben que lo buscastes vós.»
Ya se van repintiendo infantes de Carrión,
de lo que avién fecho, mucho repisos° son;   **arrepentidos**
3570 no lo querrién aver fecho por cuanto ha en Carrión.
Todos tres son armados, los del Campeador,
íbalos ver el rey don Alfonso,

---

[96] **mas...** "but he [Alfonso] did not concede this to them"; **conloyó**,
OSp. **conloar** (from Lat. **cum laudare**) meaning "to praise," but used
here, according to MP and others in the sense of "to approve."

dixieron los del Campeador:
besámosvos las manos, como a rey e a señor,
3575 que 'fiel seades° hoy d'ellos e de nos;   act as judge
a derecho nos valed, a ningún tuerto, no;
aquí tienen su bando los infantes de Carrión,
non sabemos 'qués' comidrán° ellos o qué non.   what they're plotting
En vuestra mano nos metió nuestro señor,
3580 tenendos° a derecho por amor del Criador.»   **tenednos**
Essora dixo el rey: «D'alma e de coraçón.»
Adúzenles los caballos buenos e corredores,
santiguaron las siellas e cabalgan a vigor,
los escudos a los cuellos, que bien blocados son,
3585 en mano prenden las astas de los fierros° tajadores,   iron tips
estas tres lanças traen seños pendones,
e derredor d'ellos muchos buenos varones.
Ya salieron al campo do eran los mojones,°   boundary marks
todos tres son acordados, los del Campeador,
3590 que cada uno d'ellos bien fos' ferir el so.[97]
Fevos de la otra part los infantes de Carrión,
muy bien acompañados ca muchos parientes son.
El rey dióles fieles por dezir el derecho e ál non,
que non barajen con ellos de sí o de non.[98]
3595 Do sedién en el campo fabló el rey don Alfonso:
«Oíd qué vos digo, infantes de Carrión,
esta lid en Toledo la fiziéredes, mas non quisiestes vós.
Estos tres caballeros de mio Cid el Campeador,
yo los adux 'a salvo° a tierras de Carrión,   under safe-conduct
3600 haved vuestro derecho, tuerto non querades vós,
ca qui tuerto quisiere fazer mal ge lo vedaré yo,
en todo mio reino non avrá buena sabor.»
Íbales pesando a los infantes de Carrión.
Los fieles e el rey enseñaron los mojones,
3605 librábanse del campo todos aderredor,
bien ge los demostraron a todos seis cómo son,
que por í serié vencido qui saliesse del mojón.
Todas las gentes 'escombraron aderredor,°   cleared the area

---

[97] **cada...** "each one of them well would strike his [opponent]"
[98] **que non...** the parties are not to dispute (**barajar**) the judges'
decisions (**de sí o de non**)

más de seis astas que non llegassen al mojón.[99]

3610 Sorteábanles el campo, ya les partién el sol,[100]
salién los fieles de medio, ellos cara por cara son.
Desí vinién los de mio Cid a los infantes de Carrión,
e los infantes de Carrión a los del Campeador,
cada uno d'ellos 'mientes tiene al so.°   intent on his own

3615 Abraçan los escudos delant los coraçones,
abaxan las lanças a vueltas con los pendones,
enclinaban las caras sobre los arzones,
batién los caballos con los espolones;
tembrar querié la tierra dond' eran movedores.

3620 Cada uno d'ellos mientes tiene al so,
todos tres por tres ya juntados son,
cuédanse que essora cadrán° muertos   caerán
      [los que están aderredor.
Pero Vermúez, el que antes reptó,[101]
con Fernán Gonçález de cara se juntó,

3625 firiénse en los escudos sin todo pavor,
Fernán Gonçález a Pero Vermúez el escúdol' passó,
prísol' en vazío, en carne nol' tomó,
bien en dos logares el astil le quebró.
Firme estido° Pero Vermúez, por esso nos' encamó,°   estuvo, topple

3630 un colpe recibiera, mas otro firió,
quebrantó la bloca° del escudo, apart ge la echó,   metal boss
passógelo todo, que nada nol' valió,
metiól' la lança por los pechos, que nada nol' valió,
tres dobles de loriga tenié Fernando[102], aquéstol' prestó,

3635 las dos le desmanchan e la tercera fincó;
el belmez con la camisa e con la guarnizón
de dentro en 'la carne una mano° ge la metió,   a hand's length
por la boca afuera la sángrel' salió;
quebráronle las cinchas, ninguna nol' ovo pro,

3640 por la copla° del caballo, en tierra lo echó.   tail
Assí lo tenién las gentes que mal ferido es de muert.

---

[99] **más...** "there would be no more than six combatants [lit., lances] on the field"

[100] **Sorteábanles...** "They drew lots to divide the field and took into account the [position of the] sun"

[101] **el que antes...** "he who was the first to challenge"

[102] **tres...** "Fernando had three layers of chain-mail armor on"

Él° dexó la lança e al espada metió mano,   [Pero Vermúez]
cuando lo vio Fernán Gonçález, conuvo° a Tizón,   he recognized
antes que el colpe esperasse, dixo: «Vencido só.»
3645 Atorgárongelo los fieles, Pero Vermúez le dexó.

[151]

Martín Antolínez e Diego Gonçález firiéronse de
      [las lanças,
tales fueron los colpes que les quebraron amas.
Martín Antolínez metió mano al espada,
relumbra tod' el campo, tanto es limpia e clara;
3650 dióle un colpe de traviéssol' tomaba,[103]
el casco° de somo apart ge lo echaba,   helmet
las moncluras° del yelmo, todas ge las cortaba,   straps
allá levó el almófar, fata la cofia llegaba,
la cofia e el almófar todo ge lo levaba,
3655 'raxól' los pelos° de la cabeça, bien a la carne llegaba;   it cut his hair
lo uno cayó en el campo e lo ál suso fincaba.[104]
Cuando este colpe ha ferido Colada, la preciada,
vio Diego Gonçález que no escaparié con el alma;
volvió la rienda al caballo por tornarse de cara,
3660 essora Martín Antolínez recibiól' con el espada,
un cólpel' dio de llano, con lo agudo nol' tomaba.[105]
Dia'Gonçalez, espada tiene en mano, mas no la ensayaba,[106]
3664 Essora el infante tan grandes vozes daba:
3665 «¡Valme Dios glorioso, señor, e cúriam' d'este espada!»
El caballo asorrienda° e mesurándol' del espada,[107]   he reins
sacol' del mojón; Martín Antolínez en el campo fincaba.

---

[103] **de traviesso...** "which took him from the side"; **traviesso = través**
(< Lat. *transversu*)

[104] **lo uno...** "one part [of his head gear] fell to the ground and the
rest stayed up"

[105] **un cólpel'...** "he struck him with the flat [of the sword], with the
cutting edge he didn't take him"; i.e., Martín Antolínez slaps him
around with the broad side of his word rather than cut his head clean
off.

[106] **Dia'Gonçález...** an abbreviated form of the name here; this line
is actually two lines in the ms., though v. 3663 consists only of the verb
ensayaba.

[107] **e mesurándol'...** "and distancing it [his horse] from the sword"

Essora dixo el rey: «Venidvos a mi compaña,
por cuanto avedes fecho, vencida avedes esta batalla.»
3670   Otórgangelo los fieles que dize verdadera palabra.

[152]

Los dos han arrancado, dirévos de Muño Gustioz,
con Assur Gonçález cómo se adobó:
firiénse en los escudos unos tan grandes colpes.
Assur Gonçález, furçudo° e de valor,   strong
3675   firió en el escudo a don Muño Gustioz,
tras el escudo falsóle la guarnizón,
en vazío fue la lança, ca en carne nol' tomó.
Este colpe fecho, otro dio Muño Gustioz,
tras el escudo falsóle la guarnizón,
3680   por medio de la bloca el escúdol' quebrantó,
nol' pudo guarir, falsóle la guarnizón,
a part le priso que non cabe'l coraçón,
metiól' por la carne adentro, la lança con el pendón,
de la otra part una braça ge la echó,[108]
3685   con él dio una tuerta° de la siella lo encamó,   twist
ʼal tirar de la lança,° en tierra lo echó,   on pulling his lance
bermejo salió el astil e la lança e el pendón;
todos se cuedan que ferido es de muert.
La lança recombró° e sobr'él se paró,   recovered
3690   dixo Gonçalo Assúrez: «¡Nol' firgades por Dios,
vençudo es el campo cuando esto se acabó!»
Dixeron los fieles: «Esto oímos nós.»
Mandó librar el campo el buen rey don Alfonso,
las armas que í rastaron, él se las tomó.
3695   Por hondrados se parten los del buen Campeador,
vencieron esta lid, grado al Criador;
grandes son los pesares por tierras de Carrión.
El rey a los de mio Cid de noche los envió,
que no les diessen salto, nin oviessen pavor;

---

[108] **de la otra...** Muño Gostioz's lance has pierced Asur González
through and "sticks out the other side an arm's length"

3700   a guisa de membrados, andan días e noches.
      Felos en Valencia, con mio Cid el Campeador,
      por malos los dexaron a los infantes de Carrión,
      complido han el debdo que les mandó so señor.
      Alegre fue d'aquesto mio Cid el Campeador,
3705   grant es la biltança de infantes de Carrión:
      ¡qui buena dueña escarnece e la dexa después,
      atal le contesca o siquier peor![109]
      Dexémosnos de pleitos de infantes de Carrión,
      de lo que han priso, mucho han mal sabor.
3710   Fablémosnos d'aqueste que en buen hora nació,
      grandes son los gozos en Valencia la mayor
      porque tan hondrados fueron los del Campeador;
      prisos' a la barba Ruy Díaz, so señor:
      «Grado al Rey del cielo, mis fijas vengadas son,
3715   agora las hayan quitas de heredades de Carrión,
      sin vergüença las casaré o a qui pese o a qui non.»
      Andidieron en pleitos[110] los de Navarra e de Aragón,
      ovieron su ajunta con Alfonso, el de León,
      fizieron sus casamientos con don' Elvira e con doña Sol;
3720   los primeros fueron grandes, mas aquestos son mijores.
      A mayor hondra las casa que lo que primero fue,
      ved cual hondra crece al que en buen hora nació
      cuando señoras son sus fijas de Navarra e de Aragón;
      hoy los reyes de España sos parientes son.
3725   A todos alcança hondra por el que en buen hora nació.
      Passado es d'este sieglo, el día de cinquaesma,[111]
      de Cristus haya perdón
      assí fagamos nós todos, justos e pecadores;°   sinners
      Estas son las nuevas de mio Cid el Campeador,
3730   en este logar se acaba esta razón.
      Quien escribió este libro, ¡dél' Dios paraíso amén!
      Per Abbat le escribió en el mes de mayo
      en era de mil e .C.C XL.V. años.[112]

---

[109] **atal...** "may such as this or worse happen to him!"

[110] **andidieron...** "they [the new suitors] went in search of terms"

[111] **passado...** "he passed from this world on Pentecost"; MP notes that in 1099, the year of the Cid's death, Pentecost Sunday fell on 29 May. The HR dates his death "in the month of July" of that year.

[112] The date here of 1245 is in accordance with the Spanish Era

3733b-
3735 el romanz es leído, datnos del vino,
      si non tenedes dineros, echad allá unos peños,°   gifts
      que bien vos lo darán sobr'ellos.[113]

---

calendar, which is similar to the Julian calendar adopted in Rome only
a few years before it. The Spanish Era begins counting its years from the
time it was brought to Hispania by the Romans in 38 B.C., i.e., thirty-
eight years before the common era; therefore Era 1245 = 1207 A.D. Castile
did not switch over to the Gregorian calendar that we use today until
the late fourteenth century.

[113] This envoi (or send-off) in ms. lines 3733-35, is barely legible (due
to the application of chemical reagents), but MP claimed it to have been
inscribed by a later hand. This may of course be evidence that an oral
performer was handling the text after it had been copied. Hamilton and
Perry translate the final line: "for you will get a good return on them";
the antecedent of **ellos** is **peños**.

Spanish-English Glossary

MOST OF THE WORDS used in the PMC are included in this glossary. Each entry includes the word as it appears in the epic (verbs are listed under their infinitives, but a good deal of unfamiliar conjugated forms have been included as well), followed by an English equivalent, the line number in which it is first used [in brackets] for many words, and any notes on usage that might assist the reader. Because the Medieval Spanish lexicon will be unfamiliar even to native speakers of Spanish reading the text for the first time, I have also included the modern Spanish equivalents for many of the entries; these are in *italics*. Many words have multiple meanings depending on the context, and so I have thought it prudent to include examples from the text and indicate with line numbers in brackets when a word's use differs from its primary meaning. The following is a list of abbreviations used in this glossary.

adj.	adjective	obj.	object
adv.	adverb	part.	participle
Ar.	Arabic	pers.	person
cond.	conditional	pl.	plural
dem.	demonstrative	Port.	Portuguese
fig.	figurative	pres.	present
Fr.	French	pret.	preterit
fut.	future	pron.	pronoun
imper.	imperative	refl.	reflexive
imperf.	imperfect	sing.	singular
interj.	interjection	Sp	Spanish
Lat.	Latin	subj.	subject
Med.	Medieval	syn.	synonym, synonymous
mod.	modern	v.	verb
n.	noun	var.	variant
neut.	neuter		

a to, at

abastar to provision [66]; provide [259]

abat *abad*, abbot [237]

abatir to knock down, unhorse [2397]

abaxar *bajar*, to lower [716]

abés *apenas*, barely [582]

abierto, abierta open, opened [3]

abiltado shamed; past part. of **abiltar**

abiltadamientre basely [1863]

abiltar to shame [1862]

abraçar to embrace [368]

abrir to open

acabar to finish, to bring to an end [366]

acertarse to find oneself present

[1835]

acogello *acogerlo*, to take him back [883]

acoger to come, seek favor [134]; *recoger*, collect [447]; to take back [883]

acomendar to commend, entrust [256]

acompañar to accompany [444]

aconsejar to take council; speak privately [122]

acordado prudent [1290]

acordar to take advice [666], to reach agreement; convince [1030]

acorrer to succor, help [222]

acorro n. aid [453]

acostar refl. v. to close in on [749]; to fall over [1142]

acrecer to grow [1419]

acusar to accuse [70, 112]

adelant *adelante*, forward

adeliñar to head, go straight for [31]

adeliñecho adv. straight [2884]

aderredor *alrededor* around

adestrar to lead by hand [2301]

adobar to prepare, make ready [249, 681]

adorar to adore [336]

adtor *azor*, hawk [5]

aduchas past. part. of **aduzir**, brought [147]

adurmió *durmió*, see **dormir**; **se** — fell asleep [405]

adux, aduxier- pret., pluperf., and fut. subjunctive roots of **aduzir**

aduzir to bring, carry [144]

afán toil [3507]

afé *he aquí*, here you have, look here [152], look there [476]

afevos see **afé** [*afé* + *vos*]

afincar to pressure [3221]

afontar to affront, offend [2569]

agora *ahora*, now [782]

agua water

aguazil *alguacil*, general [749]

aguardar to watch out for [308]; keep watch on [839]

aguda, agudo pointed [2737]; **lo** — sharp edge [3661]

aguijar to spur a horse [10]

aguisado past part. of **aguisar**; var. of **guisado**, fair

aguisamiento appearance [3125]

aguisar arrange, esp. fairly [808]

aína syn. of *aprisa*, rapidly, hurriedly [214]

airar to become angry; to subject one to *ira regia* [90, 114, 156]

ajuntar to reunite; **el** — our reunion [373]

al indef. pron. anything else [592; Lat. *alid*]; otherwise [i.e., more 896]

alabar to praise; refl. congratulate oneself [580]

alarido shout, war cry [606]

alba dawn [3060]

albergada encampment [794]

albergar to seek shelter [547]; to encamp

albores dawn [235]

albricia cheers, interj. of joy [14]

alcáçar *alcázar*, citadel [1220]

alcalde judge [3135

alcándara perch [4]

alcança pursuit [2399]

alcançar *alcanzar*, to reach [390]

alcayaz *alcaide*, governor [1502]

alcaz pursuit [772]

alçar to raise, elevate [355]; **—se** to escape [2286b]

alegre happy

alegreya var. [797] of **alegría**

alegría happiness

alent var. of **allende**

alfaya finely decorated: **de** — [2116]

algara vanguard, raiding party [442; Ar. *al-gara*]

algo something [112]

alguandre *jamás*, never, ever [352]

algunos some; — **días vida** life for a few days [283]

algunt *algún* [1754]
allá there
allegar gather [791]
allén, allent vars. of allende
allende beyond, on the other side of [911]
allí there
allongar to grow longer [1238]
alma soul [28]
almoçalla blanket or rug [182; ms. almofalla]
almofalla army [660]
almorzar to eat [3375]
altar altar
alto high, tall; en — on high, in heaven [8]; a —as vozes loudly, out loud [35]
aluén distant [2696]
amidos unwillingly [84, 95 etc.]
amigo friend, ally; por — as an ally [76]
amar to love [2221]
amas *ambas*, both [127]
amo guardian, tutor [2356]
amojada loose [993]
amor love
amortecidas unconscious, left for dead [2777]
amos *ambos*, both [100]
andar to journey [321]; to walk [343]; — el caballo ride the horse [1726]
andid- *anduv-*, pret. root of andar
ángel angel; Archangel Gabriel [406]
angosta difficult, hard [835]
anoch *anoche*, last night [42]
anochesca night falls [432]; subjunctive of anochecer [OSp *anochesçer*]
ant' *ante*, before [i.e., in front of]
ante before; — que *antes que*
antes before
año year; en todo aqueste — for this whole year [121]
aparecer to appear [334]
aparecist' 2nd pers. sing. pret. of

aparecer
aparejado prepared; past. part. of aparejar
aparejar to prepare [1123]
apart var. of aparte, aside [985]
apartarse to step aside [105]
aparte aside [188]
apreciadura appraisal, appraised goods [3240]
apreciar to appraise, estimate [3245]
aprés near [1225, 1559]
apretar to tighten [991]
apriessa *de prisa*, urgently, hurriedly [97, 99]; soon [235]
apuesto opportunely [1317]; elegantly [1320]
apuntar to appear [457, 682]
aquellos, aquellas those, them; dem. pron. [116]
aquén, aquend, aquent syns. of aquí [2102, 2130]
aqueste, aquesta *este, esta*, this, dem. adj.
aquesto *esto*, this; dem. pron. [112]
aquexar to complain [1174]; var. of quexar
aquí here
arca chest, ark [85]
ardida valiant [79]
ardiment plan, strategy [549; syn. of *ardid*; not to be confused with *ardimiento*]
arena sand [86]
armas arms, weapons
armiña, armiño ermine fur [2749]
arrancada past. part. of arrancar; de — from a rout [583]; victory [609]
arrancar to pull out [1142]; to defeat [769]
arras wedding gift, settlement from husband [2565]
arrear to equip [2471]
arrebata surprise attack [562]
arreziado valiant [1291]
arriado var. of arreado, fully

equipped [1778]

arriaz cross-guard of sword handle [3178]

arriba adv. up [355]

arribança prosperity; arrival to wealth or station [512]

arrobdar to patrol [1261]

arrobdas patrols [658]

arruenço against the current [1229]

art *ardid*, trick, stratagem [575]

arzón saddle-bow, pommel [717]

asconderse *esconderse*, to hide [30]

ascuchar *escuchar*, to listen [3401]

asmar to estimate [521], to consider [524]

asorrendar to rein [3666]

assentar to set up [2803]

assí *así*, thus, so; — **como** as soon as [153]

assomar to appear [919]

asta lance, spear [1969, 2393]

astil shaft, handle of spear or lance [354]

atal var. of **tal**, such [374]

atalaya sentinel, lookout [1673]

atamores war drums [696]

atorgar *otorgar*, to grant; accept [198]; to concur [3159]

atravessar to cross [1544]

atregar to insure, protect [1365]

aun even

aún yet, still

auze good fortune [1522]

ave bird; **buenas —s** good omens [858]

avenir to happen, come together; fig. reach an agreement [3166]

avemos *hemos*

aver v. *haber, tener* to have, to hold, possess.

aver, averes n. goods, property [27, etc.]; wealth [118,125, etc.]

avié *había*, imperf. of **aver**

avorozes *alborozos*, excitement [2649]

avr- *habr-* fut., cond. root of **aver**

avuero *agüero*, omen

axuvar *ajuar*, dowry [1650]

ayudar to help [143]

ayuso adv. down [354]

ayusso var. of **ayuso**

az battle formation [697]; **dos —es** two flanks [699]

azémila pack animal, beast of burden [2490]

B

banda trim [3092]

bando help [754]; band of men, faction [3010]

baraja dispute [3295]

barajar to dispute [3594]

barata chaos, confusion [1228]

barba beard; — **tan complida** beard so full [268]

barbado bearded [789]

barca boat [1627]

barragán youth; **buen —** good man [2671]; **mal —** coward [3327]

barragana concubine, mistress [2759]

bastido provisioned; **bien los ovo —s** well he provided for them [68]

bastir to provision; — **quiero** I want to provide [85]

batalla battle

batir to beat [3618]

Beleem *Belén*, Bethlehem [334]

belmez padded garment worn under armor [3073]

bendezir *bendecir*, to bless, wish blessings for [541]

bendiciones blessings [2226]

bendictiones var. of **bendiciones**

bermejo red, bright red [729]

besar to kiss [153]

bestia beast, animal [2255]

bien well [7]; — **cerrada** tightly locked [32]; — **serán** they will really be [86]

blanco, blanca white [183; 729]

bloca metal boss on a shield [3631]

blocado embossed, reinforced [1970]
boca mouth [19]
bocado n. bite [1021]
boclado var. of **blocado**
bodas wedding festivities [2251]
braça arm's length, a yard [2420, 3684]
braço *brazo*, arm [203]
brial tunic [2291]
buen adj. good [20]; lucky, fortunate [41]
bullidor rowdy [2172]
burgalés citizen of Burgos [65]
burgés, burgesa townsperson [17]
buscar to search out [192], look for
buscare fut. subjunctive of **buscar** [424]

C

ca for, because; so [86]
cabadelant straight ahead [857]
cabalgar to ride [54]
caballero knight
caballo horse [215 etc]; — **en diestro** war-horse [1548]
cabdal adj. principal, capital [698; cf. *caudal*]
cabeça *cabeza*, head [2]
cabo adv. next to [56]; n. end; **a — de** at the end, after [883]; **a —** in the end [1717]
caboso upright; epithet for the Cid: **el —**
caçado hunted [1731]
caer to fall; — **en pesar** to have remorse [313]
çaga the rear; **fincar en la —** to remain behind [449]
calçada road, causeway [400]
calçado shod, past part of **calçar** [1023]
calçar to put on footwear
calças socks [187], light footwear [i.e., without armored boots; 992]
callar to silence [3302]
cámara chamber [2286b]

camas legs [3085], cf. Fr. *jambe*
camear *cambiar*, to change, exchange [2093]
camello camel [2490]
camisa chemise, undergarment [2721]
campal adj. on the field [784]
campana church bell [286]
Campeador commander, heroic epithet [from lat. *campidoctor*] applied to the Cid.
campo field; frequently: field of battle [499]
can dog, cur [3763]
candela candle [244]
cantar to sing; crow [169, 209]
cañados *candados*, padlocks [3]
caño cave, channel [2695]
capa cape [1989]
çapatos *zapatos*, shoes [3086]
capiella *capilla*, chapel [1580]
capiello cap, hood [?] [3492]
cara face [27]
carbonclas carbuncles, red gems [766]
carcava moat, defensive ditch [561]
cárcel jail; lions' den [340]
cargar carry, bring [166]; to load [187]
caridad love, charity [Lat. *caritas*]; **por — for the love of God [709]
carne flesh [375]
caro dear; **amigos —s** dear friends [103]
carrera road, route [1284b]
carta letter [23 etc.]; **por —** by charter, i.e., in writing [511]
casa house; **en Burgos la —** town of Burgos [62]
casamiento marriage [2275]
casar to marry [282b]
cascabel bell [1508]
casco helmet, syn. of **yelmo** [3651]
castellano Castilian [748]
Castiella *Castilla*, Castile
castiello *castillo*, castle [98 etc.]
castigar to instruct, warn [228]
catar to look [2]; look inside [120]

cativo, cativa *cautivo*, captive [517]
caya *caiga*, subjunctive/imper. of **caer**
cebada fodder, barley [420]
celada ambush [436-37]
cena supper, banquet [1531]
cenar to dine [404]
cendal silk [1509]
ceñir to gird, put on a sword [41 etc.]
cerca close; **aun — o tarde** sooner or later [76]; n. siege [664]
cercar to surround, besiege [655]
cerrado, cerrada closed, locked [32]
çerviçio see **servicio** and note to 69b
chica little [269b]
cibdad *ciudad*, city [397]
ciclatón silk woven with gold
ciego blind [351]
cielo heaven [217]
çien, çient hundred [253]
cincha saddle girth, cinch [993, 3641]; leather straps [2723]
cinquaenta *cincuenta* fifty [250]

cinquaesma Pentecost [3726]
cintas girt or girded [578]; past part. of **ceñir**
cintura waist [751]
cinxiestes 2nd pers. pret. of **ceñir** [41]
clamor clamor; **a —** loudly, clamorously [286]
claro clear [2062]
clavos nails [88]
cobdo *codo*, elbow [501]
cobrar to recover, gain [303]
cocera adj., for riding, racing [993; Lat. *cursaria*]
cocina kitchen, meal; **grant —** banquet [1017]
cofia coif, cloth cap worn under mail and helmet [789]
coger *acoger* to shelter, take in [44, 774]; *recoger* [208]; **—se** to join [293]; take off [577]
cojós' pret. of **coger** with refl. **se**; to take off; to flee [588-89, etc]

color color; **de —** colorfully [1990]
colpe *golpe* blow; **a tod' el primer —** all at once [184]
combré *comeré*, fut of **comer** [1021]
comedir to think, realize [507]; consider [1889]
comer to eat [421]
comeres n. dishes, foods [1019]
cometer to propose [2073]
como as, how
compaña company [16 etc.]; companions [929]
compeçar *empezar, comenzar*, to begin [705]
complido *cumplido*, complete; **burgalés —** good citizen of Burgos [65]
compra n. purchase [62]
conde Count
condonar to bestow; restore [887]
conducho food, provisions
confondir to confound [2412]
connusco *con nosotros*, with us [388; Lat. *nobiscum*]
conortar to console [2328]
conoscedor adj. understanding [2851]
conosçer, coñoscer *conocer*, to know [983]
consagrar *consuegrar*, to become a father-in-law [1906]
conseguir to obtain, catch [833]; *seguir*, to accompany [1465]
consejarse to take council [841]
consejo advice, opinion; **con vuestro —** with your consent [85]; guidance [382; 1183]; consolation [1176]
consentir to allow, give consent [668]
consigrá fut. of **conseguir** [1965]
contado famous [142]; counted [2485]
contalar to yank, pluck [3096]
contar to count, charge [181]
contecer *acontecer*, to happen, occur [3707]
contra against; along [1090]

convidar to invite [21]
convusco *con vos,* with you [75; Lat.
    vobiscum]
copla verse [2276]; tail [3640]
coraçón *corazón,* heart; de — from the
    heart [53]
corça roe-deer [2375]
cordón string, sash [3076]
cormana, cormano first cousin;
    primas — [3303]
corneja crow [11]
coronado clergyman [1288]
corral corral, courtyard [244]
corrediza buckled; cinchas — straps
    with their buckles [2736]
corredor n. raider or booty taker
    [1159]
corredor adj. swift [1336]
correr to run [354]
corrida expedition, raid [953]; ride,
    run [1588]
cort, cortes court [962 etc.]
cortar to cut [751]
cosiment favor [1436]; sin — numb
    [2743]
cossejo var. of consejo [1176]
cosso *curso,* run, ride [1592]; syn. of
    corrida
costado side [353]
cozina var. of cocina [2064]
cras tomorrow [537]
crecer to grow [296]
creendero loyal vassal [1013]
creer to believe [357]
criado raised, brought up [737]; from
    criar
Criador *Creador,* the Creator [48].
criar to raise, educate
criazón of the household [2707]
criminal criminal [342]
cristiandad Christendom [770]
cristianismo syn. of cristiandad
    [1027]
cristianos Christians [93]
crov- pret. root of creer

cruz cross [348]
cuadra room [1896]
cuant var. of cuanto, cuan
cuanto whatever, however much [77];
    so much [112]
cuberturas long coverings for a horse
    [1509]
cubiertas covered [87]
cubrir to cover up [2807]
cuedar var. of cuidar, to plan, think
    [Lat. *cogitare*]
cuello neck [1509]
cuemo Med. var. of como
cuende Med. var. of conde [1980]
cuenta count; en — de counting [101];
    non son en — countless [918]
cuer *corazón;* de — affectionately,
    sincerely, truly
cuerda cord; — de tienda tent-rope
cuerdamientre wisely [3105]
cuerpo body [28]
cuesta hill
cuestas a — over the back or
    shoulders [790]
cueta danger [451]; affliction [1178]
cueva cave [544]
cuidados troubles, cares [6]
cuidar think, imagine [971]
cum *como* [1753]
cuntir to occur, happen [2281]
cuñado brother-in-law [2517]
curiar to take care, guard
curiás' *curiasse,* imperf. subjunctive of
    curiar

D

d' *de*
daño damage; fig. cost [252]
dar to give
dat *dad,* 2nd pers. pl. imper. of dar
debdo *deber, deúda,* duty, debt [225]
decido *descendido;* — es he
    dismounted [1394]
deland var. of delant
delant *delante* in front [327]

deleite delight [1601]
delibrar to dispatch; i.e., kill [758]; to start [3307]
delicio delight [850]
demandar to seek, ask for [97, 99]; demand satisfaction [966]
demás besides; **e aun** — and what's more [28]
demostrar to show [2703]
dentro *adentro* inside [36]
departir to censure; — **de** speak of [2729]
deportar to sport, mock-battle [1514]; enjoy, disport [2711]
deprunar to descend [1493]
derecho n. justification, answer [642]; reason, right [1105]; justice, satisfaction [2915]
derecha upright [482]
derramar to spill out, disperse [463]
derranchar to leave the ranks, charge ahead [703]
derranche imper. of **derranchar**
derredor *alrededor*, around, surrounding [60]; **en** — around [466]
derrocar to unhorse, knock off [1007]
des' *desde*, from [1710]
desatarse to unbind, get loose [2282]
descabalgar to dismount [52]
descabeçar *degollar*, to behead [620]
descreído unbeliever
descubrir to uncover, reveal
descubrades *descubráis*, 2nd pers. pl. imper. and subjunctive of **descubrir**
desemparar *desamparar*, to abandon [469]
desfecho undone [1433]
desheredar to disinherit [1363]
deshondrar to dishonor [981]
deshonor disfavor [1371]
desí *desde allí*, from there [478]
deslealtança betrayal [1081]
desmanchar to come undone [728]

desnudo, desnuda naked; — **el espada** sword unsheathed [471]
desobra treachery [3080]
despender to spend [260]
despensa ration, provision; of money [258]
despertar to awaken
después after, later
dessí var. of **desí**
destellar to sparkle; fig. drip [501;762]
detardar to delay [96]
dexar *dejar*, to leave behind [77, 115], to permit [347]
dezir to speak, say [19]
día day
dice *desciende*, he descends [973]
dicho past part. of **dezir**
dientes teeth; **a** — **tomar** to bite [2022]
diesse *diese, diera* imperf. subjunctive of **dar**
diestro, diestra right hand [11]; adj. right [216, 398]
diezmo tithe [1798]
dinarada a coin's worth [64]
dinero coin; **un** — **malo** a single penny [165]
dino *digno*, worth [2363]
Dios God [20].
dixo *dijo*, 3rd pers. sing. pret. of **dezir**
dizían var. of **dezían**, imperf. of **dezir** [19]
do, dó *donde, adónde* where [262]
dó *doy*, 1st pers. sing. pres. of **dar**
doblado past part. of **doblar**
doblar to double [80 etc]
doble double; layer of mail armor [3634]
doler to sadden, aggrieve, hurt [2767]
dolor grief [18]
d'on *de donde*, from where [Lat. *de + unde*]
don sir [22], gift [179, 192]; var. of **dond'**
don' var. of **doña**; — **Elvira** [2075 etc.]
donas *dones*, gifts [224; from Lat. neut.

pl. *dona*]
dond' *donde*, where
dont' var. of **dond'**
doña lady, noblewoman
dorado golden, guilded [88]
dormir to sleep [126]
dubda *duda*, doubt, hesitation [477]; fear? [898]
dubdança hesitation [597]
duelo sadness [29, 381]; grief, pain [1180]
dueña lady-in-waiting [239]
dueño master, owner; rider [615]
dues *dos*, two [cf. Port. *duas*]
dulce sweet [405]
durar to last [1120]

E
e *y, e,* and
echado banished [14]
echar to throw out; —**se** to lie down [404]; to throw down [751]
eclegia var. of **eglesia** [2239]
edad age [2083]
eglesia *iglesia*, church [326]
ele, elle vars. of **él** [Lat. *ille*]
embargado embarrassed [2147]
embargo embarrassment [1865]
empara defense, protection [964]; **grand** — stronghold [450; cf. mod. *amparo*]
emperador emperor [2553]
emplear to employ, deploy [500]
empleye subjunctive of **emplear**
en in, on
én var. of **ende**
enantes before [302], in front [866]
enbaír to mistreat, offend [2309]; to ambush [3011]
enbraçar to hold tight [715]
encamar to topple [3629]
encarnación Encarnation, becoming flesh [333]
enclaveadas nailed shut [87]

enclinar *inclinar*, to rest [274]; lean [717]
encortinado decorated, curtained [2206]
encubrir to conceal [922]
end var. of **ende**
ende pronominal adv.; **por** — because of which [112]; **d'** — from there [1507]
endurar to endure [704]
enemigo enemy [9]
enfrenado harnessed [817]
enfurción tribute of food [2849]
engendrar to engender, beget [2086]
engramear to shake [13]
enmendar to make amends [963]
enpresentar *presentar*, to present [872]
ensayar to try out [2376]
ensellar *ensillar*, to saddle a horse [317]
enseñar to show [2545]
ensiemplo *ejemplo*, example [2731]
ent var. of **ende**; **d'** — from that [585]; from there [952]
entención allegation [3464]
entrar to enter [12]
entr' var. of **entre**, between, among
envergonzar to shame, to be ashamed [2298]
enviar to send [490]
envuelto covered, wrapped in [659]
eñader *añadir*, to increase or augment [1112]
es' *ese*, that [1146]
escalentar *calentar*, to warm [332]
escaño bench, couch [1762]
escapar to escape [75]
escarín fine linen [3094]
escarmentar to chastise, instruct [1121]
escarnir to humiliate [2551]
escombrar to clear away [3608]
escribir to write down, copy [3731]
escripta *escrita*, written [527]
escudero squire, shield bearer [187]

escudo shield [715]
escuelas followers [529]
escurrir to escort [1067]
esforçado strong [171]; lively, animated [971]
esforçar to be strong [2752]
esfuerços courage [379]
esmerado pure, choicest [113]
espacio space, time; **más por** — in due time [1768]
espada sword [41]
espadada sword blow [750]
espadado marked by sword blows [2450]
espedimiento farewell [2591]
espedirse *despedirse*, to take leave, say goodbye
espender to spend [81]
esperança *esperanza*, hope, expectation [490]
espeso past part. of **espender**
espessa thick, lush [1615]
espidiós' *se despidió*, pret. of **espedirse** [200]
espiritual *espiritual*, var. of **spiral**
espolear to spur [233]; var. of **espolonear**
espolonada a spurring
espolonar var. of **espolonear** [705]
espolonear to spur [596]
espuela spur [2722]
esquila bell, alarm [1673]
esso *eso*, that
essora at that moment
est' *este*, this
estar to be [2].
estido *estuvo*, pret. of **estar**
esto this [9]
estonces *entonces*, then [951]
estraña *extrana*, foreign [176]; extraordinary [587]
estrellas stars [332]
estribera stirrup [38]
estropeçar *tropezar*, to trip, stumble [2415]

evad, evades *he aquí* or *ved aquí*; here you have, behold [253]
exco 1st pers. sing. pres. of **exir**
exe 3rd pers. pres. of **exir**
exida *salida* departure, exit [11]; exile [221]
exir to come out [16b]; to leave, to go out
exorado gilded [733]

F

fablar *hablar*, to speak [7]
fagades *hagais*
fago *hago*, 1st pers. sing. of **fazer**.
falcones *halcones*, falcons [5]
falla n. fault [443]; **sin** — without faltering [464b]; **sin** — without fail
fallar *hallar*, to find [32, 424]
fallecer to fail; run out [258]
fallir to lack [581], fail [761]
falsar to break through armor [713]
falso false; lying [342]
fambre *hambre*, hunger [1179]
far var. of **fazer** [229]
fardida var. of **ardida**, valiant [443b]
fartarse *hartarse*, to get one's fill [1294]
fasta *hasta*, until [162]
fata var. of **fasta** [446b]
faz n. face [355]
faza *hasta, hacia* [3060]
fazer *hacer*, to do, make.
fe faith, word [promise]; **meted í las** —**s** swear an oath [120]
feches *hacéis*, see **fazer**
fecho, fecha past part. of **fazer**; **la oración** — the prayer done [i.e. said; 54]
felos *los he allí*; see **afé**
fem' *héme aquí*; see also **afé**
fémosles *les hacemos* [1103]
fer var. of **fazer**
feremos, feredes fut. of **fazer**
ferida *herida*, wound; blow [36].
ferir *herir*, to strike, wound [597]

fermoso *hermoso*, beautiful [457]
ferradura *herradura*, horse-shoes
[1553]
fezist' *hiciste*
ficar var. of **fincar**, to remain [455; cf.
Port. *ficar*]
fiar to trust [1112]
fiel faithful [204]
fiera wild [422]
fierro iron, point of lance [3585]
figo *higo*, fig [77]
fija *hija*, daughter
fijadalgo noblewoman [210]
fijo *hijo* son
finar to cease [3463]
fincança residence [563]
fincar *hincar*, — **los inojos** to kneel
[53], — **la tienda** set up the tent
[57]; — **remanida** to stay behind
[281]
finiestra window [17]
firades imperative of **ferir**
firgades subjunctive of **ferir**, var. of
firades
firid *herid*, imper. of **ferir**
firiendo pres. part. of **ferir**
firme adj. strong, firm; adv. firmly
[557]
fita past part. of **fincar** [576]
fizieredes *hagáis*, fut. subjunctive of
fazer [224]
folgar *holgar*, to take pleasure [1028b]
follón foolish [960]
fondón bottom [1003]
fonsado army, host [764]
fonta affront [942]
foradar *horadar*, to pierce, penetrate
[727]
foz *hoz*, valley, draw [551]
franco French, Frenchman [1002,
applied to the Catalans]
freno bridle [1337]
fresco fresh [2800]
frontera border, frontier [640]
fronzida wrinkled [789]

fu *fui*
fuent fountain, pool [2700]
fuere fut. subjunctive of **ser**
fuert var. of **fuerte**
fuerte strong, valiant
fuertemientre *fuertemente*, bitterly [1],
firmly [24]
fuerza force; **por** — by force [34]
fuestes 2nd pers. sing. pret. of **ser**
fuir *huir*, to flee [771]
furçudo strong [3674]
furtarse to sneak off [1260]
fuste as in **armas de** — wooden
weapons for practice [1586]
fuyen *huyen*, 3rd pers. pl. pres. of **fuir**

G
galardón gift, reward [386]
galizano var. of **galiziano**
galiziano Galician
gallego Galician, Gallegan
gallo rooster, cock [169]; **mediados** —
second cock row [1701]
ganado past part. of **ganar**; **—s** earned
[101]
ganado n. livestock [466]; wild
animals [2789]
ganancia winnings; profit [130];
interest [165]
ganar to win, earn; to gain [123];
booty, spoils [447]
ge *se*, to him, her [indirect obj. pron.
used in conjunction with *lo, la*]
gente, gentes people
gentil adj. noble [672]
glera sandy shore or riverbank [56]
glorificar to glorify [335]
gozo joy [170]
gracia grace, blessing; **del rey non
avié** — he was not in the king's
good graces [50]
gradar to please, take pleasure; — **exir**
want to leave [200]
gradecer *agradecer*, to give thanks,
show appreciation [199]

gradir to thank
grado thanks [8]; de — willingly,
    gladly [21 etc.]
grados steps [327]
gran, grande great, enormous.
granado remarkable [1776]
grant [also grand] *gran* or *grande*
gruesso *grueso*, hardy, sturdy [1336]
guadamecí decorative leather [88]
guadalmecí var. of guadamecí [87]
guardar to guard [1013]
guarir to defend, protect [834]
guarnimientos adornments, clothing
    [1427]
guarnir to arm [986]
guarnizón armor [1715]
guerra war, attack [865]
guerrear to wage war [1090]
guiar to guide; rule [217]
guisa *manera*, way; a — de like a
guisado fair, just [92]; prepared [1060,
    1461]

H

haber to have, to hold; see aver.
henchir to fill, stuff [86]
heredad inheritance, property [301];
    fields [460]
heredada, heredado heiress, heir
    [2605]
heredar to inherit
hermano brother [928]
hermar to destroy [533]
hinojos knees; fincó los — he knelt
    [53]
hombros shoulders [13]
homenaje homage [3426]
homildança humility [2024]
homillar *humillarse*, to pay homage,
    humble oneself.
hondra *honra*, honor, respect
hondrado *honrado*, past. part. of
    hondrar; splendid [178]
hondrar *honrar*, to honor
honor honor; property, inheritance

[289]
honra see hondra
hora hour; en buen — a lucky hour
    [41 etc.]
hospedado guest [2262]; past part. of
    hospedar
hospedar to shelter, host
hoy today [365]
huebos necessity [lat. *opus*]; — me
    serié I would be necessary [83]
huebras decorative carving [2401]
huesa boot [820]
huésped guest [2046]
hueste army, host [2345]
huviar *ayudar*, to aid, help [1208]
huyar [892]; var. of huviar

I

í *allí*, there
ida departure [271]
incal' 3rd pers. sing. of incaler
incaler *importar*, to matter [230]
indos *id* + *nos*; — conseguir go catch
    up with us [833]
infante adj. young, of a child [269b];
    n. high-born youth [1279 etc.]
infançón noble, albeit a member of
    the lower nobility [2072]
infiernos hell, the underworld [359]
invierno winter [1619]
ir to go
ira ire, anger; — del rey *Ira Regia* [74]
iscamos 1st pers. pl. imper. of exir
ixió 3rd pers. sing. pret. of exir
ixiemos 1st pers. pl. pret. of exir
ixieron 3rd pers. pl. pret of exir
ixo var. of ixió [938]

J

jogados judged
judíos Jews [347]
juego mocking, joke [2307]
juicio judgment
juntados past part. of juntar [291]
juntar to gather, come together.

juntas assembly [2949]
jura oath [120]
jurar to swear, promise [163]
justo adj. just; n. just one
juvicio var. of **juicio** [3226]

L
labor chore, labor [460]
labrado ornamented
ladrón thief [349]
lagar wine-press [2290]
lança *lanza,* lance [79]
largo abundant; **averes** —s many goods [795]
latinado Romance-speaking [2667]
laudare *laudar,* to praise [335]
lazrado abused, wretched; fig. dispossessed [1045]
leal loyal [228]
león, leones lion [340]
leonés Leonese, of León [1982]
levantar to raise; used refl. —se to get up [458]
levar *llevar,* to take [16]
librar to free, undo; fig. cut, slice [2423]
lid battle; — **campal** battle on the field [784]
lidiador fighter [734]
lidiar to fight [499]
lievo, lieva, etc. pres. tense of **levar**
limpia clean, pure [1116]; crystalline, clear [2700]; fresh [2739]
llamar to shout [35]
llana plain [599]
llano plain, syn of **llana** [996]; adj. flat [3661]
llegar to arrive, get to [32]
llena full [113, 820]
llorar to cry, weep [1]
logar *lugar,* place [128]
lograr to accomplish; get away with [2833]
loma hill; **la** — **ayuso** down hill [426]
loriga coat of mail armor [578]

luego then [immediately; 52]
luenga long [1225]
lumbre light [Lat. *lumen*]; lantern [244]
luna moon [332]

M
maçana pommel, i.e. bottom of sword handle [3178]
madre mother [379]
maguer even though [171]
majadas beaten [2732]
majar to beat [2736]
mal ill, evil
malo bad, evil [9]; **un dinero** — a single penny [165]
man var. of **mañana** [323]
man' var. **mano** [3176]
mancar to lack
mandada ordered [180]; past part. of **mandar**
mandadero messenger [982]
mandado *noticia,* news [242]; message [452]
mandar to order, command
manero proxy [2133]
mano hand; **dat las** —s to swear an oath [106]
manto cloak [4, 195]
maña trick [610]; —s habits, ways [2117]
mañana morning [316], tomorrow; soon [881]
maquila miller's toll [3380]
mar sea [331]
maravillado amazed [1038]
maravillar to amaze
maravilloso, maravillosa magnificent, admirable [427]
marco mark [unit of coin]
março *marzo,* march [1619]
mártir martyr [2728]
mas but, however
más more; **e** — and also [27]
matanza slaughter [2435]

matar to kill [472]

matines matins, morning prayers [239]

matino morning; **al** — in the morning [72]

mayor greater; bigger [707]

mecer to move; — **los ombros** shrug his shoulders [13]

mediados middle; — **gallos** second crowing [324]

medio adv. middle, **en** — in the middle [182]; n. half [751]

mejorar to better oneself; rectify [3259]

membrado astute, intelligent; **a guisa de** — astutely [102]

membrarse to remember [3316]

menester need; **ha** — he needs [135]

menguado in need [108, 134]

menguar to be in need, to lack [258]

menor lowest ranking soldier [1234]

menos less; **al** — even [64]

mensaje message [627]

merced mercy, favor [268]

merecer to deserve, merit [187].

mesquino poor [849]

messar to pluck [2832]

mesturero meddlers [267]

mesurado measured [7]

mesurar to shorten, abbreviate [211]; to distance [3666]

meter to put

metudo *metido*, past part. of **meter** [844]

mezclado mixed [699]

mezquita mosque [2499]

mi my

mí me, obj. of prep.

miedo fear; **por** — out of fear [33]

miente *mente*, mind; **parar** — be attentive [2218]

mientra, mientras while; — **que** as long as [158]

migero league [measurement of distance; 2407]

mijor var. of **mejor**

mingua lack [1179]

minguar var. of **menguar** [821]

mio my; — **Cid** my Cid [6]; —**s amigos** my friends [103]

mío mine [157]

miraclos *milagros,* miracles [from Lat. *miraculum*]

mirra myrrh [337]

missa *misa,* Mass; **la** — **nos dirá** he will say Mass for us [319]

mojón meeting place [1912]; boundary [3588, etc.]

molina mill [3379]

monclura helmet straps [3652]

monedado in coin; **aver** — wealth in coin [126]

monesterio *monasterio,* monastery [260]

montaña mountain; **en** — in the mountains/wilderness [61]

monte mount [347]

monumento tomb [358]

morada dwelling [525]; living [1642]

morar to stay, remain, dwell [948]

morir to die, perish [302]

morisco Moorish [178]

moro Moor; adj. Moorish; **a** —**s nin a cristianos** to no one [107]

mostrar to show, demonstrate [344]

much' variant of **mucho** [587]

mucho adv. *muy,* very [6, 110]

mudado moulted [5]

mudarse to move [951]

muera pres. subjunctive of **morir**

muesso morsel [1032]

mundo world [2678]

mugier *mujer,* woman [16b], wife [210]

mula mule [1428]

murir var. of **morir** [1179]

N

nacer to be born [71]

nada nothing [84], anything [30]

nadi *nadie*, no one, nobody [25].
nado Lat. *natum*, var. of nacido, past. part. of nacer
nasco *nació*, pret. of nacer [245]
nasquiestes *naciste*, pret. of nacer [379]
natura lineage [2549]
natural natural [i.e., by birth]; señor — feudal lord [895]
nave ship [1629]
nimbla *ni me la* [3286]
nin *ni* nor
ninguno no one, nobody [21]
noch *noche*
noche night
nombrar to name [454]
nombrado past part. of nombrar
nombre name [348]
non *no* no, not
notar to note, count [185, 419]
nuef *nueve* nine
núes *nubes*, clouds [2698]
nuevas news; de grandes — of great renown, i.e. lineage [2084]
nulla *ninguna*; a — part from anywhere [865]
nunqua *nunca*, never [408; Lat. *numquam*]
nunquas var. of nunqua [352]

O

ó *donde*, where [Lat. *ubi*]
obrado decorated [1783]; embroidered [3091, 3095]
odredes you will hear
of' *hube*, 1st pers. pret. of haver [apocopated ove]
ofrecer to offer [338]
ofrenda offering [3062]
oir to hear [70]
ojo eye; de los sos —s from his eyes [1]; a — se paraba appeared [40]
olvidar to forget [155]
ombros see hombros
omne *hombre*, man [from Lat.

hominem]
ondra, ondrado, ondrar see honra etc.
ondrança syn. of hondra [1578]
oración prayer [54]
ora see hora
orejada ear prick [3304]
orient east
oro gold [81]
osado past. part of osar; a —as boldly [445]
osar to dare, be bold [768]
ospedado *hospedaje*, bed and board [247]
otero hill [554]
otro other, another; — día the next day [394]
oveja sheep [481]
ovier- pret., pluperf., and fut. subjunctive root of aver
ovo *hubo*, pret. of aver

P

padre father; Señor — Lord God [8]
padrino sponsor [2138]
pagado satisfied; só vuestro — I'm obliged [248]
pagar to pay [129]
pagarse to be satisfied [69, 141]
palabra word [36]; vera — the truth [26]
palacio palace [115]
palafré palfrey; riding horse [1064]
palo stake, gallows [1254]
pan bread [66]
paño cloth [2207]
parado past part. of parar; fig. agreed, arranged [33, 160, 198]
par *por*; par — by God
parar to stop, to stand, reach; a ojo se — appear [37]; — mientes to be attentive [2218]
parecer to appear [1126], look [1428]
pareja equal in social status [2761]
paria, parias tribute [109]
parir to give birth [2595]

part, parte n. part, share [314]; **de todas —s** from everywhere [134]

partición share, part [2567]; departure [2631]

partir *apartar*, separate [272]; *repartir*, to share/divide [510]

partirse say goodbye [365], depart

passar *pasar*, to pass, cross

pavor fear [1653]

paz peace [1308]; **dexem' en** — leave me in — [977]; sign of peace [3385]

pecado sin [1705]

pecador sinner [3728]

pechar to pay [980]

pedir to request

pelo hair [2141]

pelliçón fur-lined garment [1065]

pendón banner [16; normally tied to lance or spear]

pensar to plan, think; — **de** to begin [10]; to attend [3251-52]

peña cliff, crag [1330]

peño gift [3734]

peón foot soldier [699]

peonadas foot soldiers, infantry [418]

perder to lose, forfeit [27]

perderié cond. of **perder**

pérdida loss [2320]

perdón pardon

pesado heavy [86, 91 etc.]

pesar n. grief, remorse [313]

pesar v. to weigh upon, cause sorrow [572]

peso weight; **sin** — without weighing [185]

petral horse's breast-strap [1508]

picar to restore a millstone [3379]

pidieron 3rd pers. pl. pret. of **pedir**

pie foot; **de** — on foot [747]

piedad piety; mercy [604]

piedra stone [345]

piel, pieles fur [4, 178]

pinar pine forest [912]

plaça *plaza*; space [595]

plaço var. of **plazo**

plata silver [81, 184, etc.]

plazer *placer*, to please

plazme *me place*, it pleases me, it's a pleasure [180]

plazo date, deadline [212]

plega optative of **plazer**; may it please

pleito agreement, contract [160]; complaint [3554]

plogo pret. of **plazer**

ploguier- pret., fut. subjunctive root of **plazer**

plorar, see **llorar** [18]

pluguier- var. of **ploguier-**

poblado town, inhabited place [390]

poblar to populate, inhabit [557]

poder to be able

podestad *potestad*, magnate, powerful man [1980]

poner to put, place

pora *para*, for

poridad secret; **en** — **fablar** talk in secret [104]

pórpola *púrpura*, purple cloth [2207]

portero royal courier [1380]

portogalés *portugués*, Portuguese [2978]

posada lodging [25]; inn [31]; stay [211]

posar to stay; encamp [55-56]

poyo hill [863]

prear to plunder [903]

preciado valuable, fine

preciar to value [77]

pregonar to proclaim [2963]

pregón, pregones news, proclamations [287, 652]

preguntar to ask [1825]

premer to lower [726; syn. of **abaxar**]

prender to take [110, 119]

prendend var. of **prenden**

presa n. clasp, link [3088]

presa, preso past part. of **prender**

presend gift [1649]

presentaja present, gift [516]; ransom [522]

presón prisoner [1009]
prestar to lend [118]; **caballero de —** excellent knight [671]
presto ready [1674]
presurado hurried [137]
prez honor [1755]
priessa *prisa*, urgency [325]
prieta dark; **mañana —** before first light [1687]
prima prime canonical hour, i.e. first morning prayers [3060]
prima adj. prime [3090]
primo, prima cousin [928]
prisist' 2nd pers. sing. pret. of **prender**
priso 3rd pers. sing. pret. of **prender**
privado adv., quickly [89,148]
probado proven
probar to prove [1247]
prometer to promise [497]
provechosa profitable [1233]
provezas *proezas*, deeds [1292]
puebla see **poblar**
pueblo town, people [1318]
puedent var. of **pueden**; pres. form of **poder**
puent, puente, bridge [150, 290]
puerta door [3, 32 etc.]; city gate [55]
puerto pass [951]
pues since; after [504]
pujar to rise [2698]
punto point, moment; **en buen —** at a lucky moment [294]
puño wrist [3809]

Q

quebrantar to break; **la —** break it down [34]
quebrar break [1241]; **— albores** daybreak [235]
quedo, queda still; **—s sed** be still, hold [702]; quiet, silent [2213]
querer to want [76]
quesquier whatever thing [504]
quexar *quejar*, to complain [852]

qui *quien*, who, whoever; he who... [126]
quiçab *quizá*, perhaps [2500]
quiñonero spoil-divider [511]
quinta fifth; the fifth part of spoils reserved for the leader
quitar to leave, abandon [211]; release; to excuse [2989]

R

ración part, portion [2329]
raçón var. of **razón**
rama branch [2698]
rancar to defeat [764]; var. of **arrancar**
rançal fine cloth; **de —** fine [183]
rastar to remain, stay behind
raste subjunctive of **rastar**
rastro track [389]
raxar to cut [3655]
rayar to shine [231]
razón opinion, word, matter [19]; negotiation [1893]; conversation [1926]
rebata assault [468]; surprise [2295]
recabdar to prepare, dispose
recabdo care, precaution [24], preparation [206]; **no saben —** incalculable [799]; accounting [1257]; group [1494]; number [1713]
recebir *recibir*, to receive [203]
recibió pret. of **recebir**
recombrar to rally [1143]; recover [3689]
recudir to reply [3213]
red cage [2282]; lit. net [mod. Sp.]
refechos well off, rich [173, 800]
reina queen [3399]
reinado realm, kingdom [211]
relumbrar to illumine, light up, shine [3177]
remanga subjunctive of **remanir**
remanida remaining [281]
remanir to remain
rencura pain [2862]; complaint, rancor

[2992]
render to render [2582]
rendré 1st pers. fut. of **render**
repentir *arrepentir*, to repent, regret [1079]
repiso var. of **repentido**, past part. of **repentir**
reponer to reply [131]
reptar *retar*, to challenge to combat
repuso 3rd pers. sing. pret. of **reponer**
responder to respond [3144]
resucitar to revive, resuscitate [346]
resucitest' 2nd pers. sing. pret. of **resucitar**
retenedor defensible [526]
retener to keep, retain [111]
retovo *retuvo*, 3rd pers. sing. pret. of **retener**
retraer to bring up, bring back [2548]
rey king [22]
reyal housing [2178]
ribera river valley [634]
rico, rica rich [108]
rictad *riqueza*, wealth [688]
riendas reins of a horse [10]
riepto *reto*, judicial challenge or combat
riqueza wealth
riquiza wealth [481b]; var. of **riqueza**
robar to sack, loot [794]
robredo oak wood, forest [2697]
rogador petitioner, intercessor [2080]
rogar to pray, plead, request [53]
romanecer to remain [824], var. of **remanecer**
ruego n. a request, plea [2073]
ruido noise [696]
Ruy short for **Rodrigo**

S
sábana sheet [183]
saber to know; — **vera palabra** know the truth [26]
sabet *sabed*, imper. of **saber**
sabidor knowledgeable, wise

sabor pleasure; **a so** — by choice [234]
sacar to take [125]; draw out [2402]
salada saltwater sea, **mar** — [1090]
salido past part. of **salir; el** — the exile [955, 981]
salir to leave, go out [55]
salto jump; **dieron** — they rushed [244]; **dar** — to attack [483]
saludar to greet [1387]
saludes *saludos*, greetings [928]
salvar to save [339-42]
salvest' *salvaste*, pret. 2nd pers. sing. of **salvar**
salvo safe; **en vuestro** — in safekeeping [119]
sangre blood [353]
sangiento adj. bloody [780]
sanar to heal [841]
sano healthy; — **o vivo** alive and well [75]
santidad holy place [3056]
santiguar to make the sign of the cross; usually refl. [216, 410]
santo, santa holy [48]; —**os** saints [94]
saña anger [22]
sazón season; **de** — in season, fig. in their prime [1987]
sedié, sedién *era, eran*, alt. imperf. of **ser** [Lat. *sedere*, to sit]
segudador pursuer [3519]
segudar n. chase, pursuit [777]
seíse var. of **seyé**
sellada sealed, with the royal seal [24]
sellar to seal [1956]
semana week
semejar to seem [157]
sentir to feel [2740]
seña banner, standard [477b]
señal emblem, insignia [2375]
señas *sendas*, one each [263]
señero alone [2809]
señor Lord God [8]; feudal lord [20].
señorío lordship [621]
ser to be; occasionally used for location [17; instead of *estar*].

servicio service [69b]
servir to serve [73]
seso mind, disposition [1511]
seyé imperf. of **ser**
seyénse 3rd pers. pl. imperf. of **ser** [with refl. **se**]
sí yes, thus; var. of **assí** [420]
sieglo *siglo*, century; secular time [3726, Lat. *seculum*]; **a los días del** — forever [1295]; lifetime [1445]
siella *silla*, saddle [817]
siempre always; **por** — forever [108]
sierra mountain range [422], slope, ridge [558]
sin without
sinar to sign; i.e., make sign of cross [411]
sines var. of **sin** [597]
siniestro, siniestra on the left hand [12]; to the left [397]
sinon *sino*, but rather [140]
so possessive adj. *su*
so *bajo*, under [Lat. *sub*]
só *soy*
sobejano, sobejana excessive [110, 653 etc.]
sobregonel long tunic worn over armor [1587]
sobrelevar to guarantee [3478]
sobrepelliças surplices, priestly robes [1582]
sobrevienta misfortune, accident [2281]
sobrino nephew [741]
sodes *sois*, 2nd pers. sing. [formal] of **ser** [79]
sol sun
sól *sólo*
solaz leisure [228]
soldada pay, salary [80]
soler to be accustomed [3380]
solos alone [2712]
soltar to loosen, slacken [10]; release [496]
soltura absolution [1689]

sombrero hat [2799]
somo up, above [Lat. *summum*]
sonar to resound, become known [2678]
sonrisar *sonreír*, to smile; refl. [154]
soñar to dream [412]
sopiesse imp. subjunctive of **saber**
sopo pret. of **saber**
sortear to draw lots [3610]
sos *sus*, his [1], her, their
sosañar to scorn [1020]
sospecha suspicion; **sin** — in peace [126]
sospirar *suspirar*, to sigh [6]
sosañar to scorn [1020]
sovo alt. pret. form for **ser**; *estuvo* [907]
sperar *esperar*, to wait [1194]
spidiés' *despidiese*, imperf. subjunctive of **espedirse**
spidiós' *se despidió*, pret. of **espedirse**
spiral *espiritual*, holy, spiritual [300]
su var. of **so** [e.g., 837]
subir to elevate [1611]
sudiento sweaty [1752]
suelto, sueltan pres. forms of **soltar**
sueño dream [405-406]
sultura var. of **soltura** [1703]
suso adv. up, over; **de** — **de** over [717]

T
tablado wooden target [1602]
tacha stain [2616]
tajador *tajadora* or *tajante*, cutting [780]
tajar to cut off [1172]
tan so [1]
tandrá fut. of **tañer** [318]
tanto such, so much [18]
tañer to play [an instrument]; ring [286]
tardar to delay [317]
tarde later; **aun cerca o** — sooner or later [76]

tardedes *tardéis*, 2nd pers. pl. imper.
 of tardar
tela string
temer to fear [865]
temprano early [420]
tendal tent-pole [1142]
tender to spread out [182]; to extend
 [3189]
tener to have [113]
tercero third, thirdly [331]
tierra land; echados somos de —
 we're banished from our land [14];
 earth [217]
tienda tent [57, 152]
tiesta head [13]
tijera scissor [1241]
to, tod' var. of todo, toda
todo, toda all; —os everyone [19];
 —as all [48]
toller to take [999]
tollida taken; past part. of toller
tomar to take [185 etc.]
tornada n. turn, return [725]
tornar to turn [2]; — palabra answer
 [36]; to return [48]
torniño turned on a lathe [3121]
torre tower [398]
tración var. of traición [2660]
traer to bring, carry [82]
trahe *trae*, brings [1502]
traición betrayal
traidor traitor [2523]
trasnochar to move through the night
 [429]
traspassar to cross [400]
traspuestas unresponsive
traviesso *través*, flank [3650]
trayo *traigo*, 1st pers. sing. of traer
tred var. of traed, syn. with venid,
 come [142]
tremor terror [1662]
trever *atrever*, to dare [567; usually
 refl.]
trocir to pass [543]; por — to go [307]
tuellen pres. of toller [2720]

tuerta twist [3685]
tuerto wrong, injustice [961]
tús incense [337]

U

uços gates [3]
untar to smear, fig. annoint [354]
uña fingernail or toenail [375]
urgulloso var. of orgullosa, proud
usaje custom [1519]

V

vaca cow; ganados de —s cattle [481]
vagar rest; de — delay [380]
val valley [973]
vala *valga*, subjunctive, imperative,
 optative form of valer
valer to strengthen, protect [48]
valía worth [2509]
valiente valiant, brave [418]
valor worth, value [3197b]
vanidat *vanidad*, vanity, vain word
 [960]
varón man [16b]
vassallo *vasallo*, vassal [20, 204]
váymosnos 1st pers. pl. imper. of ir.
vazía *vacía*, empty [4]; vazia [without
 accent, 997]
vedar to forbid [42]; deny [555]
vega meadow [3481]
velada lawful wife [2098]
velar wedding [2137]; to keep watch
 [3056]
vellida beautiful [272]
veluntad var. of voluntad, will; de —
 devoutly [226]; willingly [1418]
vencer to win, be victorious
vencida past part. of vencer [784]
vender to sell [516]
vengar to avenge, take revenge [2719]
venir to come
ventadas discovered [116, 128]
ventura luck, good fortune [177]
ver to see
veramientre truly [2538]

verdad truth [979]

vergel clearing in a wood [2700]

vergüenças indignities [1596]; shame [3126]

vero, vera adj. true; — **palabra** the truth [26]

vertud *virtud*, virtue [48]; miracle [351]

vestidos clothes [1776]

vestir to dress, put on.

veyé *veía*, imperf. of **ver**

vezarse *avezarse*, to be accustomed

vezindad *vecindad*, vicinity [567]

vianda food provisions [63]

vía way, road [380]

vibda *viúda*, widow [2323]

vida life [283]

vieda pres. of **vedar**

viga beam [2290]

vigilia vigil, watch [3049]

vigor vigor, energy; **a** — with — [1671]

villa town, village [56]

vin *vine*, I came [3131]

vinida *venida*, past. part. of **venir**

vino wine [66]

virtos forces [657]

visquier, visquierdes fut. subjunctives of **vivir** [251, 409]

visquiessen 3rd pers. pl. imperf. subjunctive of **vivir**

vistas meeting [1899b]

vivir to live, survive

vivo alive [75]

vo *voy*, 1st pers. sing. pres. of **ir**

voluntad will, wish; **de** — willingly [149]

volver to return; to create [9]; disrupt [3140]

vos 2nd pers. sing. pron. [formal]; *os* obj. pron. [sing. formal; 44]

voz voice; **a altas** —**es** out loud [35]

vuelta turning; **a** — **de** at the same time as [238]; **a** — all around [589]; **en** — **con** together with [1761]

vuelto past part. of **volver**

vuestra, vuestro your

X

xamed silk [2207]

Y

ya adv. already; interj. ah, oh [41,72]

yagamos 1st pers. pl. imper. and subj. of **yazer**

yantar n. meal, feast, banquet [285, 304]; v. to dine [1039]

yazer *yacer*, to lie down, rest [72]; to stay [573]

yelmo helmet [766]

yerba grass [2032]

yermo wilderness, uninhabited [390]

yerno son-in-law [2106]

yogo pret. of **yazer** [cf. **plazer, plogo**]

LaVergne, TN USA
22 October 2009

161763LV00001B/26/P